AGATHA CHRISTIE COMPLETE COLLECTION

POSTERN OF FATE

POSTERN OF FATE

Copyright © 1973 Agatha Christie Limited.
All rights reserved.

AGATHA CHRISTIE, TOMMY AND TUPPENCE,
the Agatha Christie Signature and the AC Monogram Logo
are registered trademarks of Agatha Christie Limited in the UK and elsewhere.
All rights reserved.
www.agathachristie.com

Korean Translation Copyright © Minumin 2013, 2025

Korean translation edition is published by arrangement with
Agatha Christie Limited through Shinwon Agency.

이 책의 한국어판 저작권은 신원 에이전시를 통해
Agatha Christie Limited와 독점 계약한 ㈜민음인에 있습니다.

저작권법에 의해 한국 내에서 보호를 받는 저작물이므로
무단 전재와 무단 복제를 금합니다.

정식 한국어 판 출간에 부쳐

나는 한국에서 우리 할머니의 작품을 정식으로 출간한다는 소식을 듣고 무척 기뻤다. 할머니가 1920년부터 1970년 무렵까지 오랜 세월에 걸쳐 집필한 작품들은 21세기인 지금 읽어도 신선하고 재미있다. 등장 인물들이 워낙 자연스러워서 요즘 사람들과 다를 바 없고 이들이 등장하는 상황과 장소가 전 세계 사람들의 애정과 향수를 자극하기 때문이다. 한국 독자들은 이번에 새로 나온 정식 한국어 판을 통해 그동안 접하지 못했던 애거서 크리스티의 일부 작품들을 읽을 수 있을 것이다. 덕분에 한국에 새로운 세대의 애거서 크리스티 팬들이 탄생할지도 모르겠다는 생각을 하면 가슴이 벅차다.

애거서 크리스티는 대표적인 두 명의 주인공으로 기억되는 작가이다. 14권의 작품에 등장하는 마플 양은 영국의 작은 시골 마을에서 평온한 나날을 보내며 뜨개질과 수다로 소일하는 미혼의 할머니이지만, 놀라운 기억력과 날카로운 두뇌 회전으로 주변에서 벌어진 살인 사건을 해결한다.

그리고 마플 양과 상반되는 성격을 지닌 에르퀼 푸아로는 자신만만하고 콧수염을 포함한 자신의 외모와 벨기에라는 국적에 대한 자부심이 상당하다. 그는 이집트와 이라크를 비롯한 세계 각지에서 수수께끼를 해결하며 『오리엔트 특급 살인 Murder On The Orient Express』, 『나일 강의 죽음 Death On The Nile』, 『애크로이드 살인 사건 The Murder Of Roger Ackroyd』 등 애거서 크리스티의 여러 대표작에 모습을 드러낸다.

황금가지의 대담하고 참신한 표지와 전반적인 디자인 덕분에 작품의 성격이 잘 살아난 것 같아 기쁘다. 또한 한국 독자들이 할머니의 원작이 지닌 참된 묘미를 느낄 수 있도록 충실한 번역을 위해 애써 준 점도 높이 사고 싶다.

할머니의 작품이 20세기의 그 어떤 작가들보다 많이 팔리고 있는 이유는 나이와 국적에 상관없이 읽을 수 있는 재미와 감동을 갖추었기 때문이다. 모쪼록 한국 독자들도 황금가지에서 선보이는 애거서 크리스티 작품들을 즐겁게 감상하기를 바란다.

매튜 프리처드
애거서 크리스티의 손자
ACL 이사장

한니발과 그 주인에게 바친다

다마스커스라는 도시에 네 개의 거대한 문이 있네……

운명의 문, 사막의 문, 재앙의 동굴, 공포의 성채……

그 밑을 지나가지 마라. 오, 카라반이여, 노래하며 지나지도 마라.

들리는가?

새들은 죽고 정적 속에서 새소리처럼 들려오는 피리 소리가.

차례

정식 한국어 판 출간에 부쳐 —— 5

1부

1장	15
2장	23
3장	35
4장	42
5장	51
6장	63
7장	74
8장	80

2부

1장	85
2장	92
3장	105
4장	116
5장	138
6장	147

3부

1장	175
2장	190
3장	197
4장	205
5장	223
6장	241
7장	247
8장	257
9장	274
10장	291
11장	314
12장	321
13장	327
14장	333
15장	340
16장	355
17장	363

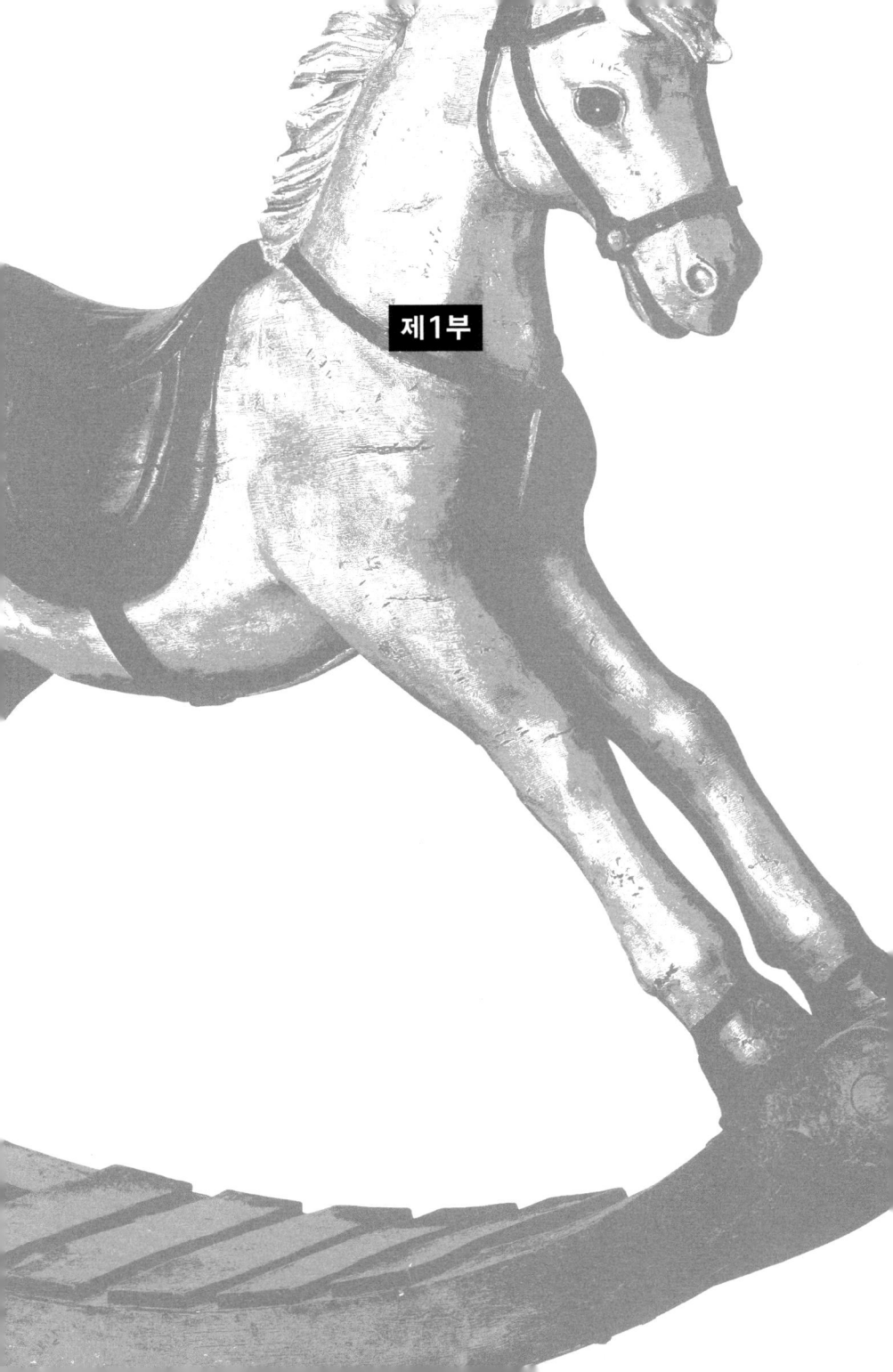

제1부

1장

책에 관하여

"이 책들 좀 봐요!"

터펜스가 당장이라도 울화통을 터뜨릴 것 같은 기세로 말했다.

"뭐라고 했어?"

토미가 말했다.

터펜스는 방 저쪽에 있는 남편을 건너다보았다.

"이 책들 좀 보라고요."

"그래, 무슨 말인지 알 만하군."

터펜스 앞에는 커다란 상자가 3개나 놓여 있었다. 그 속에서 그녀는 여러 가지 책들을 꺼내 놓고 있었다. 그런데도 상자들은 아직도 반 이상이나 책으로 가득 차 있었다.

"정말 믿을 수 없을 정도네요."

"책들이 이렇게 많은 자리를 차지할 줄 몰랐다는 거야?"

"그래요."

"그런데 그것들을 모두 선반에 꽂아 둘 셈이고?"

"어떡해야 할지 나도 모르겠어요. 그래서 골치예요. 자신이 하고 싶은 일이란 그렇게 분명하게 알 수 있는 게 아닌가 봐요."

그녀는 한숨을 쉬었다.

"허어. 그건 당신답지 않은 일인데. 옛날부터 당신은 자신이 하고자 하는 일을 너무나도 잘 알고 있었잖아."

"내 말은 우리도 나이를 먹어서 이제 조금은, 아니 몸을 펴거나 할 때 특히 관절이 삐거덕거리는 소리가 난다는 거예요. 선반에 책을 올려놓거나 선반에서 무언가를 내릴 때, 또 무릎을 꿇고 선반의 바닥 칸에서 무언가를 찾다가 일어서려면 다소 힘들어요."

"그래, 우리도 이제 몸이 전체적으로 말을 듣지 않을 나이가 되었다는 말인가?"

"아니, 그런 말이 아니에요. 꿈에 그리던 새 집을 사게 되어 행복하다고 말하려던 참이었어요. 구조를 좀 바꿔야겠지만 말이에요."

"방을 하나나 둘쯤 헐어 버리고 거기에 당신이 말하는 베란다를 덧붙이면 좋겠지. 건축업자들은 베란다라고 하지 않고 '로저'라고 부르더군. 나는 차라리 '로지아'(한쪽에 벽이 없는 트인 복도)라고 부르고 싶어."

"그러면 참 멋질 거예요."

터펜스가 확신을 갖고 말했다.

"완성되고 나면 몰라보게 달라질 거란 말이지?"

"천만에요. 완성이 되면 당신은 기뻐서 어쩔 줄을 몰라 하면서 똑똑하고 현명한 데다 미적 감각이 뛰어난 아내를 두었구나 하고 말할 거라는 얘긴데요."

"알았어. 방금 당신이 말한 그대로 말할 수 있도록 기억해 두지."

"기억해 둘 필요까지 있나요. 입에서 저절로 그런 말이 튀어나오게 될 텐데요, 뭘."

"그게 책하고 무슨 관계가 있는데?"

"그게요, 이사 올 때 우리 책은 두세 상자뿐이었잖아요. 별로 좋아하지 않는 책들은 모두 팔아 버렸으니까. 이름은 기억 안 나지만 이 집을 팔고 간 사람들이 자기네 물건을 많이 두고 갔잖아요. 물건들을 가져가고 싶지 않으니까 집을 사겠다면 책을 포함해서 물건들을 두고 가겠다고 했어요. 그런데 이제 와서 보니……."

"그래, 우리가 사기로 했지."

"맞아요, 상대방이 기대한 값보다 싸게 산 것 같기는 해요. 가구나 장식품은 정말 형편없었다고요. 다행히 그것들은 떠맡지 않았지만. 여러 가지 책을 살펴보니 그중에는 동화도 거실에 몇 권 있었죠. 한두 권은 옛날부터 좋아하던 책이더군요. 지금도 좋아하는 책들이에요. 내가 특별히 좋아하는 책이 한두 권 있어요. 그래서 다행이다 생각했죠. 안드로클래스와 사자 이야기가 있는데 그건 8살 때 읽은 기억이 나요. 앤드류 랭의 작품도요."

"당신은 8살에 책을 읽을 만큼 똑똑했나 봐?"

"그래요. 5살 때부터 읽었어요. 내가 어렸을 때는 누구나 다 읽을 수 있었어요. 배워야 읽을 수 있다는 것조차 모르고 있었는걸요. 누가 이야기책을 읽어 줄 때 그 이야기가 아주 마음에 들면 책장에 꽂혀 있는 그 책을 언제든 가져와 혼자서 볼 수 있었으니까요. 구태여 철자법 같은 것을 배우지 않고도 혼자서 읽어 나가는 거지요. 그게 나중에는 별로 안 좋더라구요. 사실 지금도 난 정확한 철자를 모르고 있는 게 많으니까. 4살쯤 되었을 때 누가 철자법을 가르쳐 주었더라면 참 좋았을 것 같다는 생각이 이제 와서 드네요. 물론 덧셈, 뺄셈, 곱셈은 아버지가 가르쳐 주셨어요. 살면서 구구단만큼 쓸모가 있는 것은 없다고 아버지는 늘 말씀하셨으니까요. 물론 나누기도 배웠죠."

"그런 걸 보면 장인어른은 참 머리가 좋으셨을 것 같아."

"특별히 머리가 좋으신 분은 아니에요. 하지만 마음은 정말 좋으신 분이셨어요."

"이야기가 옆길로 샌 것 같은데?"

"그렇네요. 아까도 말했듯이 안드로클래스와 사자를 다시 읽게 될 것을 생각하면 기분이 좋아요. 앤드류 랭이 쓴 동물에 관한 이야기들 속에 그 이야기가 나와요. 이튼 학교의 어느 학생이 쓴 『이튼에서의 하루』라는 이야기도 있었어요. 어째서 그 이야기가 읽고 싶어졌는지 모르지만 어쨌든 읽었어요. 그것도 애독한 책 가운데 하나였어요. 몇몇 고전 작품도 읽었고 몰즈워스 부인이 쓴 『뻐꾸기 시계』와 『네 가지 바람이 부는 농장』도 읽었어요."

"그 정도면 됐어. 어린 시절에 읽은 책들을 일일이 열거할 필요가

지는 없으니까."

"내 말은 그런 책들을 이제 구할 수가 없다는 거예요. 개정판은 가끔 구할 수 있지만 이야기도 조금씩 다르고 그림도 예전과 달라요. 저번에는 『이상한 나라의 앨리스』를 보고도 무슨 책인지 못 알아봤다니까요. 모든 게 너무 괴상해 보였어요. 아직도 구할 수 있는 책들도 있어요. 몰즈워스 부인의 오래된 동화책은 분홍색과 파란색, 그리고 노란색으로 되어 있는데 아직도 한두 권 정도 구할 수가 있어요. 물론 그 뒤에 나온 책들도 재미있게 읽었죠. 스탠리 웨이먼즈 같은 작가의 책들도 마찬가지고요. 예전에 살던 사람이 그런 책들을 많이 놔두고 갔네요."

"알았어. 당신은 책들을 탐냈지. '굿 바이'(Good buy)라고 생각하고서 말이야."

"그래요. 그런데 난데없이 '굿 바이'(Goodbye)라니 무슨 말이에요?"

"B, U, Y(싸게 잘 산 물건)라고 했어."

"그랬군요. 나는 당신이 이 방에서 나갈 생각으로 작별 인사를 하는 줄 알았어요."

"아니야. 참 흥미진진했어. 어쨌거나 정말 잘 산 물건들 같아."

"엄청나게 싸게 샀으니까요. 우리가 가져온 책들도 있으니까 책이 엄청나게 많아졌어요. 우리가 만든 책장으로는 도저히 안 될 것 같은데 당신 서재는 어때요? 책을 놔둘 공간이 있나요?"

"아니, 없어. 내 책도 다 들여놓기 힘들어."

"정말 큰일이네요. 방을 하나 더 만들어야 될 것 같지 않아요?"

"그건 안 돼. 절약을 해야지. 그저께 그런 얘기를 했는데 벌써 잊었단 말이야?"

"그건 그저께 얘기죠. 시간이 지났잖아요. 정말 버릴 수 없는 책들은 이제 모두 선반에 올려놓을게요. 그리고 다른 책들을 어떻게 해야 할지 생각해 보죠. 어쩌면 어딘가에 아동 병원이 있을지도 모르죠. 어쨌든 책을 원하는 시설이 있을지도 몰라요."

"책을 팔아 버려도 되겠지."

"사람들이 사고 싶어 하는 책들이 아니에요. 희귀해서 가치가 있는 책도 있을 것 같지 않고요."

"어떤 행운이 기다리고 있을지 모르잖아? 절판이 되어 버린 책을 오랫동안 애타게 찾고 있는 사람이 있을지 누가 알겠어?"

"그건 그렇고 일단 책들을 모두 선반에 꽂아 둬야겠어요. 그리고 내용을 훑어보고 기억이 나는 괜찮은 책인지 확인해 봐야겠어요. 지금도 대충은 분류를 해 두었어요. 모험 이야기, 동화, 아동용 도서, 그리고 작가가 L. T. 미드라고 생각되는데 부잣집 아이들이 다니는 학교에 관한 이야기들로요. 몇몇 책은 데보라가 어렸을 때 걔한테 자주 읽어 주곤 했지요. 우리가 『곰돌이 푸』를 얼마나 좋아했는지 몰라요. 『회색 병아리』라는 이야기도 있었지만 나는 그건 별로 좋아하지 않았어요."

"당신도 이제 지친 것 같아. 나 같으면 당신이 하고 있는 일을 그냥 내버려두겠어."

"그래요, 나도 지칠 것 같아요. 하지만 방의 이쪽만이라도 정리를 하고 책을 선반에 꽂아 두면……."

"좋아, 내가 좀 거들어 주지."

토미는 다가가 상자를 기울여 책을 쏟아 내고는 그것들을 한 아름 안고 선반으로 가져가 꽂았다.

"크기가 같은 책끼리 모아 둬야 깔끔해 보이겠지."

"어머, 그래서는 분류가 안 돼요."

"일단 이렇게 꽂아 두고 나중에 깔끔하게 분류를 하지. 비 오는 날 같은 때, 특별히 할 일이 머리에 떠오르지 않을 때 말이야."

"항상 해야 할 일을 머리에 떠올리니까 그게 문제죠."

"자, 여기 또 7권 들어갑니다. 이제 빈 곳은 선반 꼭대기 구석 자리뿐이군. 저기 있는 나무 의자 좀 가져다줄래? 올라서도 괜찮을 만큼 다리가 튼튼할까? 맨 위쪽 칸에 몇 권을 넣어야 하는데."

토미는 조심해서 의자 위로 올라갔다. 터펜스가 책을 한 아름 건네주었다. 토미는 그것들을 조심스럽게 제일 위쪽 칸에 꽂아 넣었다. 그런데 마지막 3권이 남았을 때 일이 벌어지고 말았다. 책들이 폭포처럼 아래로 쏟아져 내리면서 하마터면 터펜스를 덮칠 뻔했다.

"어머 깜짝이야! 간 떨어질 뻔했어요."

"나도 어쩔 수가 없었어. 당신이 한번에 너무 많은 책을 건네줘서 그랬어."

"그렇게 해 놓으니까 보기 좋네요."

뒤로 조금 물러서며 터펜스가 말했다.

"이제 밑에서 두 번째 칸의 빈 공간에 이것들을 넣기만 하면 이

상자에 들어 있던 책들은 정리가 끝나요. 이 책들은 우리가 가져온 것들이 아니고 집을 사면서 같이 샀던 것들이에요. 어쩌면 뜻밖에 귀한 것을 얻게 될지도 몰라요."

"그럴지도 모르지."

"그렇게 될 것 같은 느낌이 들어요. 무언가를 발견할 것 같은 느낌 말이에요. 큰돈이 될 만한 것 말이에요."

"찾아내면 어쩔 셈인데? 팔려고?"

"팔 수밖에 없겠죠. 물론 가지고 있으면서 사람들에게 보여 줘도 되겠죠. 자랑한다는 것이 아니고요. '우리는 한두 가지 재미있는 것을 발견했어요.'하고 말하는 거죠. 난 왠지 재미있는 것을 찾아낼 것 같은 느낌이 들어요."

"당신이 까맣게 잊고 있던 옛날 애독서 같은 것 말이야?"

"꼭 그런 것만을 말하는 건 아니에요. 너무 뜻밖이라 깜짝 놀랄 만한 것, 우리 생활을 완전히 바꿔 버릴 수 있는 무언가를 말하는 거예요."

"당신은 꿈도 크군. 나는 끔찍한 불행을 불러오는 물건이나 안 나왔으면 좋겠어."

"그런 말 마요. 사람은 희망을 가져야 해요. 인생에서 희망을 품는 건 좋은 일이에요. 희망, 알겠어요? 나는 항상 희망이 넘쳐요."

"그건 나도 알지. 그런 당신을 보면 가엾다는 생각이 가끔 들어."

토미가 한숨을 쉬며 말했다.

2장

검은 화살

토마스 베레스퍼드 부인은 몰즈워스 부인의 『뻐꾸기 시계』를 밑에서 세 번째 칸의 빈 공간에 넣었다. 몰즈워스 부인의 작품은 모두 그곳에 모아 둔 것이다. 터펜스는 『색실 주단이 있는 방』을 빼어 들고 잠시 생각에 잠겼다. 이것 말고 『4가지 바람이 부는 농장』을 읽을까? 그 작품은 『뻐꾸기 시계』나 『색실 주단이 있는 방』만큼 또렷하게 기억이 나지 않았다. 그녀는 손가락을 이 책 저 책으로 움직이며 망설이고 있었다. 이제 곧 토미가 돌아올 것이다.

일은 척척 진행되었다. 확실히 그렇게 보였다. 그녀는 이따금 일손을 멈추고 옛날에 애독하던 책들을 뽑아서 읽었다. 책을 읽고 있으면 기분이 좋았지만 시간을 많이 잡아먹었다. 저녁이 되어 집에 돌아온 토미가 어떻게 되어 가고 있느냐고 묻자 그녀는 문제없이 진행되고 있다고 대답은 했지만 남편이 2층으로 올라가서 책 정리가 어떻게 되어 가고 있는지 살펴보지 못하게 하느라 온갖 기지와 책략을 동원해야 했다. 일을 모두 마치기까지 상당한 시간이 걸렸다. 이사 온 집에 완전히 자리를 잡는 일은 생각보다 훨씬 더 시간이 걸렸다. 그리고 귀찮게 하는 사람들이 너무 많았다. 예를 들어 전기 기술자들은 집에 와서 전에 해 놓은 일이 마음에 안 드는지 전보다 더 마루를 크게 차지하고는 히히덕거리며 더욱 많은 함정을 만드는 것이다. 조심성 없는 주부는 걸어다니다가 한쪽 발을 헛디뎌 바닥 밑에서 보이지 않게 일하는 전기 기사에게 간신히 구조를 받곤 한다.

"어떤 때는 바턴스 에이커 저택에 그냥 살았더라면 좋지 않았을까 하는 생각이 들어요."

"식당이며 다락방을 생각해 봐. 게다가 차고에서 일어난 일도 기억해 봐. 하마터면 차가 박살이 날 뻔했잖아."

"고쳐서 쓸 수도 있었잖아요?"

"안 돼. 허물어져 가는 집을 부수고 아예 새로 짓거나 이사를 가는 수밖에 없었어. 이 집도 언젠가는 살기 편한 집이 될 거야. 나는 그럴 거라고 확신해. 이 정도 크기의 집이라면 하고 싶은 일은 무엇이든 할 수 있을 것 같아."

"하고 싶은 일이라면 물건들을 놓아둘 곳을 찾는 일 말인가요?"

"그렇지, 물건이 공간을 너무 많이 차지하니까. 당신 말이 맞아."

그 순간 터펜스는 이 집에 들어와 사는 것 말고 집을 가지고 달리 할 수 있는 일은 없을까 생각했다. 간단한 문제 같아 보였지만 생각보다 간단하지 않았다. 물론 거기에는 수많은 책을 처리하는 문제도 있었다.

"내가 요즘의 보통 아이라면 내가 어릴 때처럼 쉽게 글 읽는 법을 배우지 않을 것 같아요. 요즘 아이들은 4살, 5살, 아니 6살이 되어도 글씨를 못 읽는 건 예사이고 10살이나 11살이 되어도 읽지 못하는 애들이 많은 것 같아요. 우리한테는 글 읽는 게 어째서 그렇게 쉬웠을까? 우리 때는 누구나 읽을 수 있었어요. 나도 그랬지만 옆집에 사는 마틴이나 동네 끝에 살던 제니퍼, 그리고 시릴과 위니프레드도 글을 문제없이 읽을 수 있었죠. 철자를 제대로 쓰진 못했지만 읽고 싶은 것은 무엇이든 읽을 수 있었어요. 어떻게 글자를 배웠는지 모르겠어요. 포스터나 간장약 광고 같은 것을 보고 사람들에게 물었겠지요. 공터에서 놀고 있다가 기차가 런던으로 들어오면 광고를 하나하나 읽곤 했지요. 정말 재미있었어요. 저는 그것들을 보고 늘 궁금했어요. 어머, 내 정신 좀 봐. 할 일을 놔두고 뭐하는지."

그녀는 책을 몇 권 더 꺼냈다. 먼저 『거울 나라의 앨리스』에 정신이 팔려 읽다가 그다음에는 샬롯 영의 『미지의 역사』을 읽는 사이에 45분이나 지나고 말았다. 그녀의 손에는 낡고 두툼한 『데이지 체인』이라는 책이 들려 있었다.

"이건 무슨 일이 있어도 한 번 더 읽어야지. 그러고 보니 이 책을 읽은 게 벌써 까마득한 옛날이군. 노만이 견신례를 받게 될지 궁금해 하면서 얼마나 재미있게 읽었는지. 그곳은 콕스웰인가 하는 곳이었어. 에셀과 플로라는 속인이었지. 왜 그 당시에는 너 나 할 것

없이 모두 속인이었는지 몰라. 속인이라면 가엾게 생각하곤 했지. 지금의 우리는 뭘까? 우리도 모두 속인일까?"

"뭐라고 하셨습니까, 마님?"

"아니, 아무것도 아니야."

터펜스는 때마침 문간에 나타난 충실한 하인 앨버트를 돌아보며 말했다.

"무슨 시키실 일이라도 있는가 해서요. 벨을 누르셨죠?"

"아니, 책을 꺼내려고 의자에 올라서다가 그만 벨을 눌렀나 봐."

"제가 내려 드릴까요?"

"그래 주면 좋겠어. 의자들은 하나도 쓸 만한 것이 없어. 다리가 흔들리고 어떤 것들은 미끄러워."

"어떤 책을 내려 드릴까요?"

"위에서 세 번째 칸은 아직 살펴보지 않았어. 위에서 두 번째 칸까지만 봤거든. 세 번째 칸에는 어떤 책이 있는지 모르겠어."

앨버트는 의자에 올라가 먼지가 덮인 책을 하나하나 툭툭 털어 내고는 터펜스에게 건네주었다. 터펜스는 책을 받으면서 좋아서 어쩔 줄을 몰랐다.

"어머, 멋져라! 까맣게 잊고 있던 책들이 많네. 『부적』도 있고 『사마야드』까지. 『새로운 보물을 찾는 사람들』도 있고. 내가 좋아하는 것들뿐이네. 아니, 이것들은 아직 도로 꽂지 마, 앨버트. 우선 읽어 봐야지. 그래, 한두 권쯤은. 근데 이건 뭘까? 어디 보자. 『빨간 꽃 모양의 모표』? 그래, 역사에 관한 책이야. 정말 가슴 졸이며 읽던 책이었어.『빨간 예복 아래』도 있네. 스탠리 웨이먼의 책들이 많네. 정말 많구나. 물론 이것들은 10살인가 11살 때 모두 읽은 거야. 어머, 이건 정말 생각지도 않았는데.『젠다 성의 포로』야말로 로맨스 소설의 입문서 같은 작품이지. 플라비아 공주의 로맨스, 그리고 루리타니아 국왕. 루돌프 라센딜이라는 이름이었지, 아마. 밤이면 꿈속에서 만나게 되는 그런 사람이었어."

앨버트가 또 책을 건네주었다.

"어머, 이건 더 재미있는 책인데. 이것도 아주 옛날 거네. 옛날 것은 한데 모아 둬야지. 자, 어떤 것들이 있지?『보물섬』. 그래, 이것도 물론 재미있지만 벌써 몇 번씩이나 읽었고 영화도 두 가지나 봤잖아. 영화로 보는 것은 좋아하지 않아. 원작답지 않으니까. 어머,『유괴』가 있구나. 이것도 옛날부터 좋아했지."

앨버트가 발돋움을 하고 책을 너무 많이 꺼내는 바람에『카트리오나』라는 책이 터펜스의 머리를 스치며 떨어졌다.

"어이쿠! 죄송합니다. 정말 죄송합니다."

"아니, 괜찮아.『카트리오나』네. 그래, 스티븐슨의 책은 더 없니?"

앨버트는 이제 전보다 더 조심해서 건네주었다. 터펜스는 감개무량한 듯 탄성을 질렀다.

"『검은 화살』이구나. 어머, 놀라워라!『검은 화살』이라니! 이 책은 내가 제일 처음에 읽은 거야. 앨버트는 읽은 기억이 없겠지? 아니, 앨버트는 그때 태어나지도 않았을 테니까 말이야. 가만 있자.『검은 화살』. 그래, 벽에 걸린 그림에서 내려다보는 눈이 나오는데, 진짜 눈이야. 그림 속의 눈을 통해 이쪽을 보고 있는 거야. 정말 소름 끼쳤지. 그래, 정말이야.『검은 화살』, 그게 뭐였더라? 그래, 고양이? 개? 아니, 그렇지 않아. '고양이, 쥐, 그리고 '로벨'이라는 이름의 개. 영국 전체는 돼지의 통치하에 있다'는 말이었어. 돼지는 물론 리처드 3세를 말하는 거고. 하긴 요즘은 어느 책이나 리처드 3세가 대단한 인물이었다고 하더군. 악당이 결코 아니라고 하면서. 하지만 나는 믿지 않아. 셰익스피어도 믿지 않았으니까. 희곡 첫머리에 '내가 악당이라는 사실을 똑똑히 보여 주겠다.' 하고 리처드가 말하는 장면이 나오니까. 아, 그래.『검은 화살』이었어."

"좀 더 꺼낼까요?"

"그만 됐어. 고마워, 앨버트. 이제 피곤해지는데."

"그럼, 그만하지요. 그런데 나리께서 전화를 하셔서 돌아오시는 시간이 30분쯤 늦을 거라고 하셨습니다."

"괜찮아."

터펜스는 의자에 앉더니『검은 화살』을 집어 들고 책장을 넘겨가며 정신없이 읽기 시작했다.

"참 멋진 책이야. 까맣게 잊고 있었던 덕분에 다시 읽어도 재미있네. 옛날에 읽었을 때도 재미있었지."

정적이 찾아왔다. 앨버트는 부엌으로 돌아갔다. 터펜스는 의자에 기대어 앉았다. 시간이 흘렀다. 좀 낡은 안락의자에 웅크리고 앉아 토마스 베레스퍼드 부인은 로버트 루이스 스티븐슨의『검은 화살』에 푹 빠져 옛날의 즐거움을 다시금 만끽했다.

부엌에서도 시간은 가고 있었다. 앨버트는 요리용 난로 앞에 서서 여러 가지 음식을 만들고 있었다. 차가 멈춰서는 소리가 들렸다. 앨버트가 옆문으로 갔다.

"나리, 제가 차를 차고에 넣을까요?"

"괜찮네. 내가 하지. 자네는 저녁식사 준비로 바쁜 것 같으니까. 내가 많이 늦었나?"

"그렇지 않습니다. 말씀하신 것보다 오히려 조금 일찍 도착하셨네요."

"아, 그래?"

토미는 차를 차고에 넣고 손을 비비며 부엌으로 들어왔다.

"밖은 추워. 터펜스는 어디 있지?"

"마님은 위층에서 책을 읽고 계십니다."

"뭐야? 아직도 그 빌어먹을 책을 읽는단 말이야?"

"그렇습니다. 오늘은 일을 많이 하신 듯 합니다만 책 읽는 데 거의 모든 시간을 보내셨지요."

"허, 참! 알았네, 앨버트. 저녁 식사는 뭔가?"

"레몬으로 맛을 낸 혀가자미입니다. 조금만 있으면 됩니다."

"알았네. 아무튼 15분쯤 뒤에 해 주게. 우선 손부터 좀 씻어야지."

위층에서는 터펜스가 좀 낡은 안락의자에 여전히 앉아 『검은 화살』을 읽느라 정신이 없었다. 이마에는 주름살이 조금 보였다. 어쩐지 이상하다고 생각되는 점과 맞닥뜨린 것이다. 좀 눈에 거슬린다고밖에 말할 수 없는 부분이 있었다. 지금 읽는 쪽, 그러니까 64쪽인지 65쪽에 누가 몇 가지 단어에 밑줄을 그어 놓았다. 터펜스는 15분 전부터 그것을 보고 곰곰이 생각에 잠겨 있었다. 그녀는 몇 가지 단어에 왜 밑줄을 쳐 두었는지 궁금했다. 무슨 순서가 있는 말도 아니고 인용문도 아니었다. 아무 낱말이나 골라내서 붉은 잉크로 줄을 그어 놓았다. 터펜스는 조그마한 소리로 읽어보았다.

"매첨은 참지 못하고 낮게 소리쳤다. 딕은 움찔해서 윈더크(windac, window의 오기)를 손에서 떨어뜨렸다. 그들은 일제히 일어나 칼이며 단도를 빼들었다. 엘리스가 손을 들었다. 그의 눈에서 흰자위가 빛을 냈다. 자, 커다란……"

터펜스는 고개를 저었다. 도무지 무슨 뜻인지 알 수가 없었다. 그녀는 필기 도구를 놓아둔 탁자로 건너가서 편지지를 두세 장 집었다. 그것은 새 주소, 즉 『월계수 저택』의 번지를 인쇄할 종이를 고르도록 인쇄소에서 최근에 보내준 것이었다.

"괴상한 이름이야. 그렇다고 이름을 바꿔 버리면 편지가 모두 엉뚱한 곳으로 가겠지."

그녀는 문제가 되는 부분을 종이에 옮겨 적었다. 그랬더니 지금까지 미처 몰랐던 사실을 깨닫게 되었다.

"이렇게 적어 놓고 보니 아주 달라지는데."

그녀는 문제가 된 페이지에서 글자를 골라냈다.

갑자기 토미의 목소리가 들렸다.

"여기 있었군. 저녁 먹을 때가 다 됐어. 책들은 어때?"

"이 책이 아무래도 이상해요. 도무지 알 수가 없네요."

"이상하다니, 뭐가?"

"이건 스티븐슨의 『검은 화살』인데, 한 번 더 읽어 보고 싶어서 읽기 시작했거든요. 한참 읽어 나가는데 갑자기 수많은 낱말에 붉은 잉크로 밑줄이 그어져 있는 거예요."

"난 또 뭐라고. 꼭 붉은 잉크가 아니더라도 사람들은 밑줄을 치는 거야. 가령 기억해 두고 싶은 부분이라든지 인용문 같은 곳에다 말이지."

"그야 알지만 이건 좀 달라요. 봐요, 글자예요."

"글자라니!"

"이리 와서 봐요."

토미는 아내 곁으로 다가가 의자 팔걸이에 걸터앉아서 소리내어 읽어보았다.

"'매첨은 참지 못하고 낮게 소리쳤다. 죽은 발차 담당자까지 움찔해서 손에서 창을 떨어뜨렸으므로 커다란 두 사나이는(어쩐지 읽어지지 않는군.) 조개가 예정된 신호였다. 그들은 일제히 벌떡 일어나 칼과 단도를 빼들었다.' 도무지 무슨 소린지."

"나도 처음엔 그렇게 생각했어요. 정말 횡설수설이라고요. 하지만 얼토당토않는 말이 아니에요, 토미."

아래층에서 소 방울 소리가 들려왔다.

"저녁 식사 준비가 다 된 모양이군."

"상관없어요. 그전에 먼저 이 이야기부터 해야겠어요. 나중에 해도 좋지만 하여튼 너무 이상해서요. 그래서 당장 말해야겠어요."

"그렇다면 좋아. 또 실제로는 아무것도 아닌 대발견을 했다는 거지?"

"그렇지 않아요. 그냥 글자들을 골라내 봤어요. 그런데 보세요! 이 페이지에 첫 낱말 '매첨'의 'M'과 'A'에 밑줄이 그어져 있고 그 뒤에도 세 군데, 아니 서너 군데 낱말에 줄이 그어져 있어요. 무슨 관계가 있다는 것이 아니에요. 그냥 아무렇게나 골라내어 밑줄을 쳤죠. 그건 적당한 글자가 필요했다는 뜻이에요. 자, 보세요. 다음은 '자제하다(restrain)'의 'R'에 줄이 그어져 있지요? 그리고 '외치다(cry)'의 'Y', '잭(Jack)'의 'J', '쏘았다(shot)'의 'O', '망치다(ruin)'의 'R', '죽음(death)'의 'D', 이것도 '죽음(death)'의 'A', '돌림병(murrain)'의 'N'······."

"여보, 그만해!"

"기다려 봐요. 밝혀내야 해요. 따로 옮겨 적어 놓으니 이제 당신도 알겠죠? 내가 한 대로 이렇게 글자를 골라내어 차례대로 종이에 적어 보면······ 봐요, 'MARY'가 되잖아요. 바로 이 네 글자에 밑줄이 쳐 있는 거예요."

"그게 어쨌다는 거야?"

"'메리'가 되는 거라고요."

"그렇군. 메리라는 사람이 있었던가 봐. 창의성이 풍부한 아이가 이 책을 자기 것이라는 표시를 해 둔 거겠지. 사람들은 항상 책이나 뭐 그런 거에다 자기 이름을 써두고 싶어 한다고."

"알았어요. 아무튼 메리예요. 그런데 다음 밑줄이 있는 글자는

'Jordan'이 되거든요."

"내 말이 맞지? '메리 조던'이군. 지극히 당연한 일이지. 이제 그 여자아이의 이름을 알아냈군. 그 여자아이의 이름은 '메리 조던'이었어."

"그런데 이 책은 그녀의 것이 아니었어요. 제일 앞에 어설픈 아이들 글씨로 '알렉산더'라고 적혀 있거든요. '알렉산더 파킨슨'이라고."

"흠, 그게 뭐 그리 중요하다고 그러지?"

"당연히 중요하죠."

"이제 내려가자. 나 배고파."

"좀 참아요. 이젠 조금밖에 안 남았으니까. 밑줄 친 것이 끝나는 다음 페이지까지만. 그러니까, 다음 네 페이지에서 끝나니까요. 글자는 여기저기 아주 엉뚱한 데에서 골랐거든요. 무슨 관련이 있어서 고른 게 아니에요. 단어는 조금도 필요치 않았던 거예요. 글자만 필요했나 봐요. 그러니까, 'Mary, Jordan'까지 알게 되었지요. 이건 이만 되었고, 다음 네 개의 단어가 무슨 말인지 아시겠어요? 'Did not, not, die, naturaly'. 이것은 '자연히'라는 뜻으로 쓴 것인가 본데 'l'이 두 개라는 사실을 몰랐나 봐요. 자, 어떻게 되었죠? '메리 조던은 자연사를 한 게 아니었다.' 틀림없죠? 다음 문장은 '범인은 우리 가운데 한 사람이다. 나는 범인이 누군지 알고 있다.' 이게 전부예요. 더 이상 밑줄은 보이지 않아요. 흥미롭지 않아요?"

"여보, 설마 이런 것에서 어떤 의미를 찾아내려는 건 아니겠지?"

"그게 무슨 말이에요? 이런 것에서 어떤 의미라니요?"

"일종의 미스터리로 꾸미는 일 말이야."

"사실 내게는 미스터리예요. '메리 조던의 죽음은 자연사가 아니었다. 범인은 우리 가운데 한 사람이다. 나는 범인이 누군지 알고 있다.' 토미, 이런데도 호기심이 생기지 않는단 말이에요?"

3장
묘지 방문

"터펜스!"

토미가 집으로 들어서며 큰 소리로 불렀다.

아무 대답이 없었다. 약간 짜증이 난 그는 계단을 뛰어올라가 2층 복도를 뛰다시피 걸어갔다. 복도를 황급히 따라가다가 그는 하마터면 바닥의 구멍에 한쪽 발이 빠질 뻔했다. 당장에 그의 입에서 욕이 튀어나왔다.

"빌어먹을 전기 기사가 또 이런 짓을 해 놓았군."

며칠 전에도 비슷한 일을 당했던 것이다. 전기 기사들은 뭐가 그리 신이 나는지 떠들며 일을 시작했다. "이 정도만 해 두면 끄떡없습니다. 이제 다 되었습니다. 오후에 다시 오겠습니다." 하고 그들은 말했다. 그런데 그날 오후에 그들은 다시 오지 않았다. 토미는 그다지 놀라거나 하지 않았다. 건축할 때 전기나 가스 공사를 담당하는 기사들의 일반적인 업무 태도에 익숙해져 있었기 때문이었다. 그들은 와서 제법 그럴 듯하게 솜씨를 뽐내고는 아무 문제도 없다는 식으로 이야기를 하고 나서 무언가를 가지러 돌아간다. 그러고 나서 돌아오지 않는다. 항의를 하려고 전화를 걸면 엉뚱한 곳이 나온다. 설사 번호가 맞는 경우라 해도 찾는 사람이 그곳에 근무하지 않는 것만 확인할 수 있을 뿐이다. 발목을 삐거나, 구멍에 발이 빠지거나, 어떤 식으로든 다치지 않도록 조심하는 게 상책이다. 토미는 자신보다 터펜스가 다칠까 봐 걱정하고 있었다. 자신은 터펜스보다 경험이 많다. 터펜스는 물 끓는 주전자에 데거나 난로에 화상을 입을 위험성이 더 많다고 그는 생각했다. 그런데 터펜스는 대체 어디 있는 거야? 그는 다시금 아내를 불러보았다.

"터펜스! 터펜스!"

그는 터펜스가 걱정이 되었다. 터펜스라는 여자는 이쪽에서 걱정하지 않을 수 없는 사람이다. 그가 혼자서 외출이라도 할 때면 그는 아내에게 한 마디 당부를 하게 된다. 그러면 그녀도 당부대로 하겠다고 약속을 하고서 다음과 같은 식으로 말한다.

'그래요. 외출은 안 할게요. 나중에 잠깐 나가서 버터 반 파운드만 사 올게요. 설마 그 정도 일을 가지고 위험하다고 하진 않겠죠?'

'당신이 버터 반 파운드를 사러 가는 일은 위험할 수가 있지.'

'어머, 바보 같은 소리 말아요.'

'바보가 아니라 현명하고 자상한 남편으로서 내가 이 세상에서 가장 아끼는 사람에게 마음을 쓰는 거야. 하지만 알 수 없는 것은

내가 당신을 왜 가장 아끼는지…….'

'그건 내가 아주 매력적이고 미인인 데다 좋은 반려자로서 당신을 끔찍이 보살피고 있기 때문이에요.'

'그런 점도 없진 않지만 좀 더 당부해 두고 싶어.'

'그 당부라는 게 내 마음에 들 것 같지 않은데요. 틀림없어요. 당신은 몇 가지 불만이 쌓였겠지만 걱정 마요. 모두 다 잘 될 거예요. 집에 돌아와서 나를 큰 소리로 부르기만 하면 돼요.'

그렇게 터펜스가 말했는데 지금 그녀는 대체 어디 있는 걸까?

"정말 어쩔 수 없는 여자라니까. 또 어디로 나간 게 분명해."

그는 예전에 터펜스를 찾아낸 적이 있는 방으로 들어가 보았다.

'또 아이들이나 읽는 책을 살펴보고 있겠지. 어떤 멍청한 꼬마가 붉은 잉크로 쓸데없이 밑줄을 쳐 놓은 낱말들을 보고 기분이 들떠서 어쩔 줄 몰라 하고 있을 거야. 누군지도 모르는 메리 조던의 뒤를 캐고 있는지도 모르지. 자연사를 한 게 아니라는 메리 조던 말이야.'

토미는 이것저것 생각해 보지 않을 수 없었다. 아마 꽤 오래전의 일이겠지만 이 집 주인이었다가 나중에 집을 판 사람들은 존스 일가였다. 존스 일가가 여기서 산 기간은 고작 3년이나 4년으로 별로 길지 않았다. 이 '로버트 루이스 스티븐슨'의 책 주인이었던 아이가 살았던 것은 그보다 이전의 일이었다. 하여튼 터펜스는 이 방에 없었다. 여기저기 책들이 흩어져 있었지만 아내가 관심 있게 보았을 것 같은 책은 없었다.

"대체 어딜 갔단 말이야?"

아래층으로 다시 내려가면서 그는 한두 번 큰 소리로 아내를 불렀다. 하지만 대답이 없었다. 그는 거실에 있는 걸이못을 둘러보았다. 못에 걸려 있어야 할 터펜스의 비옷이 보이지 않았다. 외출을 한 게 분명했다. 어디를 갔을까? 그리고 한니발은 또 어디에 있는 걸까? 토미는 짜증 섞인 목소리로 한니발을 불렀다.

"한니발! 한니발, 이리 와!"

한니발도 없었다.

토미는 터펜스가 한니발을 데리고 나갔다고 생각했다.

터펜스가 한니발을 데리고 간 것이 과연 잘한 일인지 잘못한 일이지 토미는 알 수 없었다. 틀림없이 한니발은 터펜스가 위험에 빠질 때 가만히 보고만 있지는 않겠지. 문제는 한니발이 다른 사람에게 해를 끼치지나 않을까 하는 것이다. 다른 사람의 집에 데리고 갔을 때는 온순했지만 사람들이 찾아오거나 자기가 사는 집에 사람들이 들어오려고 하면 한니발은 경계하곤 했다. 녀석은 필요하다고 생각되면 어떤 위험을 무릅쓰고라도 짖어 대거나 물어뜯을 각오가 되어 있었다. 그건 그렇고 모두 어디로 간 걸까?

토미는 길을 따라 조금 걸어 보았지만 빨간 비옷을 입은 중키의 여자가 조그만 검정개를 데리고 가는 모습은 도무지 찾아볼 수가 없었다. 결국 그는 화가 나서 씩씩거리며 집으로 돌아왔다.

식욕을 돋우는 냄새가 그를 맞았다. 서둘러 부엌으로 가 보니 터펜스가 요리용 난로 앞에 서 있다가 돌아보면서 반갑게 미소를 지었다.

"꽤 늦었네요. 찜 요리를 하는 중이에요. 냄새 좋죠? 오늘은 좀 특이한 것들을 넣어 봤어요. 정원에 허브가 있었어요. 틀림없이 허브인 것 같아요."

"허브가 아니면 독성이 있는 벨라도나이거나 겉보기에는 다른 풀로 보이지만 사실은 디기탈리스나 그런 것이겠지. 그런데 아까는 도대체 어딜 갔었어?"

"한니발을 산책에 데려갔었어요."

그 순간 한니발의 소리가 들렸다. 토미를 보고 반갑게 달려와서 안기는 바람에 토미는 하마터면 엉덩방아를 찧을 뻔했다. 한니발은 반들반들 윤이 흐르는 작은 검정개로 엉덩이와 양쪽 볼에 우습게도 황갈색 반점이 있었다. 매우 순수한 혈통의 맨체스터 테리어 종으로 지적인 면이나 고귀한 점에서는 보통 개들보다 훨씬 높은 수준에 있다고 스스로 생각하고 있었다.

"그럴 리가! 내가 이 부근을 샅샅이 살펴봤는데. 대체 어딜 갔었어? 날씨도 좋지 않은데."

"그래요. 안개가 자욱하고 눅눅한 게 날씨가 좋지 않았어요. 게다가 제법 피곤하네요."

"어딜 걸은 거야? 길 아래쪽에 몰려 있는 가게에 갔었어?"

"아니에요. 오늘은 상점들이 일찍 문을 닫는 날이잖아요. 나……나는 공동묘지에 갔었어요."

"왠지 음침한 분위기가 느껴지는군. 공동묘지에는 뭐 하러 갔어?"

"살펴보고 싶은 무덤이 몇 개 있어서요."

"그래도 여전히 분위기는 음침한데. 그래, 한니발은 좋아했어?"

"한니발은 목줄을 달아야만 했어요. 관리인 같은 사람이 교회 건물을 들락거렸는데 그 사람이 한니발을 좋아하지 않는 것 같아서요. 하긴 한니발도 그 사람을 좋아하지 않았을지도 모르죠. 이사 오자마자 사람들한테 나쁜 편견을 갖게 할까 봐 두렵기도 했고요."

"묘지에서 뭘 찾아보려고?"

"어떤 사람들이 그 묘지에 묻혀 있는지 알아보려고요. 많은 사람들이 묻혀 있었는데 그야말로 만원이더군요. 꽤 오래된 무덤도 있었어요. 1800년대 것은 흔하고 더 오래된 것도 한둘 있는 것 같은데 묘비가 삭아서 글씨를 제대로 알아볼 수 없더군요."

"나는 아직도 당신이 묘지에 간 까닭을 모르겠어."

"조사를 해 본 거예요."

"무슨 조사?"

"조던이라는 사람이 묻혀 있는지 알고 싶었거든요."

"맙소사! 아직도 그 일에 매달려 있단 말이야? 그러니까 당신은 묘지에 가서……."

"그래요. 메리 조던은 죽었어요. 죽은 건 우리도 알고 있어요. 왜냐하면 그녀의 죽음은 자연사가 아니었다고 말한 내용을 책에서 읽었으니까요. 그러니까 그녀는 어딘가에 묻혀 있을 거예요, 그렇죠?"

"그야 당연하지. 이 집 정원에 묻혀 있지 않다면 말이지만."

"정원에는 없을 것 같아요. 사내애인지 계집애인지 모르겠지만 내 생각에는 그 애가 틀림없이 사내애일 것 같아요. 이름이 알렉산더라는 것을 보면 말이에요. 그 아이는 그녀의 죽음이 자연사가 아닌 것을 알고는 자기 머리가 좋다고 생각했을 게 분명해요. 하지만 그녀의 사망 원인을 알고 있는 사람은 그 아이뿐이었던 것 같아요. 그녀는 죽어서 땅에 묻혔고 어느 누구도 거기에 대해 아무 말도……."

"아무도 범죄가 일어났다고는 안 했어."

"그렇죠. 독약을 먹었거나 머리를 얻어맞았거나 벼랑에서 밀려 떨어졌거나 차에 치어 죽거나 하는 끔찍한 방법들은 얼마든지 생각해 낼 수 있어요."

"그야 당신이라면 생각해 내겠지. 당신의 좋은 점은 적어도 마음씨만큼은 곱다는 거야. 하지만 장난삼아 그런 살인을 저지르지는 않아."

"하지만 묘지에는 메리 조던의 무덤이 없었어요. 조던이라는 성조차 없던데요."

"그래서 실망했겠군. 그런데 요리는 아직 안 된 건가? 배가 고파 미칠 것 같다고. 냄새는 그런대로 괜찮군."

"마침 다 익었어요. 손 씻고 오면 바로 식사할 수 있어요."

4장

파킨슨 가문

"파킨슨이란 이름이 그렇게 많을 줄이야."

음식을 먹으면서 터펜스가 말했다.

"옛날로 거슬러 올라가니 정말 엄청나게 많았어요. 늙은이, 젊은이, 파킨슨 가문에 시집온 사람들이며 하여간 온통 파킨슨으로 넘쳐났어요. 게다가 케이프라든가 그리핀, 언더우드, 오버우드라는 이름도요. 재미있었어요. 언더우드와 오버우드 두 가지가 다 있다니 신기하죠?"

"옛날에 조지 언더우드라는 친구가 있었지."

"네, 언더우드라면 나도 몇 사람 알아요. 하지만 오버우드라는 사람은 하나도 몰라요."

"남자였는데, 여자였는데?"

토미가 약간 관심을 보이며 물었다.

"여자였던 것 같아요. 로즈 오버우드."

토미는 자기 목소리가 울려 퍼지는 소리에 귀를 기울이며 말했다.

"로즈 오버우드라. 어쩐지 성과 이름이 어울리지 않는 이름이군. 참! 점심 먹고 나서 전기 기사에게 전화해야겠어. 그때까지 당신, 위층 층계참에 발이 안 빠지도록 조심해."

"그렇게 되면 나는 자연사나 변사 둘 중에 하나가 되겠네요."

"호기심에 의한 죽음이지. 호기심은 화를 불러오기 쉬운 법이야."

"당신은 호기심 같은 게 전혀 없어요?"

"유감스럽게도 호기심을 가질 이유가 조금도 없어. 디저트는 무슨 과자야?"

"당밀 파이예요."

"아주 맛있었어."

"맛있게 먹었다니 다행이네요."

"뒷문 밖에 있는 꾸러미는 뭐지? 우리가 주문한 포도주인가?"

"아니에요. 알뿌리예요."

"흠, 그랬군."

"튤립이에요. 아이작 영감님한테 가서 의논하고 올게요."

"어디에다 심으려고?"

"정원 중앙의 길을 따라 심을까 해요."

"그 영감은 당장이라도 쓰러져 죽을 것처럼 보이던데."

"천만에요. 영감님이 얼마나 정정하시다고요. 정원사들은 누구나 그렇게 건강한가 봐요. 정말 솜씨 좋은 정원사는 여든을 넘어야 한

창인 듯 싶어요. 35살 가량의 튼튼하고 억세 보이는 젊은이가 '저는 옛날부터 정원사가 꿈이었습니다.' 어쩌고 한다면 조금도 쓸모가 없다고 보면 틀림없어요. 가끔 잎사귀나 조금 잘라 내는 것이 고작이고 무엇을 하라고 해도 그런 일을 할 시기가 아직 아니라고 항상 둘러댈 거예요. 그렇다고 그 시기가 언제인지 이쪽에서는 모르니까, 아니, 나는 모르니까, 그래요, 결국 저쪽에서 하자는 대로 하게 된다고요. 하지만 아이작 영감님은 정말 대단한 정원사예요. 모르는 게 없으니까."

그렇게 말한 다음 터펜스는 덧붙였다.

"크로커스도 좀 심고 싶어요. 그 꾸러미 속에 들어 있는지 모르겠네요. 잠깐 나가서 보고 올게요. 오늘은 아이작 영감님이 오시는 날이니까 오시면 뭐든지 가르쳐 주실 거예요."

"그래, 좀 있다가 나도 나가 볼게."

터펜스는 아이작을 반갑게 맞이했다. 두 사람은 구근 꾸러미를 풀고 어디에다 심으면 가장 좋을지 얘기를 나눴다. 우선 2월 말쯤이면 사람의 마음을 즐겁게 해 줄 조생종 튤립, 그다음으로는 꽃잎 가장자리에 예쁜 테두리가 있는 패롯 튤립과 터펜스가 이해하기로는 줄기가 기다랗고 5월과 6월초에 무척 예쁜 꽃이 핀다는 비리디플로라 튤립에 대해 얘기를 나눴다. 이러한 품종들은 옅은 녹색 색조에 그 정취가 있으므로 정원 안쪽에 모아서 심고 응접실을 세련되게 꾸밀 일이 있을 때 잘라 내어도 좋고 정문을 지나 집으로 이어지는 길가에 심어 두면 찾아오는 손님들의 시샘과 부러움을 사게 될 것이라는 점에서 두 사람은 의견 일치를 보았다. 게다가 이 꽃들은 육류라든가 그 밖의 식료품을 배달해 주는 장사꾼들의 미적 감각도 충족시켜 줄 것이 틀림없었다.

4시가 되자 터펜스는 부엌에서 밤색 찻주전자에 진하고 맛있는 차를 가득 담아 가지고 각설탕과 우유를 곁들여 내와서는 돌아가기 전에 마시고 가라고 아이작을 불렀다. 그런 다음 토미를 찾으러 갔다.

틀림없이 잠들어 있을 거라고 생각하고 터펜스는 이 방 저 방을 찾아다녔다. 층계참까지 갔을 때 마루의 불길한 구멍 밖으로 머리가 솟아나와 있는 걸 보고 그녀는 기뻤다.

"다 됐습니다, 마님. 모두 고쳤으니까 이젠 겁내실 필요 없습니다."

전기 기사는 내일 아침부터는 집 안의 다른 곳을 손보겠다고 덧붙였다.

"꼭 와 주세요. 그런데 혹시 우리집 양반을 보지 못했나요?"

"선생님 말씀입니까? 위층에 계셨던 거 같은데요. 그래요, 뭘 떨어뜨리고 계시던데요. 묵직한 것이었는데. 틀림없이 책이었을 거예요."

"책이라고요? 맙소사!"

전기기사는 자기 일터인 마루 밑으로 다시 들어갔고 터펜스는 다락방으로 올라갔다. 다락방은 서재로 개조해서 아동용 도서를 넣어 두고 있었다.

토미는 서재에서 쓰는 사다리의 꼭대기에 앉아 있었다. 바닥에는 책이 몇 권 흩어져 있었고 선반에는 빈 공간이 여기저기 눈에 띄었다.

"여기 있었군요. 아무 흥미도 없는 척하더니 꽤 많은 책을 봤네요. 내가 깔끔하게 정리해 놓은 책들을 온통 뒤죽박죽으로 만들어 놓았고."

"미안해. 하지만 그냥 한번 훑어보고 싶었어."

"붉은 잉크로 밑줄을 친 책들이 또 있던가요?"

"아니, 없었어."

"마음에 자꾸 걸려요."

"그건 알렉산더가 해 놓은 게 분명해. 알렉산더 파킨슨 말야."

"그래요. 수없이 많은 파킨슨 가족 가운데 한 사람이에요."

"알렉산더는 좀 게으른 아이였던가 봐. 물론 그런 식으로 밑줄을 치는 일은 제법 귀찮았겠지만. 하지만 조던에 관한 정보는 더 이상 없어."

"아이작 영감님한테 여쭤봤어요. 이 부근 사람들을 많이 알더군요. 하지만 조던이라는 성은 들어본 적이 없다네요."

"현관 옆에 놓인 황동 램프로는 무엇을 할 셈이야?"

아래층으로 내려오며 토미가 물었다.

"폐품 바자회에 가지고 가려고요."

"왜?"

"예전부터 애물단지였거든요. 외국에 나갔을 때 산 거 맞죠?"

"그랬지. 우리 둘 다 머리가 이상했었나 봐. 당신은 그 램프가 전혀 마음에 안 든다고 했지. 사실 그건 나도 동감이야. 게다가 엄청나게 무겁기만 하고."

"하지만 그걸 바자회에 내놓겠다고 했더니 샌더슨 양이 굉장히 좋아하더군요. 가지러 오겠다고 하는 걸 내가 차로 실어다 주겠다고 했어요. 오늘이 바자회가 열리는 날이에요."

"내가 갖다줄까?"

"아뇨, 내가 가져갈게요."

"알았어. 그럼 내가 차 있는 곳으로 날라 주지."

"아니에요. 운반할 사람이 있을 거예요."

"그럼, 좋도록 해. 괜히 무리하지 말고."

"알았어요."

"당신이 가고 싶다고 하는 데는 달리 까닭이 있는 거지?"

"사람들하고 그냥 수다나 좀 떨고 싶어서죠."

"당신이 어쩌자는 속셈인지는 모르겠지만 당신이 무슨 일을 벌이려고 한다는 사실은 그 눈빛만 봐도 알 수 있어."

"당신은 한니발을 데리고 산책이나 가요. 한니발을 바자회에 데려갈 수는 없으니까. 개들끼리 싸우는 건 질색이거든요."

"좋아. 한니발, 산책이나 갈까?"

여느 때처럼 한니발은 당장에 그러겠다는 표시를 했다. 좋고 싫은 표시를 분명히 하는 개였다. 개는 몸을 비비 꼬면서 꼬리를 흔들더니 한쪽 발을 들어올렸다가 내리며 토미의 다리에 머리를 강하게 비벼 댔다.

'산책 좋죠. 베레스퍼드 주인님은 그래서 저한테 필요한 거죠. 자, 1바퀴 돌고 올까요. 그나저나 밖에 나가 여러 가지 냄새를 맡을 수

있었으면 좋겠군요.'

한니발은 분명히 그렇게 말하고 있었다.

"자, 가자. 목줄은 가져가지만 지난번처럼 한길로 뛰어들면 안 돼! 무시무시한 차량에 하마터면 치어 죽을 뻔했잖아."

한니발은 '저는 늘 무엇이든 시키는 대로 하는 훌륭한 개였잖아요.' 하고 말하는 듯한 표정으로 토미를 바라보았다. 그것은 새빨간 거짓말이었지만 한니발과 가장 가까운 사람들조차도 종종 속아 넘어갔다.

토미는 무겁다고 중얼거리면서 황동 램프를 차에 실었다. 터펜스는 차를 몰기 시작했다. 차가 모퉁이를 돌아 사라지는 것을 보고 토미는 한니발의 목걸이에 줄을 매어 거리로 데리고 나갔다. 이윽고 교회로 가는 골목으로 들어서서 차가 다니는 모습이 거의 눈에 띄지 않자 그는 한니발의 목에 맨 줄을 풀어 주었다. 담장을 따라 나 있는 잡초들 여기저기의 냄새를 맡아 보기도 하고 코를 킁킁거리기도 하면서 한니발은 자유를 만끽하고 있었다. 만일 사람처럼 말을 할 수 있었다면 개는 이런 말을 했을 것이다. '아! 이 멋진 냄새! 아주 덩치가 큰 개로군. 밉살스러운 셰퍼드 녀석이야.' 한니발은 낮게 으르렁거렸다. '정말 맘에 안 들어, 셰퍼드란 놈들은! 전에 나를 물었던 그 녀석을 만나면 이번에는 반드시 빚을 갚아 줘야지. 흠, 좋아! 저건 귀여운 암컷이군. 아주 예쁜데. 한번 사귀어 보고 싶네. 쟤네 집은 여기서 멀까? 어쩌면 바로 이 집에 사는 개일지도 몰라.'

"당장 이리 나와! 남의 집에 함부로 들어가면 못 써!"

토미가 소리쳤다.

한니발은 못 들은 척했다.

"한니발!"

한니발은 빠른 걸음으로 모퉁이를 돌아 부엌으로 다가갔다.

"한니발! 내 말 안 들려?"

'안 들리느냐고? 절 부르셨어요? 응, 그런 것 같군.'

한니발은 그렇게 말하는 것 같았다.

부엌에서 맹렬하게 개 짖는 소리가 들려왔다. 한니발은 겁을 집어먹고 토미에게로 도망쳐 왔다. 그러고는 토미의 발뒤꿈치에 바짝 붙어서 걸었다.

"그래, 착하지."

토미가 말했다.

'저 착하죠? 주인님을 지켜 드릴 필요가 있을 땐 언제든 이렇게 바짝 붙어 있을게요.'

한니발은 그렇게 말하고 있었다.

그들은 교회 묘지로 들어가는 옆문에 이르렀다. 한니발은 몸의 크기를 마음대로 바꾸는 정말 희한한 요령을 터득하고 있어서 어깨가 다소 넓고 뚱뚱한 몸을 언제든 가느다란 검정 끈처럼 바꿀 수 있었다. 지금도 그는 문의 가로막대 사이를 몸을 쥐어짜듯이 해서 손쉽게 빠져나갔다.

"한니발, 돌아와! 묘지에 들어가면 안 돼!"

한니발은 '주인님, 저는 벌써 묘지에 들어와 버렸는걸요.' 하고 대답하는 것 같았다. 그는 아주 멋진 정원에 풀어놓은 개처럼 묘지 주변을 신이 나서 뛰어다니고 있었다.

"정말 말썽꾸러기야!"

토미가 말했다. 그는 문의 고리를 벗기고 안으로 들어가 개줄을 손에 들고 한니발을 뒤쫓았다. 한니발은 이미 묘지의 안쪽 멀리까지 들어가 있었으며 빠끔히 열려 있는 교회 문으로 들어갈 생각만 하고 있는 것 같았다. 하지만 토미는 간신히 한니발을 잡아서 개줄을 목에 걸었다. 한니발은 진작부터 이렇게 되기를 바라고 있었다는 듯한 태도로 올려다보았다. '줄을 매시려고요? 그래요. 물론 이렇게 하고 있으면 위엄이 있어 보이지요. 그리고 이렇게 해야 제가 아주 귀한 개라는 사실을 나타낼 수 있으니까.' 하고 말하는 듯했다. 그는 꼬리를 흔들었다. 튼튼한 개줄을 단단히 맸으니 한니발을 데리고 함께 묘지를 걸어도 막을 사람은 없는 것 같아서 토미는 아내가 했다는 조사를 한번 더 해 보려고 묘지 안을 둘러보았다.

그는 먼저 교회로 들어가는 조그만 옆문에 반쯤 가려진 닳아 빠진 묘비를 보았다. 가장 오래된 것 중 하나인 듯했다. 부근에는 그런 오래된 묘비가 몇 개 있었는데 대개는 1800년대의 날짜가 새겨져 있었다. 하지만 토미가 유난히 오랫동안 보고 있는 묘비가 하나 있었다.

"이상하군. 정말 이상해."

한니발은 주인을 올려다보았다. 그는 주인의 말을 이해할 수 없었다. 묘비에는 개의 흥미를 끌 만한 게 아무것도 없었다. 한니발은 자리에 앉아 궁금하다는 듯한 표정으로 주인을 올려다보았다.

5장

폐품 바자회

터펜스는 남편과 자신이 애물단지 취급을 하던 황동 램프가 뜻밖에도 엄청나게 귀한 대우를 받는 것을 보고 기뻤다.

"베레스퍼드 부인, 이렇게 멋진 것을 가져다주셔서 정말 고마워요. 정말 멋진 물건이네요. 틀림없이 외국 여행을 하실 때 사 오신 것 같네요."

"네, 이집트에서 샀어요."

말은 그렇게 했지만 터펜스는 8년에서 10년쯤 지나고 보니 그것을 어디에서 샀는지조차 기억이 가물가물했다. 그 물건을 샀던 곳이 다마스커스였는지 아니면 바그다드나 테헤란이었는지 불확실했다. 하지만 지금은 이집트가 화제에 올라 있는 게 분명하니까 이집트로 해 두는 편이 훨씬 더 좋겠다고 터펜스는 생각했다. 게다가 그것은 왠지 이집트에서 만든 램프처럼 보였다. 설사 다른 나라에서 산 물건일지라도 이집트의 제품을 모방하던 시기의 물건이 분명했을 것이다.

"저희 집에 두기에는 너무 커서······."

"네, 정말 이건 제비뽑기라도 해야겠네요."

리틀 양은 이번 바자회에 나온 물건들의 관리를 맡고 있었다. 그녀는 '교구의 공동 우물'이라는 별명이 붙었는데 그것은 그녀가 이 지역 교구에서 일어나는 일이라면 무엇이든 잘 알고 있어서였다. 그녀의 성은 오해를 불러일으키기 십상이었다. 그녀는 몸집이 대단한 여자여서 '리틀'이라는 성과는 도무지 어울리지 않았다. 세례명은 '도로시'이지만 항상 사람들은 그녀를 '도티'라고 불렀다.

"바자회에 오실 테죠, 베레스퍼드 부인?"

터펜스는 가겠다고 약속하며 수다스럽게 말했다.

"물건을 사고 싶어 못 견디겠어요."

"어머, 그렇게 생각해 주시니 고맙네요."

"정말 좋은 일이라고 생각해요. 폐품 바자회 말이에요. 어떤 사람에겐 애물단지가 된 물건이라도 다른 사람에겐 더할 수 없이 유용하고 귀한 물건일 수 있으니까요."

"어머, 정말 그 이야기는 목사님께 꼭 말씀드려야겠네요. 목사님도 무척 흐뭇하게 생각하실 거예요."

바짝 마르고 이가 촘촘히 나 있는 프라이스 리들리 양이 말했다.

"예를 들어 이런 종이반죽으로 만든 그릇을 보세요."

터펜스는 그렇게 말하면서 그릇을 들어올렸다.

"어머, 그런 것을 살 사람이 있을까요?"

"제가 가져가지요. 내일 와서 보고 그때까지 안 팔렸으면 말이에요."

"하지만 요즘은 플라스틱으로 만든 아주 예쁜 설거지 그릇이 나오는걸요."

"전 플라스틱 제품은 별로 좋아하지 않아요. 저는 종이 반죽으로 만든 이 그릇이 정말 맘에 드네요. 이런 거라면 자기 제품을 아무리 많이 넣어도 깨질 염려도 없고요. 어머, 옛날식 깡통따개도 있네요. 황소 머리가 새겨져 있는 이런 걸 요즘엔 통 볼 수가 없죠."

"하지만 그것으로는 깡통을 따기가 아주 힘들어요. 전기로 작동되는 깡통따개가 훨씬 편하지 않을까요?"

한동안 이런 이야기들이 오갔다. 이윽고 터펜스는 자기가 도울 일은 없는지 물었다.

"그러면 골동품 진열대를 좀 정리해 주세요. 예술적 감각이 워낙 뛰어나신 분이니까 그게 좋겠네요."

"예술적 감각이라니 당치 않아요. 하지만 정리는 기꺼이 해 드릴게요. 나중에 보시고 마음에 안 들면 곧바로 지적해 주세요."

"그렇지 않아도 일손이 모자랐는데 도와 주셔서 정말 고마워요. 이렇게 만나게 되어 정말 저희도 반갑고요. 이삿짐은 이제 거의 정리가 다 되었겠죠?"

"지금쯤이면 정리가 끝나야 하는데 아직도 시간이 많이 필요할 것 같아요. 전기 기사나 목수들을 다루기가 예삿일이 아니에요. 제때에 오지도 않고 항상 게으름을 피워서 말이에요."

전기 기사와 가스 회사 사람들에 대한 터펜스의 비난에 사람들이 동조하면서 주변은 소란스러워졌다.

리틀 양이 단호하게 말했다.

"가스 회사 사람들이 제일 심해요. 그 사람들은 저 멀리 로워 스탬퍼드에서 오니까요. 전기 기사들은 웰뱅크에서 오면 되지만."

목사가 바자회를 진행하는 사람들에게 격려의 말을 몇 마디 해주러 나타나자 화제가 바뀌었다. 목사는 자기 교구로 이사 온 베레스퍼드 부인을 만나게 되어 무척 기쁘다고 말했다.

"부인과 부군 되시는 분에 대해서는 잘 알고 있습니다. 일전에 두 분에 대한 이야기를 사람들과 아주 즐겁게 나누었지요. 정말 흥미진진한 생활을 하셨지요. 아무래도 입 밖에 내면 안 될 것 같으니 더 이상은 말씀드리지 않겠습니다. 바로 지난번 대전 때의 일 말입니다. 두 분께서는 대단한 활약을 하셨다더군요."

"어머, 꼭 들려주세요, 목사님."

잼이 들어 있는 병을 진열하고 있던 여자가 상품 진열대에서 벗어나면서 말했다.

"글쎄요, 절대 비밀로 해 달라는 부탁을 받아서…… 근데 베레스퍼드 부인, 어제 묘지를 둘러보고 계시더군요."

"네, 그보다 먼저 교회 안을 구경했는데 정말 유리창이 멋지던데요."

"그렇습니다. 14세기 것이지요. 북쪽으로 나 있는 창 말입니다. 물론 대부분 빅토리아 왕조 시대의 것입니다."

"묘지를 둘러보니까 파킨슨 일가의 무덤이 꽤 많은 것 같던데요."

"그렇습니다. 옛날부터 이 지방에는 파킨슨이라는 커다란 일가가 살고 있었거든요. 저는 그중에 한 사람도 기억하지 못하지만. 립튼 부인, 당신은 그 사람들을 기억하시죠?"

지팡이 2개를 짚고 있는 할머니는 흐뭇한 표정을 지었다.

"네, 그렇고말고요. 파킨슨 부인이 살아 있던 때를 기억하고 있지요. 메노 하우스에서 살던 그 파킨슨 부인 말입니다. 좋은 분이었죠. 정말 좋은 분이었어요."

"그리고 소머니 채터튼이니 하는 집안 사람들의 무덤도 몇 개 눈에 띄더군요."

"이제 보니 옛날 이곳에 대해서 꽤 자세히 알고 계시군요."

"실은 조던이라는 사람에 대해 좀 들은 게 있어서요. 애니 조던이나 메리 조던이었던 것 같은데."

터펜스는 캐묻는 시선으로 사람들을 둘러보았다. 하지만 사람들은 조던이라는 이름을 듣고도 별다른 관심을 보이지 않았다.

"그러고 보니 블랙웰 부인이 조던이라는 요리사를 데리고 있었던 것 같아요. 이름이 아마 수잔 조던이었죠? 반 년밖에 붙어 있지 않았지만. 여러 가지로 결점이 많았거든요."

"오래전의 일인가요?"

"아뇨. 한 8년이나 10년쯤 전의 일이었던 것 같아요. 그보다 더 되지는 않았어요."

"지금도 이곳에 파킨슨 가족이 살고 있나요?"

"없어요. 오래전에 이곳을 떠났죠. 한 사람은 친사촌하고 결혼해서 케냐에 살고 있는 걸로 전 알고 있어요."

"저기, 어떠신지 모르겠는데……."

터펜스는 럽튼 부인이 이 지방의 아동 병원과 관계가 있다는 것을 알고 있었기 때문에 될수록 상냥하게 말했다.

"어린이들이 읽을 만한 책들이 좀 있는데 모두 오래된 것들이에요. 혹 필요하세요? 예전에 살던 사람들의 가구를 사들이면서 우연히 손에 들어온 거예요."

"고맙기도 하시지. 물론 많은 분들이 책을 보내 주시지만 대부분 최근에 나온 아동용 도서들이랍니다. 아이들에게 오래된 책을 많이 읽힐 수가 없어서 안타깝게 생각하고 있었답니다."

"어머, 그럴까요? 저는 어릴 적에 가지고 있던 책을 즐겨 읽었어요. 그중에는 할머니가 어렸을 적에 가지고 계시던 책도 있었죠. 저는 그 책들을 제일 좋아했답니다. 『보물섬』, 몰즈워스 부인의 『4가지 바람이 부는 농장』, 그리고 스탠리 웨이먼의 작품들은 도저히 잊을 수가 없어요."

그녀는 동의를 구하듯 주위를 둘러보다가 곧 단념하고는 손목시계를 들여다보았다. 그러고는 시간이 너무 늦어 버린 것을 깨닫고 탄성을 지르고는 작별인사를 했다.

집에 도착하자 터펜스는 차를 차고에 넣고 집을 돌아 현관으로 갔다. 문은 열려 있었다. 앨버트가 안에서 나와 그녀를 맞았다.

"차를 드릴까요? 무척 피곤하시죠?"

"그렇지는 않아. 차는 마시고 왔어. 협회에서 차를 내왔더군. 케이크는 맛있었는데, 롤빵은 먹을 수가 없었어."

"롤빵은 제대로 만들기가 어렵습니다. 도넛 못지않지요. 에이미는 도넛을 아주 잘 만들었지요."

"그래, 그런 도넛은 아무도 못 만들 거야."

에이미는 앨버트의 아내인데 몇 년 전에 세상을 떠났다. 터펜스의 생각에는 에이미가 만든 당밀 푸딩은 그런대로 맛이 괜찮았지만 도넛 만드는 솜씨는 별로였다.

"도넛은 만들기가 정말 까다로운가 봐. 나는 한 번도 제대로 만들지 못했거든."

"하긴 특별한 요령이 있지요."

"우리집 양반은 나갔어?"

"아닙니다. 위에 계십니다. 그 방에요. 이제 서재라고 해야 하나요. 저는 아직도 다락방이라고 부르는 버릇을 버리지 못하겠군요."

"거기서 뭘 하고 있는데?"

터펜스는 좀 뜻밖이라는 듯이 물었다.

"아직도 책을 보고 계시는 것 같습니다. 아직도 정리를 하고 계신다고 할까요?"

"그렇다고 해도 도무지 상상이 안 가. 그 양반은 그런 책들에 대해 너무 모르니까."

"옳은 말씀입니다. 신사분들이 다 그렇지 않나요? 대개는 두꺼운 책을 좋아하시는 것 같더군요. 어려운 학문에 관한 책 말입니다."

"위에 올라가서 뭘 하고 있는지 봐야겠어. 한니발은 어딜 갔지?"

"나리와 함께 있나 봅니다."

마침 그때 한니발이 나타났다. 집 지키는 개는 거칠게 짖어야 되는 줄로 생각하는지 한니발은 한바탕 맹렬하게 짖어 대고 난 다음에야 수저를 훔치거나 주인 부부를 해치러 온 사람이 아니고 마님이 돌아오신 거라는 사실을 뒤늦게 깨달았다. 한니발은 붉은 혓바닥을 길게 늘어뜨리고 꼬리를 흔들며 계단을 내려왔다.

"그래, 엄마를 만나니까 좋으니?"

터펜스가 말했다.

한니발은 그렇다고 대답을 하는 것 같았다. 그리고 대단한 기세로 달려들어 터펜스는 자칫 엉덩방아를 찧을 뻔했다.

"얌전히 굴어야지. 이러다가 내가 죽겠다."

한니발은 터펜스가 너무 좋아 차라리 먹어 버리고 싶을 정도라는 뜻을 분명히 했다.

"주인어른은 어디 있지? 위에 있니?"

한니발은 그녀의 말을 알아들었다. 그는 층계를 한참에 뛰어올라가서 돌아보며 터펜스가 따라오기를 기다렸다.

"어머, 기막혀라."

터펜스는 숨을 헐떡이며 서재에 들어서자마자 사다리에 올라앉아 책을 뽑았다 꽂았다 하는 토미를 보고 말했다.

"대체 뭘 하는 거예요? 한니발을 데리고 산책나간 줄 알았는데."

"산책은 하고 왔어. 묘지에 갔었지."

"한니발을 데리고 왜 하필 묘지에 갔어요? 개가 들어가는 걸 관리인이 싫어할 텐데."

"개줄을 매고 갔지. 그리고 내가 데리고 간 게 아니고 한니발이 나를 데리고 간 거야. 묘지가 마음에 들었나 봐."

"거기에 갔던 일은 아주 잊어 줬으면 좋겠는데. 한니발이 어떤 개인지 당신도 알죠? 이 개는 매일 같은 일을 반복하는 걸 좋아한다고요. 앞으로 묘지에 가는 걸 일과로 삼으면 어쩔 셈이에요? 그러면 골치 아파요."

"이 녀석은 그런 일에 한해서는 아주 영리하단 말이야."

"당신이 영리하다는 건 말하자면 버릇없이 군다는 말이군요?"

한니발은 다가와서 터펜스의 장딴지에 코를 비벼 댔다.

"보라고! 자신이 아주 영리한 개라고 하지 않아? 당신이나 나보다 더 똑똑하다는데."

"그건 무슨 뜻이죠?"

"그런데 재미있었어?"

화제를 바꾸며 토미가 물었다.

"재미있었다고까지는 할 수 없지만 모두들 친절했어요. 그리고 지금은 누가 누군지 분간이 잘 안 되지만 머지않아 분간할 수 있겠지요. 아무래도 처음에는 쉬운 일이 아니죠. 모두들 비슷비슷한 얼굴에 같은 종류의 옷을 입고 있으니까 누가 누군지 처음에는 구분할 수 없죠. 유난히 예쁘거나 눈에 띌 만큼 못생겼다면 구분이 쉽겠지만. 하지만 시골에서야 그런 사람이 흔치 않으니까."

"말하건대 한니발과 나는 아주 영리해."

"아까는 한니발만 영리하다고 했잖아요."

토미는 손을 뻗어 눈앞의 책꽂이에서 책을 한 권 뽑아들었다.

"『유괴』라? 이것도 로버트 루이스 스티븐슨의 작품이지. 누군지 모르겠지만 로버트 루이스 스티븐슨을 무척 좋아했는가 보군.『검은 화살』,『유괴』,『카트리오나』말고도 2권 더 있는 것 같군. 손자를 애지중지하는 할머니나 마음씨 좋은 숙모가 알렉산더 파킨슨에게 사 준 거겠지."

"그래서 그게 어쨌다는 거예요?"

"이 아이의 무덤을 찾아냈어."

"뭘 찾아냈다고요?"

"사실은 한니발이 찾아낸 거지. 교회로 들어가는 조그만 문 옆에 있었어. 아마 성구실로 들어가는 문 같더군. 아주 많이 낡아 있고 손질도 안 되어 있었어. 하긴 그럴 수밖에 없겠지. 14살 때 죽었으니까. 알렉산더 리처드 파킨슨. 한니발이 거기서 냄새를 맡고 있더군. 그래서 한니발을 쫓아 버리고 상당히 낡긴 했지만 묘비에 적힌 글을 간신히 읽을 수 있었어."

"14살 때라니! 가엾어라."

"응, 가슴 아픈 일이지. 게다가……."

"당신, 생각하고 있는 게 있군요. 그게 뭔지 난 모르겠지만."

"나도 이상하다는 생각이 들어. 당신한테 전염이 됐나 봐. 당신의 좋지 않은 점이 바로 그거야. 당신은 어딘가에 열중하면 혼자서 처리하지 않고 꼭 다른 사람까지 그 일에 관심을 갖도록 만들거든."

"무슨 말을 하고 싶은 건지 모르겠네요."

"이건 원인과 결과의 문제가 아닐까 싶어."

"그게 무슨 말이에요?"

"알렉산더 파킨슨에 관해 궁금해진단 얘기야. 물론 자기가 좋아서 그랬겠지만 책에다 그런 암호 같은 걸 애써 적어 두었잖아. '메리 조던은 자연사를 한 것이 아니다.' 그게 사실이라면? 어떤 사람인지 모르겠지만 메리 조던의 죽음이 자연사가 아니었다면? 당신은 아직 모르겠어? 그다음에 일어난 일이 알렉산더 파킨슨의 죽음이란 말이야."

"설마 아무리 그렇기로서니 당신은……."

"아니, 궁금한 게 당연하지. 나도 그걸 보고 이상하다는 생각이 들기 시작했다고. 14살이라니! 어째서 죽었는지에 대해서는 아무 말도 적혀 있지 않았어. 하긴 묘비에 적지 않는지도 모르지만 '생전의 그대는 기쁨에 넘쳐 있었도다.'라는 성경 말씀이 있었을 뿐이었어. 대충 그런 말이었던 것 같아. 하지만 그건 알렉산더가 누군가의 생사가 걸려 있는 일을 알고 있었기 때문일지도 몰라. 그래서 죽은 거고."

"살해당했다는 건가요? 그냥 생각이 그렇다는 거죠?"

"시작은 당신이 한 거라고. 상상이나 궁금하게 생각하는 거나 마찬가지 아니야?"

"우리는 앞으로도 궁금하게 생각할 거예요. 그리고 워낙 오래전 일이라 아무것도 알아낼 수 없을 거예요."

두 사람은 서로를 마주 보았다.

"옛날 우리 둘이서 제인 핀 사건을 조사한 적이 있었지."

토미가 말했다.

두 사람은 다시금 서로의 얼굴을 보면서 기억을 더듬었다.

6장
문제

 집을 옮기는 일은 시작하기까지는 즐겁게 할 수 있는 적당한 운동쯤으로 생각되지만 막상 이사를 시작하고 보면 기대했던 것과 꼭 같지는 않다.

 전기기사, 건축업자, 목수, 칠을 하고 벽지를 바르는 사람, 냉장고나 가스난로 등 전기제품 판매점, 가구점, 커튼 가게, 커튼 다는 사람, 장판 까는 사람, 카펫 상점 등에 연락을 하고 흥정을 해야 한다. 그날그날 해야 할 일도 있지만 애타게 기다렸거나 까맣게 잊었던 사람들이 4명에서 10명 가까이 들이닥친다.

 그런 중에도 여러 부분에서 일을 끝마쳤다고 터펜스가 안도의 한숨을 쉬어 가며 말할 때도 있었다.

 "부엌은 이제 거의 끝난 것 같아요. 밀가루를 담아 둘 적당한 통이 보이지 않지만."

"그게 그렇게까지 큰 문제야?"

"그럼요. 밀가루는 대개 3파운드짜리로 사오는데 이런 용기들에는 들어가지 않아요. 보기는 아주 예쁜데 말이에요. 하나는 예쁜 장미가 그려져 있고 다른 것은 해바라기가 그려져 있지만 어느 것도 1파운드 이상은 들어가지 않아요. 너무 어처구니가 없어요."

그러다가 터펜스는 다른 말을 이따금 했다.

"월계수 저택이라니? 집에다가 그런 이름을 붙이다니 웃기지도 않아요. 왜 월계수 저택이라고 붙였는지 모르겠어요. 월계수 같은 건 있지도 않은데. 차라리 플라타너스 저택이라고 부르는 편이 훨씬 나았을 텐데."

"월계수 저택이라고 하기 전에는 롱 스코필드 저택이라 불렀다는군."

"그것도 별 의미 있는 이름은 아닌 것 같아요. 스코필드가 뭐죠? 그때는 누가 살았대요?"

"워딩턴 가족이랬던가?"

"꽤 복잡하군요. 워딩턴 가족에게서 이 집을 우리한테 팔았던 존스 가족으로 넘어왔군요. 워딩턴 가족이 살기 전에는 블랙모어 집안이랬던가? 그리고 어느 시기에는 파킨슨 일가. 대가족이죠. 난 끝도 없이 쏟아져 나오는 파킨슨 가족과 맞닥뜨리게 돼요."

"그건 무슨 말이야?"

"글쎄요, 아마 내가 늘 캐묻고 다녀서 그런가 봐요. 파킨슨 가족에 대해 뭐라도 좀 알게 되면 이 문제도 해결되는 건 아닐까 해서요."

"요즘은 아무거나 다 문제라는 말을 쓰는 모양이군. 당신이 말하는 건 메리 조던 문제야?"

"글쎄요, 그렇다고만 할 수는 없지요. 파킨슨 집안의 문제, 메리 조던의 문제, 그밖에도 틀림없이 많은 문제가 있을 거예요. '메리 조던의 죽음은 자연사가 아니었다'. 그다음 문장은 '범인은 우리 가운데 있다'고 했어요. 파킨슨 가족 중에 있다는 말인지, 아니면 그 집에 사는 사람들 중에 있다는 뜻인지 모르겠어요. 파킨슨 집안에는 파킨슨이라는 성을 가진 사람이 두셋은 있었을 것이고 파킨슨 노인이라든가 이름은 다르지만 파킨슨의 숙모나 파킨슨의 조카나 조카딸, 게다가 하녀나 요리사도 있었을 것이고 어쩌면 가정 교사가 있었을지도 몰라요. 하숙비 대신 가사나 육아를 거들어 주는 외국인 여자는 없었겠군요. 아주 오래전의 일이니까. 아무튼 '우리 가운데 있다'는 말은 그 집에 사는 사람 모두를 가리키는 게 틀림없어요. 그때는 한집에서 살아가는 사람들 전체를 집안사람들이라고 불렀으니까. 메리 조던은 하녀나 요리사일 수도 있어요. 하지만 누가, 그리고 왜 그 여자가 죽기를 바랐을까요? 어떤 사람이 그 여자가 죽기를 바랐던 것만은 틀림없어요. 나, 모레 아침에 같이 차를 마시자는 초대를 받았어요."

"당신은 항상 그런 초대를 받는 것 같아."

"이웃집 사람이나 동네 사람들에 대해 알 수 있는 아주 좋은 기회잖아요. 아무튼 이 마을은 별로 크지 않아요. 사람들은 항상 자기네 숙모나 자기들이 아는 사람들 얘기만 해요. 먼저 그리핀 부인을 만나 봐야겠어요. 한때 이 마을에서 대단한 인물이었대요. 막강한 권력을 휘둘렀다는군요. 목사님이나 의사 선생님, 그리고 이 지역 간호사 등 닥치는 대로 못살게 굴었나 봐요."

"간호사가 도움이 되지 않을까?"

"별로 도움이 못 될 것 같아요. 옛날 간호사는 죽었대요. 파킨슨 일가가 날리던 시절에 이 지역에 있던 간호사 말이에요. 지금 간호사는 여기로 온 지 얼마 안 되었어요. 이 고장에 대한 흥미도 없고요. 파킨슨 가족은 하나도 모를 거예요."

"제발 이제 파킨슨 가족은 모두 잊어버렸으면 좋겠어."

토미가 간절한 마음으로 말했다.

"그렇게 되면 문제도 저절로 없어진다는 건가요?"

"허, 참! 또 그 문제야?"

"그건 비어트리스 탓이에요."

"비어트리스는 또 누구야?"

"문제를 가지고 온 여자예요. 아니, 실은 엘리자베스였어요. 비어트리스 전에 있던 가정부 말이에요. 툭하면 '마님, 잠시 드릴 말씀이 있는데요. 실은 문제가 하나 있답니다.' 하면서 나를 찾아오곤 했는데 그 뒤 비어트리스가 목요일마다 오기 시작하면서 그 문제라는 소리를 들었던 모양이에요. 그래서 비어트리스까지 문제를 안고 있다고 말하게 된 거예요. 그냥 입버릇이 되어 무엇이든 문제라고 부르게 된 거죠."

"알았어. 그 정도로 해 두자고. 당신도 문제를 안고 있고 나도 문제를 안고 있으니 우리 두 사람 모두 문제를 안고 있는 셈이군."

토미는 한숨을 쉬면서 나갔다.

터펜스는 고개를 흔들며 천천히 계단을 내려왔다. 한니발은 함께 산책을 나갈 것으로 기대하는지 꼬리를 흔들고 몸을 비비 꼬며 그녀에게 다가갔다.

"안 돼, 한니발! 산책은 아침에 했잖아."

한니발은 아침에 산책을 나가지 않았다는 사실을 터펜스에게 깨우쳐 주려고 애썼다.

"너 같이 지독한 거짓말쟁이는 본 적이 없어. 아빠 따라서 산책을 했잖아?"

한니발은 터펜스의 오해를 깨우쳐 주려고 한 번 더 시도해 보았다. 개는 사정을 제대로 판단할 수 있는 주인이라면 다시금 산책을 못 나갈 이유가 없지 않겠느냐는 뜻을 온갖 몸짓으로 나타냈다. 하지만 그러한 노력도 수포로 돌아가자 개는 터덜터덜 계단을 내려가서는 전기청소기를 이리저리 끌고 다니는 머리칼이 텁수룩한 여자를 보고 요란하게 짖어 대며 당장이라도 물어뜯을 것 같은 시늉을 했다. 그는 전기청소기도 마음에 안 들고 터펜스가 비어트리스와 오랫동안 얘기를 나누는 꼴도 보기 싫었던 것이다.

"어머, 물지 않게 야단 좀 쳐 주세요."

"물지 않아. 그럴 것 같은 시늉만 할 뿐이지."

"저러다가 언젠간 물 거예요. 그런데 마님, 잠시 드릴 말씀이 있는데요."

"아, 그래?"

"저, 실은 제게 문제가 하나 있어서요."

"내 그럴 줄 알았어. 그래, 어떤 문제지? 그런데 혹시 여기서 살던 가족이나 한때 여기서 머물던 사람들 중에 조던이라는 사람이 있었니?"

"조던이라고요? 글쎄 잘 모르겠는데요. 존슨 씨 가족은 있었습니다만. 아, 그래요. 순경 중에 존슨이라는 사람이 있었어요. 그리고 집배원 중에도 조지 존슨이라고 있었죠. 저랑 친구였어요."

그 말을 하고 그녀는 킥킥거리고 웃었다.

"메리 조던에 대해서는 전혀 못 들었니?"

비어트리스는 혼란스런 표정을 지을 뿐이었다. 그녀는 고개를 젓고는 자신의 용건을 말했다.

"아까 그 문제 말씀인데요, 마님."

"참, 문제가 있다고 했지?"

"이런 말씀드려서 어떨지 모르겠지만 제가 지금 묘한 처지에 놓여 있어요. 제가 싫어하는……."

"빨리 좀 이야기할 수 없을까? 차 마시러 오라는 초대를 받아서 곧 나가 봐야 하거든."

"아, 네. 바버 부인 댁 말이죠?"

"그래. 그런데 문제라는 게 뭐지?"

"코트예요. 아주 멋진 코트. 시몬스 상점에 있더군요. 상점에 들어가서 입어 보니까 너무도 잘 어울리는 거예요. 다만 밑에 단 있는 곳에 조그만 얼룩이 있었지만 그 정도라면 별것 아니라는 생각이 들었어요. 아무튼 그것이……."

"그래서 뭔데?"

"그게 제가 값이 싼 이유를 알았답니다. 저는 그 자리에서 사 버렸죠. 거기까지는 아무 문제가 없었어요. 그런데 집에 돌아와 보니까 가격표가 붙어 있는 거예요. 저는 3파운드 70센트에 샀는데 가격표는 6파운드라고 적혀 있더군요. 전 그런 건 싫거든요. 그래서 어떻게 해야 할지 몰랐어요. 코트를 가지고 다시 가게로 갔죠. 코트를 되돌려주고 모르고 한 일이지 처음부터 그럴 생각으로 가지고 간 것은 아니라는 말을 분명히 하는 게 옳다고 생각했거든요. 그런데 그것을 판 친절한 여자 점원이, 성은 모르고 글래디스라는 아가씨인데 굉장히 화를 내더군요. 그래서 제가 '그래도 이왕 사기로 마음먹은 거니까 덜 낸 돈은 지불하지요.' 하고 말했더니 '그건 곤란해요. 이미 매상 장부에 올렸으니까요.' 하고 대답하는 거예요. 제가 드리는 말씀 아시겠어요?"

"그래, 무슨 말인지 알겠어."

"그러면서 글래디스는 '이렇게 되면 제가 곤란해져요.' 하고 말하는 거예요."

"뭐가 곤란해진다는 거지?"

"제 말이 그 말이에요. 코트를 원래 가격보다 적게 주고 사서 되돌려주러 갔는데 어째서 점원이 곤란해진다는 건지 모르겠다니까요. 글래디스 말로는 그렇게 멍청하게 제값을 못 받고 팔았다는 사실이 들통나서 쫓겨날지도 모른다는 거예요."

"글쎄, 설마 그렇게까지 되진 않을 것 같은데. 당신은 할 일을 한 거야. 달리 방법이 없었잖아?"

"하지만 문제는 글래디스였어요. 그 아가씨가 온통 울고불고 난리를 치더군요. 할 수 없이 저는 코트를 가지고 다시 돌아왔습니다만 이렇게 되고 보니 제가 상점을 속인 건지 어떤건지 알 수가 없어 답답해요. 뭘 어떻게 해야 할지도 모르겠고."

"상점 일이란 모두가 상식과는 거리가 멀어. 요즘 세상에는 어떻게 처신해야 하는지 나도 너무 나이가 들어 모르겠어. 가격도 상식적으로 이해할 수가 없고 모든 게 어렵기만 하니까. 하지만 내가 당신 처지이고 나머지 돈을 치르고 싶다면 글래디스인가 뭔가 하는 아가씨한테 돈을 줘 버리면 되잖아? 그러면 금고 같은 곳에 돈을 넣어 두겠지."

"글쎄요, 그렇게 하는 건 제가 마음이 내키지 않아요. 왜냐하면 그 아가씨가 슬쩍 가로챌 수도 있는 거잖아요? 그럴 마음만 먹으면 문제없이 할 수 있으니까요. 그렇게 되면 제가 돈을 훔친 게 되어 버리는데 사실 돈을 훔치려고 의도한 건 아니잖아요. 돈을 가로챈 사람은 글래디스가 되는 거죠. 안 그래요? 전 사실 그 여자를 별로 신뢰하지 않아요."

"그렇군. 인생이란 정말 어려운 거야. 안됐지만 그 일은 당신 자신이 결정할 수밖에 없을 것 같아. 그 친구를 믿지 못한다면……."

"어머, 글래디스는 친구라고 할 것도 없어요. 저는 단지 그 상점에서 물건을 샀을 뿐인걸요. 얘기를 나누다 보면 참 좋은 사람 같지만 그렇다고 친구 사이는 아니에요. 그전에 일하던 상점에서도 말썽이 좀 있었던 것 같아요. 자기가 판 물건 값을 훔쳤다는 소문이 있어요."

"그렇다면 나로서는 아무것도 해 줄 수가 없군."

터펜스는 약간 절망적으로 말했다.

그녀의 말투가 너무 단호해서 한니발이 두 사람 사이에 끼어들었다. 개는 우선 비어트리스를 보고 요란하게 짖어 대더니 그동안 철천지원수로 생각하던 전기청소기에 냅다 달려들었다.

'이런 청소기 같은 걸 어떻게 믿어? 갈기갈기 물어뜯어 버려야지.'

한니발은 속으로 그렇게 말했다.

"한니발, 조용히 해! 그만 짖어. 물건이나 사람을 물면 못써. 어머, 이러다가 너무 늦을 것 같아."

터펜스는 그렇게 말하고 나서 허겁지겁 집을 뛰어나갔다.

"어느 쪽을 보아도 문제뿐이군."

터펜스는 언덕을 내려가 오처드(과수원이란 뜻 ― 옮긴이) 거리를 따라 걸으며 중얼거렸다. 길을 따라 걸으면서 그녀는 또 예전에 그랬던 것처럼 이곳에 과수원이 딸려 있는 집이 과거에 있었을지 궁금하게 생각했다. 지금은 과수원이 보이지 않는 것 같았다.

바버 부인은 반갑게 그녀를 맞아 주었다. 그리고 정말 맛있어 보이는 에클레어를 내왔다.

"정말 예쁜 에클레어네요. 배터비에서 산 건가요?"

배터비는 마을에 있는 과자점이었다.

"아니요. 우리 숙모님이 만든 거예요. 음식 솜씨가 대단한 분이랍니다."

"에클레어는 만들기가 꽤 어려운데. 제 솜씨로는 어림도 없어요."

"네, 특별한 종류의 가루가 있어야 해요. 그게 비결이죠."

두 사람은 커피를 마시면서 집에서 만들기 까다로운 요리들에 대해 얘기를 나눴다.

"며칠 전에 볼랜드 부인이 당신 얘기를 하더군요, 베레스퍼드 부인."

"아, 그래요? 볼랜드 부인이요?"

"목사관 옆에 사시는 분요. 그 가족은 이 마을에서 꽤 오래 살았어요. 저번에는 어릴 때 이곳에 와서 살았던 얘기를 들려주더군요. 여기로 이사 오길 학수고대했다더군요. 정원에 아주 맛있는 구스베리랑 자두나무가 있어서 그랬대요. 요즘에는 자두나무를 거의 볼 수 없죠. 진짜 자두 말이에요. 무슨 자두라든가 하는 게 있지만 맛이 아주 다르죠."

두 사람은 어릴 적에 맛보았던 과일들로 지금은 그 맛을 잃어버린 것들에 관해 얘기를 주고받았다.

"저의 작은 할아버지 댁에도 자두나무가 있었어요."

터펜스가 말했다.

"그러세요? 앤체스터 성당의 참사회원으로 계셨다던 그분 말씀이시죠? 핸더슨이라는 참사회원도 여동생과 함께 그곳에 살았죠. 정말 가슴 아픈 일이 있었어요. 어느 날 그 여동생이 씨가 박힌 케이크를 먹다가 씨가 기관지 쪽으로 들어가 버렸어요. 아무튼 그렇게 되어 콜록거리다가 결국 숨이 막혀 죽었지요. 정말 안됐죠? 제 사촌도 양고기를 잘못 먹고 숨이 막혀 죽었어요. 그런 건 목에 걸리기 십상이죠. 딸꾹질이 멎지 않아 죽는 사람도 있어요. 그 사람들은 옛날부터 내려온 노래를 모르나 봐요. 이웃 동네까지, '딸꾹, 딸꾹, 딸꾹, 딸꾹질 3번에 포도주 1잔. 그러면 딸꾹질은 안녕.' 숨을 쉬지 않고 이렇게 말하면 금방 멎는데 말이에요."

7장

뒤이은 문제들

"마님, 잠깐 드릴 말씀이 있는데요."

"어머! 또 문제가 생긴 건 아니겠지?"

그녀는 서재에서 나와 옷에 묻은 먼지를 털며 계단을 내려가고 있었다. 중고품 바자회에서 알게 된 친구의 초대를 받은 그녀는 가장 좋은 코트와 스커트 차림에 깃털 모자를 쓰고 밖으로 나갈 참이었다. 비어트리스의 문제를 들어 줄 만한 시간이 없었다.

"아니에요. 문제가 있어서가 아니고요. 마님이 알고 싶어 하실 것 같은 일이 있어서요."

"그래?"

터펜스는 비어트리스가 말은 그렇게 해도 또 다른 문제를 들고 나올 거라고 생각했다. 그녀는 조심스럽게 계단을 내려갔다.

"차 마시러 가야 해서 지금 좀 바쁜데."

"실은 마님이 물어보시던 사람에 관한 일인데요. 이름이 메리 조던이었던가요? 모두들 메리 존슨이라고 생각했거든요. 꽤 오래전 일인데 벨린다 존슨이라는 사람이 우체국에서 일하고 있었어요."

"그래, 존슨이라는 순경도 있었지. 누군가에게서 들은 이야기지만."

"네, 아무튼 제 친구 그웬다가…… 그 상점 아시죠? 한쪽에는 우체국이 있고 다른 쪽에는 봉투나 지저분한 카드, 그리고 성탄절 전에는 몇 가지 자기 제품도 파는……."

"알지. 개리슨 부인 상점이라고 하던가?"

"네, 하지만 지금 그 상점을 하고 있는 사람은 개리슨 부인이 아니에요. 전혀 이름이 다른 사람이에요. 그런데 제 친구 그웬다의 이야기인데요, 어쩌면 마님이 알고 싶어 하실 것 같아서요. 왜냐하면 오래전에 여기서 살던 메리 조던이라는 사람에 대해 들은 적이 있는 모양이에요. 여기 이 집에서 살았답니다."

"어머, 이 월계수 저택에서?"

"그때는 그런 이름이 아니었지만 그웬다는 그 여자에 대해 들은 게 있대요. 그래서 마님께서 관심이 있지 않을까 하고 생각하더군요. 그 여자에 관한 가슴 아픈 이야기가 있는데 사고나 뭐 그런 불행한 일을 당했대요. 하여튼 그래서 그 여자는 죽었어요."

"그럼, 세상을 떠날 때 그 여자가 이 집에 살고 있었다는 건가? 이 집 가족이었나?"

"아니에요. 그때 살던 가족은 파커라고 했던가? 하여튼 그런 이름이었어요. 파커라는 이름은 꽤 흔했어요. 파커니 파킨슨이니 하는 이름들 말이에요. 그 여자는 여기서 잠시 머물고 있었는가 봐요. 그리핀 부인이 알고 있을 거예요. 그리핀 부인 아시죠?"

"응. 아주 조금. 실은 오늘 오후에 차를 마시러 가는 곳도 그리핀 부인 댁이야. 바자회에서 얘기를 나눠 봤지만 그전에는 만난 적이 없어."

"연세가 아주 많은 분이죠. 보기보다 연세가 많은 분인데 기억력은 정말 좋아요. 파킨슨 집안의 남자아이 중에 그분의 대자(代子)가 있었던 것 같아요."

"그 아이의 세례명은?"

"알렉이었던 것 같아요. 그와 비슷한 이름이었어요. 알렉이나 알렉스."

"그 애는 어떻게 되었지? 자라서 이 마을을 떠나 군인이나 선원이라도 되었나?"

"아뇨. 죽었어요. 네, 이 마을에 묻혀 있는 것 같아요. 그 무렵에는 그런 병이 흔치 않았는데 세례명 같은 이름이었어요."

"병명 말이야?"

"호지킨 병(악성 육아종증 — 옮긴이)이라고 했나? 아, 아니에요. 틀림없이 세례명 같았어요. 잘은 모르지만 피가 이상한 색깔로 변하는 병이었어요. 요즘에는 피를 빼내고 다시 좋은 피를 넣거나 하지요. 하지만 그 무렵에는 대개 죽었대요. 과자점을 하는 빌링스 부인 아시죠? 그 사람 딸도 불과 7살 때 그 병으로 죽었어요. 아이들에게 그 병이 많았대요."

"백혈병?"

"어머, 마님도 아시네요. 네, 그런 이름이었어요. 하지만 언젠가는 치료법을 알게 될 거라고 하더군요. 지금은 장티푸스 같은 것들을 예방 주사나 그런 걸로 고치잖아요."

"꽤 흥미로운 이야기군. 가엾은 아이 같으니!"

"아니, 그렇게 어리지도 않았대요. 학교에 다니고 있었다니까 말이에요. 아마 열서너 살쯤이었겠죠."

"그래도 불쌍하긴 마찬가지야. 어머, 너무 늦었네. 서둘러야겠는걸."

"그리핀 부인도 조금은 알고 계실 거예요. 그 마님이 기억하고 있다는 얘기가 아니고 이 마을에서 자란 분이니까 들은 소문도 많을 거고 그전에 여기에서 살았던 가족들에 대해서도 더러 말씀하시거든요. 그중에는 정말 나쁜 소문도 있지요. 비난받을 짓 말이에요. 에드워드 시대나 빅토리아 시대 때 일이지요. 어느 쪽인지는 모르지만 전 빅토리아 시대라고 생각해요. 그 여왕님이 그때까지 살아 계셨으니까. 그러니까 틀림없이 빅토리아 시대예요. 세상에선 그 시절을 두고 에드워드 시대라든가 '말보로 하우스(빅토리아 여왕의 아들 에드워드 7세의 신혼집으로 쓰였던 영국 왕실의 별궁으로, 에드워드 7세는 이곳에서 방탕하고 화려한 생활을 즐겼다—옮긴이)'라든가 하고 말하지만요. 참으로 상류 사회스럽죠?"

"그래. 귀한 분들의 모임이었으니까."

"거기다 비난받을 짓도 있었고요."

비어트리스는 좀 열띤 투로 말했다.

"그런 짓도 적잖게 있었지."

"아가씨들까지 못할 짓을 하고요."

비어트리스는 이제 무언가 재미있는 이야기를 할 시점에 마님과 헤어져야 한다는 사실이 몹시 싫었다.

"그런 일은 없었어. 아가씨들은 아주 순결하고 엄격한 생활을 했고 결혼은 일찍 했지. 하긴 귀족에게 시집가는 일이 많았지만."

"어머나! 얼마나 좋았을까? 멋진 옷을 얼마든지 가질 수 있고 경마며 무도회 같은 곳에도 가고."

"그래, 무도회는 얼마든지 있었으니까."

"제가 아는 사람의 할머니가 그런 상류 집안에서 하녀로 있었답니다. 손님이 아주 많이 오시고 황태자께서도, 그 무렵에는 황태자였습니다만 그 뒤에 에드워드 7세가 되신 분도 오셨는데 정말 좋은 분이었다나 봐요. 하인이나 부리는 사람들에게도 친절하게 대해 주셨다네요. 그래서 그 할머니는 그 저택에서 일을 그만두고 나올 때 황태자께서 손 씻을 때 쓰던 비누를 가지고 와서 항상 소중하게 간직했어요. 할머니는 우리가 어릴 적에 그것을 보여 주시곤 했답니다."

"가슴이 두근거렸겠군. 그만한 시대였으니까. 어쩌면 황태자가 이 월계수 저택에 묵으셨는지도 모르지."

"아니, 그런 얘기는 못 들었어요. 그런 일이 있었다면 못 들었을 리가 없죠. 여기에는 파킨슨 가족만 있었어요. 백작 부인이나 후작 부인, 그리고 귀부인이나 귀족은 들락거리지 않았어요. 파킨슨 집안은 대개 장사꾼이었지요. 돈은 꽤 많았던 모양인데 장사하는 집안에서는 신나는 행사 같은 건 없죠."

"그야 사람마다 다르니까. 난 이제 그만……."

"네, 이제 가 보셔야지요."

"그래. 고마워! 모자를 써 봐야 이래 가지고는 쓰나 마나겠군. 머리칼도 헝클어져 엉망이 되어 버렸으니까."

"아까 거미줄이 잔뜩 쳐진 그 구석에 머리를 들이밀고 계셨으니까 그렇죠. 또 그러실 때를 대비해서 거미줄은 털어 놓겠습니다."

터펜스는 계단을 달려서 내려갔다.

"알렉산더도 이 계단을 여러 번 달려 내려갔겠지. 그 아이는 알고 있었던 거야. '범인은 우리 가운데 있다'는 사실을! 궁금해서 참을 수가 없단 말이야."

8장
그리핀 부인

"댁에서 이곳으로 이사를 오셔서 정말 기뻐요, 베레스퍼드 부인."
그리핀 부인이 차를 따르면서 말했다.
"설탕이나 우유를 넣을까요?"
권하는 대로 터펜스는 샌드위치를 집어 들었다.
"시골에서는 이야기가 통하는 분이 이웃에 있고 없고에 따라 상당한 차이가 있답니다. 이 고장에 대해서는 전부터 알고 계셨나요?"
"아뇨. 전혀 몰랐어요. 우리는 꽤 여러 집을 보러 다녔답니다. 부동산 중개소에서 자세한 안내서를 보내 주었거든요. 물론 대개는 마땅치 않은 집들뿐이었지만요. 개중에는 '과거의 매력이 넘치는 저택'이라는 것도 있었지요."
"알고 있어요. 알고말고요. 과거의 매력이라는 것은 대개 지붕을 갈아야 하거나 습기가 지독하다는 뜻이에요. '완전 현대식'이라는 것은(이런 것은 누구나 알지요) 필요도 없는 기계 장치가 여기저기 달려 있고 대개 창문에서 보는 전망도 나쁘고 집이라고 하기엔 끔찍한 것들이고요. 하지만 '월계수 저택'은 좋은 집이에요. 아마 손볼 곳은 꽤 있었을 거예요. 하지만 차례를 기다릴 만한 집이지요."

"지금까지 여러 가족이 살다 나간 집이겠지요?"

"그야 물론이죠. 요즘에는 어느 한곳에 오래 머무르지 않잖아요? 커스버트슨 집안에서 레들랜드 집안으로, 그전에는 시무어 집안, 그분들 다음이 존스 집안."

"어째서 '월계수 저택'이라고 이름을 붙였는지 좀 궁금하더군요."

"사람들이 자기 집에다가 붙이고 싶어 하는 그런 이름이잖아요. 그리고 아주 옛날 파킨슨 집안이 살았을 무렵에는 정말 월계수가 있었죠. 꾸불꾸불한 찻길을 따라서 많은 월계수가 심어져 있었는데 개중에는 반점이 들어 있는 것도 있고 그랬지요. 저는 반점이 박힌 월계수는 마음에 안 들더군요."

"저도 그래요. 그런데 옛날부터 이 마을에는 파킨슨이라는 성을 가진 분이 많았던 모양이던데요."

"네, 그래요. 파킨슨 일가가 '월계수 저택'에서 가장 오래 살았지요."

"지금은 그 사람들을 기억하는 분이 안 계신 모양이죠?"

"아주 옛날 일이니까요. 게다가 그런 사건이 일어나서 파킨슨 집안에서 집을 내놓은 것도 무리가 아니지요."

"나쁜 소문이 있었나 보군요? 그 집이 건강상 좋지 않다거나 하는 그런 소문인가요?"

터펜스는 기회를 놓치지 않고 말했다.

"아니, 집에 대해서가 아니에요. 사실은 사람들에 대해서지요. 어떤 면에서는 수치스런 일이지요. 제1차 세계대전 중의 일이었답니다. 아무도 곧이듣지 않았지요. 우리 할머니가 가끔 이야기를 해 주곤 했는데 무슨 해군 기밀이라나, 하여튼 신형 잠수함과 관련 있는 일이었어요. 파킨슨 집안에서 살던 어떤 아가씨가 그 문제에 말려들었나봐요."

"혹시 그 아가씨 이름이 메리 조던 아닌가요?"

"네, 맞아요. 나중에 사람들은 그게 본명은 아닐 거라고 생각했지만요. 한동안 그 아가씨를 수상하게 여긴 사람이 있었어요. 알렉산더라는 사내아이지요. 착하고 영리한 아이였어요."

제2부

1장
오래전 이야기

터펜스는 생일 카드를 고르고 있었다. 비가 내리는 오후라서 우체국 안은 한산했다. 사람들은 바깥 우체통 속으로 편지를 던져 넣거나 우표를 급히 사 가지고 바삐 집으로 돌아갔다. 물건 사는 손님으로 붐비는 오후는 아니었다. 정말 날을 잘 골랐다고 터펜스는 생각했다.

비어트리스가 설명해 준 이야기를 기억한 터펜스는 손쉽게 그웬다를 알아볼 수 있었다. 그웬다는 기꺼이 그녀에게 도움을 주려고 했다. 그녀는 우체국 한구석에 있는 가정용품 매장을 담당하고 있었다. 잿빛 머리카락의 나이 많은 여자가 우체국의 업무를 총괄하고 있었다. 그웬다는 마을에 새로 이사 온 사람들에게 늘 관심을 가지고 수다 떠는 것을 즐기는 아가씨였다. 크리스마스카드, 발렌타인 카드, 생일 카드, 만화가 그려진 우편엽서, 편지지, 문방구, 여러 초콜릿, 가정에서 쓰는 각종 자기류 등을 진열해 놓은 매장에서 그녀는 즐겁게 일하고 있었다. 그녀와 터펜스는 금세 친해졌다.

"그 집에 사실 분이 다시 오게 되어 정말 잘 됐어요. '황태자의 숙소' 말이에요."

"난 옛날부터 '월계수 저택'이라고 불린 줄로만 알았는데."

"아니에요, 그 이름은 이번이 처음인걸요. 이 부근에서는 집 이름이 꽤 자주 바뀌더군요. 사람들은 집에 새 이름을 붙이기 좋아하나 봐요."

터펜스가 생각에 잠겨 말했다.

"정말 그런 것 같아요. 우리 부부도 이름을 한두 가지 생각해 보았지요. 그런데 비어트리스가 그러는데 아가씨는 전에 이 마을에 살던 메리 조던이라는 사람을 안다고요?"

"아는 것은 아니지만 이야기는 들었어요. 전쟁 무렵의 일이죠. 아니, 지난번 전쟁 말고요. 그보다 훨씬 전, 그러니까 체펠린 비행선이 날아왔을 때의 전쟁 말이에요."

"체펠린에 대해서라면 나도 이야기를 들은 적이 있어요."

"1915년인가 1916년에 런던을 공습했다더군요."

"어느 날 작은 할머니와 함께 육해군 매점에 가 있는데 공습경보가 울리더군요."

"밤에 날아오는 때도 있었다던데요? 꽤 무서웠겠어요."

"글쎄, 생각보다는 무섭지 않았어요. 모두들 정신이 하나도 없었지. 하지만 저번 세계대전 때의 비행 폭탄보다는 덜 무서웠지요. 그것은 우리가 달아나는 곳은 어디든 뒤쫓아 오는 것 같은 느낌이 들더군요."

"밤마다 지하철역에서 지내곤 했다면서요? 런던에 친구가 있었는데 밤이면 지하철역에 머물렀다더군요. 워렌가에 있는 것 말예요. 모두들 자기가 찾아갈 역을 정해 놓고 있었답니다."

"나는 이번 대전 중에는 런던에 있지 않았어요. 밤새 지하철역에 있을 걸 생각하면 소름이 끼치는데."

"하지만 제니라는 이 친구는 아주 재미있었다고 했어요. 역에서 한사람씩 사용하는 계단이 정해져 있었대요. 그 계단에서 잠도 자고 샌드위치도 먹고 함께 놀고 얘기도 나눴대요. 밤새 그런 식으로 재미있게 보냈대요. 지하철도 아침까지 운행되었고요. 제 친구는 전쟁이 끝나서 다시 집으로 돌아갔는데 지루해서 견딜 수가 없더래요."

"어쨌든 1914년에는 비행 폭탄 같은 건 없었어요. 체펠린 비행선 뿐이었지."

이미 체펠린 같은 것은 그웬다의 흥밋거리가 될 수 없었다.

"아까 그 메리 조던이라는 사람 말인데 비어트리스는 아가씨가 그 사람에 대해 안다던데요?"

"그렇지도 않아요. 이름만 한두 번 들은 적이 있을 뿐이에요. 그것도 오래전에요. 우리 할머니가 그러시는데 아주 예쁜 금발 머리였대요. 독일인이었고요. 아이들을 돌보는 가정 교사였죠. 스코틀랜드 어딘가에 있는 해군 출신 집안에 얹혀살다가 이 마을로 내려왔대요. 파크스, 아니 파킨슨 집안이었나? 그 여자는 일주일에 하루를 쉬었는데 쉬는 날은 런던으로 가서 뭔지 모르지만 무슨 물건을 받아 온 모양이에요."

"어떤 물건을?"

"그건 저도 모르겠어요. 아무도 잘 몰랐다니까요. 어쩌면 훔친 것일지도 모르죠."

"물건을 훔치다가 들킨 적이라도 있었나요?"

"아뇨. 그런 일은 없었던 것 같아요. 모두 의심을 하기 시작했는데 그러던 중에 그 여자가 그만 병이 들어 죽어 버린 거예요."

"어떤 병이었죠? 이 마을에서 죽었나요? 적어도 병원에는 가 봤을 것 같은데."

"아뇨. 그 무렵에는 이 마을에 병원은 없었던 것 같아요. 지금 같은 복지 시설이 없었으니까요. 소문에는 요리하는 사람이 바보 같은 실수를 저질렀다고 하더군요. 글쎄, 디기탈리스 이파리를 시금치인 줄 잘못 알고 뜯어 왔다는 거예요. 아니, 상추로 잘못 알았다던가? 아니, 다른 것이었나 봐요. 벨라도나(가짓과의 유독식물 — 옮긴이)였다는 이야기도 있지만 설마 그럴 리야 없겠지요. 생각해 보세요. 벨라도나라면 누구나 알 수 있는 데다 벨라도나는 열매인걸요. 네, 디기탈리스 이파리를 실수로 정원에서 뜯어 왔을 거예요. 디기탈리스는 '디곡소'나 '디기트' 뭐라고 하는, 손가락 비슷한 이름으로도 부르지요. 굉장한 독이 있다더군요. 의사 선생님이 와서 온갖 처방을 했는데도 이미 늦었다나 봐요."

"그 소동이 일어났을 때 댁에 사람이 많이 있었나요?"

"꽤 많이 있었을 거예요. 제가 듣기로는 언제나 묵어 가는 손님이 있었고 아이들도 있었으니까요. 주말이라 오신 손님이며 아기 보는 여자며 가정 교사, 거기에다 파티에 오신 손님들도 있었겠지요. 하지만 전 잘 몰라요. 모두 할머니한테 들은 이야기이니까요. 바들리 콧 할아버지의 이야기 속에도 가끔 나오지요. 아시죠? 지금도 이 부근에서 일하시는 정원사 할아버지 말이에요. 그 할아버지가 옛날 그 댁에서 정원사로 있었거든요. 처음에는 그 할아버지가 나뭇잎을 잘못 따 왔다는 소문이 돌아서 모두들 의심을 했었지만, 실은 그분이 아니었답니다. 누군가가 집에서 나와 정원에서 야채 뜯는 것을 도와주다가 그것을 요리사에게 가져간 거지요. 시금치와 상추 같은 걸, 네, 채소에 대해 잘 몰라서 그만 실수를 한 거겠죠. 그 뒤 시체 부검인가를 할 때에도 누구든지 실수로 생길 수 있는 일이라는 결론이 났다는군요. 시금치나 괭이밥이 디기 뭐라나 하는 것 가까이에서 자라고 있었기 때문에 아마 한꺼번에 뜯어 온 모양이에요. 아무튼 정말 가엾은 일이지 뭐예요. 할머니 말씀으로는 그 여자가 금발에다 아주 얼굴이 예뻤대요."

"메리 조던이 매주 런던으로 올라갔다고 했죠? 물론 하루 휴가를 받는 일이 당연하지만."

"네, 런던에 친구들이 있었다고 해요. 메리가 사실은 독일 스파이였다고 말하는 사람들도 있었다고 할머니가 그랬어요."

"사실이 그랬고요?"

"전 그렇게 생각 안 해요. 남자들이 메리에게 호감을 가지고 있었던 것은 틀림없겠지만요. 해군 장교들과 셸턴 부대 군인들 말이에요. 메리는 친구가 한두 명 있었나 봐요. 군부대에 말이에요."

"정말 스파이였을까요?"

"아니라고 생각해요. 할머니도 그건 그냥 소문이라고 했거든요. 지난번 전쟁 때의 일이 아니에요. 한참 전의 이야기지요."

"정말 이상하군요. 전쟁 이야기가 되면 어째서 뒤죽박죽이 되기 일쑤인지 모르겠어요. 내가 아는 할아버지의 친구는 워털루 전투에 참전했는데."

"어머, 멋져. 1914년보다 훨씬 전의 이야기로군요. 흔히들 외국인 보모를 고용하지요, 마모젤이라고 부르면서요. 프롤라인이라고 부르는 것과 마찬가지죠. 프롤라인이 무슨 뜻인지는 모르지만. 이건 할머니에게 들었는데요, 메리는 아이들을 아주 잘 돌보았다는군요. 모두들 그녀를 마음에 들어하고 좋아했대요."(마드무아젤과 프로일라인은 각각 불어와 독일어로 둘 다 아가씨에게 붙이는 호칭 — 옮긴이)

"메리가 '월계수 저택'에 살던 무렵의 일인가요?"

"그 무렵에는 '월계수 저택'이라고 하지 않았어요. 다른 사람은 몰라도 저는 그렇지 않았다고 생각해요. 메리는 파킨슨인가 퍼킨인가 하는 댁에서 살았어요. 지금으로 말하자면 '오 페어 걸'(언어·습관 따위를 습득하기 위해 가사를 도와주고 숙식을 제공받는 젊은 외국 유학생이나 여성 — 옮긴이)이었던 거죠. 파이로 유명한 고장에서 왔대요. 바로 그 '포트넘 앤드 메이슨'에서 팔고 있는 그런 파이 말이에요. 파티용의 비싼 파이로 유명한 곳이죠. 누가 저한테 그러는데 반은 독일, 반은 프랑스 땅이라네요."

"스트라스부르?"

"네, 그런 이름이었어요. 메리는 그림을 잘 그렸대요. 우리 작은 할머니 초상화도 그려 주었는걸요. 파니 숙모님은 실제보다 늙어 보인다고 그림을 볼 때마다 말하곤 했지요. 파킨슨 집안의 아이도 그려 주었어요. 그리핀 부인이 지금도 그 그림을 가지고 있어요. 파킨슨 집안의 아이는 메리에 대해 틀림없이 알고 있었을 거예요. 메리가 그림을 그려 준 아이 말이에요. 아마 그리핀 부인이 그 아이의 대모였을 거예요."

"알렉산더 파킨슨 말이에요?"

"네, 맞아요. 교회 근처에 그 아이의 무덤이 있죠."

2장
마틸드, 트루러브, 그리고 KK

 이튿날 아침, 터펜스는 이 마을에선 모르는 이가 없을 정도로 잘 알려진 사람을 찾아갔다. 그는 보통 아이작 노인으로 통하지만 공식적으로는 바들리콧 씨였다. 아이작 바들리콧은 말하자면 이 고장의 명물이었다. 그 이유 중 하나는 나이였는데 그는 자신이 90살이라고 주장하지만 사람들은 그 말을 믿지 않았다. 또 다른 이유는 괴상한 물건들을 무엇이든 고칠 수 있다는 점이었다. 배관공에게 아무리 전화를 걸어도 오지 않을 때에 사람들은 아이작 바들리콧을 찾아갔다. 물건들을 수리하는 자격을 갖추고 있는지는 모르겠지만 바들리콧 노인은 평생에 걸쳐서 오랜 세월 동안 온갖 종류의 하수 시설, 욕실의 급수 시설 문제, 온수 장치의 고장을 비롯하여 전기에 관한 온갖 문제까지 안 해 본 것이 없었다. 그의 품삯은 정식 자격증이 있는 배관공과 비교할 때 저렴했지만 솜씨만큼은 정식 배관공에 조금도 뒤지지 않았다. 목수 일도 하고 자물쇠를 만들기도 하고 조금 삐뚤 때도 있었지만 벽에다 그림도 걸어 주며 낡은 안락의자의 스프링 취급 방법까지 훤히 알고 있었다. 바들리콧 노인의 가장 큰 단점이라고 한다면 말이 지나치게 많다는 것인데 노인은 발음을 분명하게 하기 위해 이따금 틀니를 애써 조정해야 했다. 이 부근에서 옛날에 살았던 사람들에 대한 그의 기억은 한도 끝도 없는 것 같았다. 그의 기억이 어느 정도 신빙성이 있는지는 파악하기가 어려웠다. 바들리콧은 지난날의 재미있는 이야기를 들려주는 즐거움을 외면할 사람이 아니었다. 이야기는 언제나 같은 말로 시작했다.

"그 일에 대해 말씀드리면 아마 깜짝 놀라실 겁니다. 사람들은 자기들이 그 일에 대해 다 알고 있다고 생각하지만 천만에요. 참 고운 아가씨였지요. 그 이야기를 알게 된 건 푸줏간의 개 덕분이랍니다. 그 개가 아가씨의 집까지 따라갔었는데 말입니다. 그 집은 따지고 보면 아가씨 자신의 집이 아니었죠. 거기에 대해서도 말하자면 이야기가 무척 길어지겠지만 하여튼 그 댁에는 애트킨스 할멈이 있었지요. 그 사람이 권총을 집에 감추어 둔 것은 아무도 몰랐지만 나는 다 알고 있었죠. 내가 나이가 75살인 애트킨스 할멈 집에 톨보이(다리가 높은 옷장 — 옮긴이)를 고쳐 달라는 부탁을 받고 갔을 때 내가 고치러 간 옷장의 서랍 속에 권총이 들어 있더란 말입니다. 경첩과 자물쇠가 모두 떨어져 나갔더군요. 거기에 권총이 들어 있더군요. 여자 구두와 함께 싸여 있었는데 구두는 치수가 3이고, 아니 어쩌면 치수가 2였는지도 모르겠군. 흰색 새틴 천으로 만든 건데 발이 아주 작았어요. 애트킨스 씨의 증조할머니가 결혼식 때 신었던 구두라고 하더군요. 그럴지도 모르죠. 골동품 가게에서 샀다는 사람도 있지만 나는 거기에 대해서는 모르겠습니다. 그런데 권총이 함께 싸여 있었는데 아들이 동아프리카에서 가지고 온 건가 봅니다. 코끼리나 뭐 그런 것을 사냥하고 나서 집으로 돌아올 때 권총을 가지고 온 거죠. 그런데 그걸 가지고 애트킨스 할멈이 뭘 했는지 아십니까? 권총 쏘는 법을 아들한테서 배운 겁니다. 응접실 창가에 앉아 밖을 내다보고 있다가 사람들이 차도로 들어서면 사람들의 왼쪽이나 오른쪽으로 총을 쏘는 겁니다. 그러면 모두 기겁을 하고 도망쳤죠. 새들이 겁을 내니까 아무도 못 들어오게 하는 거라고 할멈은 말하더군요. 새를 끔찍이도 아끼는 사람이었어요. 새는 절대로 쏘지 않았지. 그런 생각은 해 보지도 않았을 거야. 그러고 보니 레더비 마님에 대해서도 여러 가지 이야기가 있는데 그 사람은 정말 큰일 날 뻔했지요. 가게에서 도둑질을 하고 다녔다더군요. 솜씨가 대단했답니다. 살림은 먹고살 만했는데 말입니다."

바들리콧에게 욕실의 채광창을 갈아 달라고 부탁해 놓고 터펜스는 생각했다. 보물인지 흥미 있는 비밀인지 모르겠지만 이 집에 숨겨져 있는 수수께끼를 토미와 둘이서 밝혀내는 데 도움이 되는 과거의 기억을 바들리콧 노인의 이야기에서 찾아낼 수 있을까?

아이작 바들리콧은 마을에 새로 이사 온 사람의 집수리에 가는 거라면 두말없이 응했다. 새로운 사람과 되도록 많이 만나는 것이 살아가면서 그가 느끼는 즐거움 가운데 하나였던 것이다. 자기의 멋진 추억담을 아직 듣지 못한 사람들과 만난다는 것은 그의 인생에 있어서 커다란 사건이기도 했다. 그의 이야기를 이미 들은 사람들은 두 번 다시 그에게 이야기를 해 달라고 조르는 일이 없었다. 하지만 처음 만나는 사람들 앞에서는 이야기가 늘어놓는 일이 그렇게 즐거울 수가 없었다. 거기에다가 마을에서 자기가 할 수 있는 다양한 손재주를 덧붙이는 것은 무척이나 즐거운 일이었다. 일을 하면서 자세한 해설까지 곁들이는 것이 노인은 무척 즐거웠다.

"조는 다치지 않은 것만 해도 다행입니다. 얼굴이 온통 찢어졌을 뻔했잖습니까."

"예, 그럴지도 모르죠."

"마루의 유리를 좀 더 치워야겠습니다, 마님."

"그래야 하는데 틈이 나지 않아서요."

"하지만 유리 때문에 다치기라도 하면 큰일이죠. 작은 조각 하나로도 큰 상처를 입을 수 있지요. 혈관 속에 들어가기라도 하면 목숨까지 잃습니다. 래비니아 쇼타콤 양 생각이 나는군요. 아마 믿지 않으실지 모르지만……."

터펜스는 래비니아 쇼타콤 양에 대해서는 흥미가 생기지 않았다. 이 여인에 대해서는 이미 다른 사람들한테서 들었다. 70살에서 80살 사이의 나이에 귀가 먹고 거의 앞을 보지 못하는 할머니라고 했다.

터펜스는 아이작 영감이 래비니아 쇼타콤에 대한 추억담을 꺼내기 전에 끼어들었다.

"제 생각에는…… 할아버지가 옛날 이곳에서 일어난 특별한 사건들과 여러 사람에 대해 많이 아실 것 같은데요?"

"그야 이만한 나이가 되었으니까요. 85살을 넘어 90살을 눈앞에 두고 있지요. 옛날부터 기억력은 좋은 편이거든요. 도저히 잊을 수 없는 사건들이 있는 법이지요. 아무리 긴 이야기라도 어쩌다 보면 모두 생각이 나지요. 내가 말씀드리는 이야기들은 도저히 믿지 못하실 겁니다."

"많은 사람들의 일을 알고 계시다는 건 좋은 일이죠. 안 그래요?"

"아니, 인간이란 알 수 없는 존재가 아닐까요? 생각과는 실제 모습이 다르기도 하고 때로는 생각지도 못한 면을 지니고 있으니까요."

"생각지도 못했는데 스파이나 범죄자로 드러나는 경우도 있지요."

터펜스는 기대감을 안고 노인을 바라보았다.

아이작 영감은 허리를 굽혀 유리 조각을 하나 주워들었다.

"보십시오. 이게 발바닥에 박혔더라면 어쩔 뻔했습니까?"

터펜스는 채광창을 갈아 끼우는 일로는 노인한테서 좀 더 흥미 있는 기억을 끌어내지 못할 것 같다는 생각이 들기 시작했다. 생각해 보니 식당 창문 옆 벽에 붙어 있는 온실도 수리를 하고 유리를 바꾸어 낄 필요가 있을 것 같았다. 그녀는 그 자그마한 온실을 수리하는 게 나을지 아니면 차라리 허물어 버리는 게 나을지 노인에게 물어보았다. 아이작은 아주 만족한 표정을 지으며 이 새로운 문제로 생각을 돌렸다. 두 사람은 아래층으로 내려가 밖으로 나가서는 벽을 따라 문제의 건물로 다가갔다.

"아, 저것 말입니까?"

터펜스는 그렇다고 대답했다.

"KK로군."

터펜스는 영감을 바라보았다. KK라는 2개의 알파벳만으로는 무슨 뜻인지 도무지 종잡을 수 없었다.

"뭐라고 했죠?"

"KK라고요. 로티 존스 부인이 살아 있을 때는 그렇게들 불렀죠."

"그래요? 어째서 KK라고 불렀을까요?"

"글쎄요, 옛날에는 이런 건물에다 그런 종류의 이름을 붙이지 않았을까요? 큰 규모는 아니었어요. 대저택에는 정식 온실이 있지요. 화분에 주로 양치식물이 심어져 있고요."

"그렇지요."

노인의 말을 들으니 터펜스는 과거의 기억이 곧바로 떠올랐다.

"온실이라 불러도 되는데 로티 존스 부인은 KK라고 불렀답니다. 왜 그랬는지는 모르겠습니다."

"여기에도 양치식물이 있었나요?"

"아니, 없었습니다. 대개 아이들 장난감을 넣어 두는 곳으로 사용했지요. 장난감 얘기가 나왔으니 말인데 아직도 몇 개 남아 있을 겁니다. 이 온실은 반쯤 허물어져 있지요? 존스 부인이 살던 때에는 손질도 좀 하고 지붕도 새로 이고 했지만 지금은 이곳을 다시 쓰려는 사람은 없을 겁니다. 예전에는 망가진 장난감이나 의자 같은 것을 놔두는 자리였지요. 흔들목마나 트루러브가 한쪽 구석에 놓여 있었답니다."

"들어가 볼 수 있을까요?"

터펜스는 유리창에서 비교적 깨끗한 쪽에다 눈을 맞추며 말했다.

"틀림없이 신기한 것들이 많을 것 같아요."

"그럼, 열쇠를 가져와야겠군요. 옛날 그 자리에 걸려 있겠지요."

"그 자리라뇨?"

"이 주변에 조그만 창고가 있거든요."

두 사람은 옆에 나 있는 좁은 길을 따라 걸어갔다. 창고라지만 그렇게 부르기엔 너무도 보잘것없었다. 아이작은 문을 발로 걷어차서 열고는 온갖 나뭇가지들을 치우고 썩은 사과를 발로 찼다. 그리고 벽에 걸려 있는 낡은 도어매트를 벗겨 냈다. 그러자 못에 걸려 있는 서너 개의 녹슨 열쇠가 드러났다.

"린돕의 열쇠예요. 이 집에서 산 마지막 정원사이지요. 본래는 바구니 만드는 일을 했었는데 무슨 일이건 제대로 하는 게 하나도 없는 사람이었지요. KK의 안을 보고 싶죠?"

"그래요. KK의 안을 꼭 한번 보고 싶네요. 근데 어떻게 쓰죠?"

터펜스는 기대감에 차서 말했다.

"어떻게 쓰다니, 뭐가요?"

"KK 말이에요. 두 자뿐인가요?"

"아니, 그렇지 않아요. 외국어가 둘이 아니었던가? 틀림없이 K, A, I, 그리고 K, A, I이었다고 생각되는데 Kay Kay인가? 아니면 Kye Kye에 가깝던가? 일본어라고 생각되는데 말입니다."

"어머, 이 마을에 일본인이 살았나요?"

"아니, 그런 말이 아니고. 외국인이라고 했지만 그쪽은 아니고요."

아이작이 재빨리 기름을 꺼내어 기름을 쳤다. 아주 조금밖에 안 되는 기름이었지만 녹슨 자물쇠에는 큰 효과가 있었다. 열쇠가 구멍에 꽂히고 삐걱거리며 돌아가더니 문이 열렸다. 두 사람은 안으로 들어갔다.

"보십시오. 낡은 잡동사니들뿐이죠?"

아이작이 말했지만 안에 든 물건을 자랑하는 투는 아니었다.

"저 목마는 제법 멋지네요."

"마틸드이지요."

"마틸드?"

터펜스는 조금 의아스럽게 물었다.

"그래요. 어떤 여인의 이름이지요. 무슨 왕비 말입니다. 윌리엄 정복왕의 왕비라는 이야기도 있지만 그건 허풍일 겁니다. 이 말은 미국인 대부가 어떤 아이에게 보낸 거랍니다."

"아이에게?"

"배싱턴 씨의 아이지요. 아주 오래전 이야기라서 저도 모릅니다. 이젠 완전히 녹이 슬어 버렸군요."

마틸드는 낡기는 했지만 아주 멋져 보이는 말이었다. 크기도 진짜 말과 비슷했다. 한때는 무성했을 것 같은 갈기가 지금은 겨우 몇 가닥만 남아 있었다. 한쪽 귀는 떨어져 나가고 없었다. 말은 본래 온몸이 회색이었다. 앞발과 뒷발을 한껏 뻗고 있었으며 한 줌도 안 되는 꼬리가 달려 있었다.

"지금까지 본 목마들하고는 움직이는 게 다른 것 같군요."

터펜스는 흥미로워하며 말했다.

"다르지요. 보통은 올라갔다 내려갔다 하거나 앞뒤로 흔들리지만 이 녀석은 앞으로 튀어나간답니다. 먼저 앞발로 소리를 치며 튀어나가면 뒷발로 뛰는 겁니다. 보기도 참 좋죠. 제가 올라타서 시범을 보이면……."

"조심하세요. 못 같은 게 있어서 찔리기라도 하면 떨어지실지 모르니까요."

"문제없어요. 전에도 타 본 적이 있으니까요. 50년인가 60년 전 이야기지만 모두 기억하고 있죠. 게다가 이 말은 아직도 끄떡없어요. 아직은 부숴지지 않겠는데요."

갑자기 예상치도 못한 체조 선수 같은 동작으로 아이작은 마틸드에 올라탔다. 목마는 앞으로 달려갔다가 다시 뒤로 달렸다.

"자, 움직이죠?"

"네. 그렇네요."

"모두 이놈을 무척 좋아했지요. 제니 양은 매일 타다시피 했어요."

"제니 양이라뇨?"

"제일 큰 아이지요. 그 아이의 대부가 이걸 보내 주었답니다. 그리고 트루러브도요."

터펜스는 의아한 얼굴로 아이작을 바라보았다. 그가 말한 것은 KK 안에서는 눈에 띄는 것 같지 않았다.(트루러브는 진실된 사랑이라는 뜻 외에도 삿갓풀류의 식물을 가리킨다 ─ 옮긴이)

"그런 이름이었지요. 저 구석에 있는 조그만 바퀴 달린 목마 말입니다. 파멜라 아가씨가 그걸 타고 언덕을 달려 내려가곤 했지요. 무척 진지한 얼굴을 하고서 말입니다. 언덕 꼭대기에서 목마에 올라타고 발도 거기에 올려놓고 보통은 페달이 달려 있었지만 움직이지 않게 되어 있지요. 아가씨는 목마를 언덕 꼭대기까지 끌고 올라가서는 비탈을 타고 내려오면서 발로 브레이크를 걸고는 했지요. 칠레 삼나무에 부딪쳐서 걸리는 경우도 종종 있었죠."

"별로 기분 좋을 것 같지 않군요. 칠레 삼나무에 걸려 멈추게 되면."

"부딪칠 뻔할 때 간신히 세우곤 했지요. 굉장히 열심이었어요. 아가씨는 몇 시간씩 타곤 했지요. 서너 시간이나 그 놀이를 하는 걸 보았죠. 저는 가끔 크리스마스 장미 화단이나 팜파스 잔디를 손질하곤 했는데 그때 아가씨가 비탈을 내려오는 걸 보았지요. 아가씨는 남들이 자기한테 말을 거는 걸 싫어해서 나도 말을 걸지 않았지요. 아가씨는 놀이를 방해받지 않고 계속하고 싶어 했어요."

"무슨 놀이를 했을까요?"

터펜스가 말했다. 제니 양보다 파멜라 양에게 갑자기 흥미가 솟아나기 시작했다.

"글쎄, 뭐랄까? 가끔 자기는 공주님인데 도망치는 중이라고 했지요. 그 뭐라더라, 메리 공주라고 했던가? 아일랜드였던가, 아니면 스코틀랜드였나?"

"스코틀랜드의 메리 공주였겠죠."

"예, 맞아요. 그 공주가 어디론가 떠나 버리거나 도망치는 거라고 했지요. 성에 들어왔다고 하면서 로크인지 뭔지를 어쩌고 저쩌고 했는데. 그건 진짜 자물쇠를 말한 게 아니라 조그만 연못 같은 걸 말한 거였죠."('lock'는 보통 자물쇠를 의미하지만 운하나 강의 수문이나 갑문을 뜻하기도 한다 — 옮긴이)

"알겠어요. 파멜라는 자신이 스코틀랜드의 메리 공주인데 적을 피해 달아나고 있는 거라고 했군요?"

"그래요. 영국에 가서 엘리자베스 여왕에게 구원을 청한다고 하면서요. 나는 엘리자베스 여왕이 그렇게 자비로운 사람이라고는 생각지 않았지만."

"하지만 꽤 재미있네요. 그런데 지금 그 이야기는 어느 집안의 이야기인가요?"

터펜스는 실망감을 감추고 말했다.

"리스터 씨 댁의 이야기지요."

"혹시 메리 조던이라는 사람 아세요?"

"아, 누군지 알겠습니다. 아주 오래전 이야기인데 나도 만난 적은 없어요. 독일의 스파이였다는 아가씨 말이죠?"

"이곳 사람들은 모두 메리 이야기를 아는 것 같더군요."

"그렇지요. 프로라인이라고 부르고들 했지요. 무슨 철도같이 들리지만 말입니다."

"듣고 보니 그렇네요."

아이작은 느닷없이 웃음을 터뜨렸다.

"하하하! 철도의 선로라고는 해도 똑바른 선로는 아니지요. 그렇지요. 정말?"

아이작은 다시 웃었다.

"아주 멋진 농담이네요."

터펜스가 상냥하게 말했다.

아이작은 다시금 소리 내어 웃었다.

"이제 채소 심을 때가 됐죠? 누에콩은 알맞은 때에 심지 않으면 열매를 맺지 않거든요. 조생종 상추 같은 건 어떻습니까? 잘디잔 것 말입니다. 보기도 좋고 작아도 알이 단단하니까요."

"영감님은 이 부근에서 밭일을 꽤 많이 하셨죠? 우리 집뿐만이 아니고 여러 집에서."

"그렇습니다. 잡다한 일을 했죠. 꽤 여러 댁에서 일을 했답니다. 정원사 중에는 기껏 고용은 했지만 쓸모없는 사람들도 있어서 제가 한동안 구원병 역할을 했지요. 옛날 여기서 사고가 좀 생겨서요. 채소를 잘못 알았던 거죠. 제가 오기 전의 일인데 이야기는 들었습니다."

"디기탈리스 이파리에 관한 이야기 말이죠?"

"어허, 벌써 들으셨군요? 그것도 꽤 오래전 이야기지요. 그래요. 그걸 잘못 먹은 사람이 몇 명인가 있었는데 결국 한 사람은 목숨까지 잃었다고 저는 들었습니다. 이건 그냥 주워들은 이야기라서. 어떤 친구가 그 이야기를 해 주더군요."

"그것이 프로라인이었군요."

"그럼, 죽은 사람이 그 프로라인이란 말입니까? 그건 처음 듣는 소린데요."

"아니, 어쩌면 제가 잘못 알고 있는지도 모르죠. 트루러브라나 뭐라나 하는 이 목마 말인데 이것을 파멜라라는 아이가 언제나 놀았다는 그 언덕에 가져다 주었으면⋯⋯ 그 언덕이 지금도 있다면 말이에요."

"물론 언덕은 지금도 있지요. 뭘 하시려고요? 지금도 언덕에는 풀이 잔뜩 나 있지만 조심하셔야 합니다. 트루러브도 녹이 얼마나 슬었는지 모르니 우선 좀 깨끗이 해 둘까요?"

"그래 주세요. 그리고 우리 집에 심기 알맞은 채소를 몇 가지 생각해 주고요."

"그렇다면 디기탈리스와 시금치를 붙여서 심지 않도록 조심하겠습니다. 새 집에 이사 오자마자 봉변을 당하셨다는 이야기는 듣고 싶지 않으니까요. 조금만 돈을 들이면 제법 근사한 저택이 될 겁니다."

"정말 고마워요."

"그럼, 트루러브를 손 좀 볼까요? 타고 있는데 주저앉아 버리면 큰일이니까. 꽤 오래된 옛날 물건인데도 제대로 움직이는 걸 보면 깜짝 놀라실 겁니다. 아, 전에 친하게 지내던 사람이 있었는데 그 녀석이 낡은 자전거를 끌고 와서 탈 수 있으리라고는 생각지 않았죠. 40년쯤 아무도 탄 사람이 없었으니까. 그런데 기름을 조금 쳤더니 제대로 굴러가더라고요. 정말 기름 몇 방울의 효과가 대단하던데요."

3장

아침 식사 전에 할 수 없는 여섯 가지 일

"도대체……."

토미가 말했다.

집에 돌아오면 뜻밖의 장소에서 터펜스를 발견하는 경우가 자주 있었지만 오늘만은 토미도 깜짝 놀라지 않을 수 없었다.

집 안에선 터펜스의 그림자조차 찾아볼 수 없었다. 하긴 밖에는 비가 온다고는 하지만 빗소리가 겨우 들릴 정도였다. 정원 일에 정신이 팔려 있을지도 모른다는 생각이 들어 확인해 보려고 토미는 밖으로 나가 보았다.

"도대체가……."

"어머, 여보! 생각보다 일찍 들어왔네요."

"그건 뭐야?"

"트루러브 말인가요?"

"뭐라고?"

"트루러브래요. 이름 말이에요."

"그걸 타고 드라이브라도 나갈 셈이야? 당신한테는 너무 작은데."

"그래요. 아이들이 가지고 노는 거니까. 유아용 자전거를 타면서 놀기 전에 이런 것들을 가지고 놀았죠."

"움직이지는 않겠지?"

"글쎄, 움직인다고 할 수는 없겠지만 언덕 꼭대기로 가지고 가면 바퀴가 저절로 돌아가고 비탈져 있으니까 밑에까지 달려 내려올 수 있을 거예요."

"그리고 밑에 와서는 박살이 나겠지. 그렇게 할 생각이었어?"

"천만에요. 발로 제동을 거는 거예요. 자, 볼래요?"

"아니, 그럴 것까지는 없어. 자, 비도 점점 심해지는군. 내가 알고 싶은 것은 왜 그런 행동을 하는가야. 별로 재미있을 것 같지도 않은데."

"사실 좀 겁은 나요. 하지만 난 알고 싶었던 거예요. 그래서……."

"그래서 이 나무에게 물어보고 있는 거야? 그런데 이건 무슨 나무지? 칠레 삼나무로군!"

"맞아요. 잘 아네요."

"알고말고. 이 나무의 별명까지 알고 있는데."

"나도 알아요."

두 사람은 서로의 얼굴을 마주 보았다.

"지금 잠깐 생각이 안 나는 것 뿐이야. 틀림없이 아티……."

"네, 비슷한 이름이에요. 그 일은 이 정도로 해 두지요."

"그런 가시투성이 속에서 뭘 하는 건데?"

"언덕 기슭에 와서도 발을 내려서 완전히 멈추지 못하면 이 아티……라나 뭐라나 하는 속으로 처박히는 거지요."

"아티……라는 것은 그러니까 '어티캐리아' 맞지? 아니, 그것은 두드러기였지. 어쨌든 좋아. 사람에겐 각자의 놀이가 있는 법이니까."

"난 조사를 좀 해 보았을 뿐이에요. 최근의 문제에 대해서."

"당신 문제, 아니면 내 문제? 대체 누구의 문제 말이지?"

"모르겠네요. 우리 둘의 문제가 아닐까요?"

"그 비어트리스의 문제인가 하는 것은 아니고?"

"그렇지 않아요. 이 집에 다른 것들이 숨겨져 있는 건 아닐까 하고 생각했을 뿐이에요. 그래서 아마 몇십 년 전에 이상하게 생긴 낡은 온실에 처박아 둔 여러 가지 장난감을 살펴보러 갔더니 이 목마와 마틸드가 있는 거예요. 마틸드라고 하는 것은 흔들목마인데 배에 구멍이 나 있어요."

"배에 구멍이 나 있다고?"

"그래요, 그 안에 여러 가지 것들을 닥치는 대로 쑤셔 넣었겠지요. 아이들이 장난삼아 낙엽이나 더러운 종이, 쓰다 버린 걸레, 속옷, 기름걸레 같은 걸 넣어 두었더군요."

"자, 그만 집에 들어가자고."

"저, 여보."

터펜스는 남편의 귀가 시간에 맞추어 응접실에 피워 둔 불 쪽으로 기분 좋게 발을 뻗으며 말했다.

"얘기 좀 해 봐요. 리츠 호텔 갤러리에서 열리는 전람회 구경을 갔다 왔어요?"

"아니, 사실은 거기에 갈 시간이 없었어."

"시간이 없었다니, 그게 무슨 말이에요? 그것 때문에 외출한 거 아니었어요?"

"글쎄, 누구라도 나갈 때의 생각대로 되는 건 아니니까."

"그럼, 어디 가서 다른 일을 봤군요."

"주차할 만한 곳을 새로 발견했어."

"그렇다면 편리하겠네요. 어디죠?"

"하운슬로 부근이야."

"어째서 하운슬로 같은 곳엔 갔어요?"

"실은 하운슬로에 간 게 아니야. 거기에 주차장이 있기 때문이지. 거기서부터는 지하철을 탔어."

"어머, 런던행을?"

"그래. 지하철을 타는 게 가장 편할 것 같아서."

"어쩐지 뒤가 꿀리는 표정이네요. 설마 하운슬로에 내 라이벌이 있는 건 아니겠죠?"

"아니. 당신은 내가 한 일에 틀림없이 만족해할 줄 알았는데."

"어머, 선물이라도 사 왔어요?"

"아니, 틀렸어. 사실 어떤 선물을 해야 할지도 모르고 있는걸."

"하지만 당신의 대중없는 선물이 아주 멋질 때도 있었어요. 정말 뭘 했는데요? 어째서 내가 만족할 거라 생각한 거예요?"

터펜스는 기대를 걸며 말했다.

"어째서냐고? 나도 조사를 하고 왔으니까."

"요즘은 너나없이 조사를 하는군요. 10대 아이들을 포함해서 남녀노소 가리지 않고 모두 조사하고 있어요. 무슨 조사를 하는지 알지는 못하지만 무슨 조사건 그때뿐이고 나중에는 흐지부지되어 버리잖아요. 무작정 조사를 시작해서 한동안 즐거움을 맛보고 나서 완전히 자기만족으로 끝날 뿐이죠. 정말 앞으로 어떻게 되어 갈지 알 수가 없어요."

"그러고 보니 우리 수양딸 베티 말인데, 그 애, 동아프리카로 간 뒤로 소식은 있어?"

"네, 조사에 정신이 없대요. 아프리카인의 가정을 관찰하고 거기에 대한 논문을 쓰느라고요."

"그 가정에서는 베티가 흥미를 갖는 걸 이해해 준다고?"

"기분 좋게 생각진 않겠지요. 우리 아버지 교구에서도 모두 교구 봉사자들을 싫어했거든요. 오지랖이 넓다고들 했답니다."

"그 이야기에는 제법 배울 점이 있는걸. 분명히 당신은 내가 손을 대고 있는 일, 아니 이제부터 손을 대려는 일의 어려움을 정확히 지적하고 있군."

"무슨 조사예요? 설마 잔디 깎는 기계에 대한 것은 아니겠죠?"

"어째서 잔디 깎는 기계를 들먹이는 거야?"

"일년 내내 잔디 깎는 기계의 카탈로그만 보고 있으니까 말이에요. 당신은 잔디 깎는 기계라면 사족을 못 쓰잖아요."

"이 집을 무대로 역사적 조사를 하는 거야. 범죄건 뭐건 간에 적어도 육칠십 년 전엔 무슨 일이 있었던 것 같으니까."

"하여튼 당신의 조사 계획이라는 것에 대해 좀 더 얘기해 줘요."

"런던에 가서 어떤 일을 시작했어."

"어머, 조사를 시작했군요? 나도 같은 일을 하고 있었어요. 방법은 당신과 다르지만. 시대도 내 쪽이 훨씬 옛날 무대인걸요."

"그럼 메리 조던의 문제에 정말 흥미를 갖기 시작했다는 거야? 그래서 요즘 들어 그 문제를 의제로 들고 나왔군. 이젠 분명하지 않아? 메리 조던의 수수께끼, 아니 문제 말이야."

"그건 심지어 아주 흔해빠진 이름이잖아요. 독일인이라면 절대로 본명은 아니에요. 독일 스파이였다고들 하지만 어쩌면 영국인이었을지도 몰라요."

"독일 스파이 어쩌고 하는 것은 그저 전설일 뿐이지?"

"자, 아까 그 얘기나 해 봐요. 아직 아무 얘기도 안 해 줬다고요."

"나는 어떤…… 일종의…… 어떤……."

"'어떤'만 가지고는 무슨 소린지 알 수가 없잖아요."

"무언가를 설명한다는 게 꽤 어려울 때가 있단 말이야. 내 말은 조사를 하는 어떤 방법이 있을 거라는 얘기야."

"옛날 사건 말인가요?"

"그래, 어떤 의미로는. 조사해 봐야 아는 일도 있어. 정보를 끌어내는 일도 마찬가지고. 낡은 장난감에 올라타 보기도 하고 할머니들의 기억에 의지하기도 하고 엉터리 같은 이야기밖에 해 줄 것 같지 않은 늙은 정원사에게 물어보기도 하고 우체국에 가서 작은 할머니에게서 들은 이야기를 해 달라고 아가씨들에게 부탁하여 우체국 직원들을 깜짝 놀라게 해 봐도 결말이 나지 않는단 말이야."

"모두 조금씩 해 보긴 했어요."

"나도 마찬가지야."

"당신도 조사를 시작했군요? 누구에게 물어보러 갔었나요?"

"그런 것들 하고는 좀 달라. 기억하고 있겠지, 터펜스? 지금까지 나는 이런 일을 훤히 알고 있는 사람들과 관련이 되어 있었잖아. 그 사람들을 고용하면 적당한 곳에서 조사해 줄 테니까 확실한 정보를 손에 넣을 수가 있지."

"어떤 일을 어떤 곳에서 말이에요?"

"글쎄, 많이 있지. 우선 사망, 출생, 결혼 같은 것을 조사해 달라고 할 수도 있고."

"아, 서머싯 하우스(런던 템즈 강변에 있는 등기소·세무서 등이 있는 건물 — 옮긴이)에서 조사해 보려는 거로군요? 결혼 때만이 아니고 사망 때도 서머싯 하우스에 가나요?"

"출생 때도 마찬가지지. 자기가 직접 가지 않고 다른 사람을 보내도 되고. 거기서 사람이 사망한 날짜를 찾아내기도 하고 유언장을 살펴보기도 하고 교회에서 올린 결혼이라든가 출생증명서 같은 것을 조사하게 되는 거야. 그런 일들을 모두 해 준다고."

"돈이 꽤 들었겠군요? 이사 비용을 치르고 나면 절약해서 살아가기로 했던 것 같은데."

"당신이 이 문제에 그토록 관심을 가지고 있는 걸 생각하면 이렇게 돈을 쓰는 것도 나쁘다고만은 할 수 없지."

"그래서 뭘 알아냈어요?"

"그렇게 빨리 정보를 얻는 건 아니고. 조사가 끝날 때까지 기다려야지. 그리고 보고가 들어오면……."

"그러니까 누가 와서 메리 조던이라는 사람이 리틀 셰필드에서 태어났다는 보고를 하면 그때 당신이 직접 가서 조사를 한다는 건가요?"

"꼭 그런 것만은 아니야. 그밖에도 인구 조사 신고서에 사망 증명서, 사망 원인 등등 많은 것을 알게 된다고."

"아무튼 재미는 좀 있을 것 같네요. 그런 것들은 언젠가는 보탬이 되니까."

"그리고 신문사에 가서 신문철을 조사해 볼 수도 있지."

"기사 말인가요? 예를 들면 살인이나 재판?"

"그것만이 아니야. 누구든지 그때그때 사귀던 사람들이 있게 마련이잖아. 그때의 사정을 알고 있는 사람들, 그런 사람을 찾아낼 수 있을 거야. 그리고 몇 가지 묻기도 하면서 옛정을 새롭게 하는 거지. 우리가 런던에서 사립 탐정 사무실을 냈을 때처럼 말이지. 정보며 단서를 귀띔해 줄 만한 사람이 아직 몇몇은 남아 있을 거야. 그런 일은 어느 정도 연줄이 제구실을 하거든."

"네, 정말 그래요. 나도 경험으로 그건 알죠."

"내 조사 방법이 당신과는 다르지. 당신 방법도 내 방법에 못지않지만. 하숙집이라고 할지 여관인지 아무튼 그 '상 수시'에 갑자기 찾아가 봤을 때의 일은 잊을 수가 없어. 제일 먼저 눈에 들어온 것은 당신이 뜨개질을 하고 있는 블렌킨솝 부인으로 둔갑해 있었던 거였지."(『N 또는 M』의 내용 — 옮긴이)

"그 무렵에는 내가 직접 조사하거나, 다른 사람에게 조사를 시키는 것은 생각지도 못했기 때문이죠."

"그렇지 않아. 당신은 내가 손님과 아주 흥미로운 이야기를 하고 있을 때 침실 장롱 뒤에 숨어 들어가 있었잖아. 그 덕에 내가 어디로 가 달라는 부탁을 받았는지 무엇을 하려는지 당신은 이미 알고 있었고 먼저 그곳에 가 있을 수 있던 거였고. 엿들었던 거지. 변명의 여지가 없다고. 참으로 부끄러운 일이야."

"결과는 아주 만족스러웠잖아요."

"그래, 당신에게는 잘될 것 같다는 육감 같은 게 있지. 느낌이 오는 모양이지."

"두고 봐요. 언젠가는 이 마을 일도 완전히 알게 될 거예요. 다만 너무 오래된 옛날이야기가 되어 놔서. 정말 중요한 것이 이 부근에 숨겨져 있는 것이 아닐까요? 이 부근에 사는 사람에게 말이에요. 이 집이 관계가 있다든가, 옛날 여기에 살았던 사람이 중요하다는 생각이 드는 거예요. 정말 얼른 믿기지 않는 일이지만 말이에요. 그건 그렇고 이제 뭘 해야 할지 알았어요."

"뭔데?"

"아침 식사 전에 할 수 없는 여섯 가지 일. 벌써 11시 15분 전이에요. 이제 그만 자고 싶어요. 난 지쳤어요. 졸음도 오고. 먼저가 뒤덮인 낡은 장난감을 만졌더니 몸이 온통 지저분해졌네요. 거기에는 그것 말고도 여러 가지가 있을 거예요. 그런데 왜 KK라고 했을까?"

"몰라. 어떻게 쓰는데?"

"글쎄 Kai였다고 생각하는데 그냥 KK만은 아니에요."

"그게 더 신비하게 들리기 때문인가?"

"일본어처럼 들리는데."

터펜스는 자신 없는 소리로 말했다.

"대체 어디가 일본어처럼 들린다는 거야? 내겐 그렇게 들리지 않는데. 그것보다는 음식 같이 들리는군. 쌀 같은 것."

"난 이제 자러 가야겠어요. 몸을 깨끗이 씻어서 이 거미줄을 없애 버려야지."

"아침 식사 전에 할 수 없는 6가지를 잊으면 안 돼."

"그런 거라면 내가 당신보다 낫거든요."

"당신은 가끔 생각지도 못한 일을 하니까."

"나보다 당신 말대로 되는 경우가 더 많긴 하죠. 그래서 질려 버리는 때도 있지만. 그 6가지 일은 우리를 시험하기 위해 하늘이 미리 마련해 둔 운명이에요. 그런 말을 한 게 누구였더라? 입버릇처럼 말하곤 했는데."

"어쨌든 좋아. 낡은 옛날 먼지를 깨끗이 씻어 버리고 오라고. 아이작 영감은 정원 일에 도움이 좀 되었어?"

"그 사람은 그렇게 생각하고 있어요. 그 사람 솜씨를 한번 시험해 보는 것도 좋을 거예요."

"불행히도 우리는 정원 일에 대해 아는 게 별로 없잖아? 또 문제를 하나 안게 된 셈이군."

4장
트루러브 원정대, 옥스퍼드와 케임브리지

"아침 식사 전에는 할 수 없는 6가지 일이라고 했는데 정말 그 말이 맞아."

터펜스는 커피를 다 마시고 찬장 접시에 남아 있는 계란 부침을 먹을까 생각하며 말했다. 계란 주위에는 식욕을 돋우는 콩팥 2개가 곁들여 있었다.

"아침 식사는 불가능한 일을 생각하는 것보다 더 가치 있는걸. 그이는 되지도 않는 일을 쫓아가는 쪽이지만. 조사? 대체 뭘 알아낼 수 있을 거라 생각하는지, 원."

그녀는 콩팥을 곁들인 계란 부침을 먹기 시작했다.

"여느 때와 다른 아침 식사를 하니 정말 좋아."

그녀는 오래전부터 아침에는 언제나 커피와 오렌지 주스나 자몽으로 때워 왔다. 체중 문제를 해결한다는 점에서는 더할 나위 없이 만족스러웠지만, 아침 식단으로는 충분한 만족감을 주지 못했다. 찬장에 들어 있는 다른 요리가 두드러진 대조로 더욱더 소화액의 분비를 촉진하는 것이었다.

"틀림없이 파킨슨 집안사람들도 아침 식사는 여기서 이런 것을 먹었을 거야. 달걀 부침이나 수란, 그리고 베이컨. 어쩌면 아마도……."

그녀는 먼 옛날로 돌아가서 오래전에 읽었던 소설을 생각해 보았다.

"아마 그랬을 거야. 찬장에는 냉동 꿩고기가 들어 있었을 거고. 얼마나 맛이 좋을까? 그래, 생각이 나. 듣기만 해도 맛있을 것 같았지. 물론 아이들은 뒷전이니까 다리밖에 못 차지했겠지만. 새의 다리란 건 제법 좋은 거라고. 언제까지고 빨아 먹을 수 있으니까."

남은 콩팥 한 조각을 입에 넣은 채 그녀는 귀를 기울였다.

아주 이상한 소리가 문밖에서 들려오는 것 같았다.

"뭘까? 관현악단의 연주가 잘못된 것 같은 소리인데."

그녀는 손에 토스트를 든 채 다시 귀를 기울였다. 앨버트가 들어오는 소리에 그녀는 고개를 들었다.

"무슨 일이지, 앨버트? 설마 일꾼들이 음악회를 시작한 건 아니겠지? 오르간 같은 걸로 말이야."

"피아노를 보러 온 남자뿐인데요."

"피아노의 뭘 보러 왔지?"

"조율을 하러 왔답니다. 지난번에 마님이 피아노 조율사를 부르라고 하셔서……."

"아니, 벌써 불렀어? 고마워, 앨버트."

그 소리에 앨버트는 기분이 좋아 보였다. 그는 가끔 터펜스나 토미가 지시하는 특이한 요구에 신속하게 응하는 일만큼은 자신 있다고 스스로 믿는 듯했다.

"손볼 데가 꽤 많은가 봅니다."

"그렇겠지."

터펜스는 커피를 반쯤 마시고는 방에서 나가 응접실로 들어갔다. 젊은 남자가 속을 완전히 드러내고 있는 그랜드 피아노 앞에서 손을 보고 있었다.

"안녕하십니까, 마님?"

"안녕하세요. 이렇게 와 주셔서 기뻐요."

"이건 조율을 하지 않으면 못 쓰겠는데요."

"그래요. 보시다시피 우린 막 이사를 왔는데 이게 피아노에 좋을 리가 없죠. 이리저리 끌고 다니는 것 말이에요. 그런 데다가 꽤 오랫동안 조율을 하지 않았답니다."

"그렇습니다. 금방 알 수 있지요."

젊은 남자는 여러 종류의 화음을 차례로 3번씩 치더니 밝은 장음의 화음과 아주 구슬픈 가단조의 화음을 2번씩 울렸다.

"좋은 악기로군요, 마님."

"네, 에라드예요."

"요즘은 이런 피아노를 좀처럼 구할 수 없답니다."

"몇 번 험하게 다뤘어요. 런던 공습에서도 살아남은걸요. 집에 폭탄이 떨어졌는데 다행히 우리는 피난을 갔고 피해는 외부뿐이었지요."

"그렇습니까? 네, 내부는 정말 괜찮군요. 크게 손볼 곳은 없습니다."

이야기는 기분 좋게 이어졌다. 청년은 먼저 쇼팽의 전주곡 중에서 처음 몇 소절을 치더니 이어서 「푸른 다뉴브 강」을 쳤다. 이윽고 그는 일이 끝났다고 했다.

"너무 오랫동안 내버려 두고 싶지 않군요. 틈을 보아 이상이 없는지 다시 살펴보겠습니다. 언제 또 고쳐 놓은 부분이 처음으로 되돌아갈지 모르거든요. 그냥 귀로 들어서는 얼른 분간이 안 되는 예민한 것이 바로 소리라는 것이지요."

헤어지면서 두 사람은 음악에 대해, 특히 피아노곡을 이해하는 사람끼리 통하는 화제라든가 음악이 인생에 가져다주는 기쁨에 대해 완전히 의견 일치를 본 사람답게 정중하게 인사를 교환했다.

"아직도 손이 많이 가겠군요. 이 집수리를 마치려면……."

청년은 주위를 둘러보며 말했다.

"우리가 이사 오기 전에 한동안 비워 둔 집이었으니까요."

"네, 주인이 꽤 여러 번 바뀌었답니다."

"사연이 많은 집인 것 같네요. 옛날에 이러이러한 사람이 살았다든지 이상한 사건이 있었다든지 말이에요."

"아, 옛날 그 일을 말씀하고 계신 모양이군요. 지난번 전쟁인지 그 전에 일어난 전쟁이었는지는 모르겠습니다만."

"해군 기밀과 관련된 일이라면서요?"

터펜스가 기대를 걸며 말했다.

"어쩌면 그럴지도 모르지요. 소문이 자자했던 모양입니다만 저야 물론 하나도 모르죠."

"그렇겠지요. 태어나시기 훨씬 전의 일이었으니까요."

터펜스는 청년의 젊디젊은 얼굴을 찬찬히 바라보며 말했다.

청년이 돌아가자 터펜스는 피아노 앞에 앉았다.

"「지붕에 떨어지는 빗방울」을 쳐 볼까?"

그녀는 조율사가 친 전주곡 연주를 듣고 쇼팽의 그 곡이 생각났다. 그녀는 화음을 몇 개 두드려 보고 반주를 넣어 가며 처음에는 콧노래로 부르다가 마침내 중얼거리듯 노래하기 시작했다.

　　내 사랑은 어디를 헤매고 있을까?
　　내 사랑은 어디로 갔을까?
　　나무 꼭대기에서 새들은 지저귀는데
　　내 사랑은 언제 돌아올까?

"이런, 키가 다른걸. 어쨌든 피아노는 제대로 고쳤네. 아, 다시 피아노를 칠 수 있다니 정말 다행이야. '내 사랑은 어디를 헤매고 있을까?'"

그녀는 흥얼거렸다.

"'내 사랑(true love)'은…… 트루러브라."

그녀는 생각에 잠겨 말했다.

"내 사랑? 아니, 이건 암호가 아닐까? 트루러브를 한번 조사해 보는 게 좋을 것 같은데."

그녀는 튼튼한 구두를 신고 풀오버 스웨터를 입고는 정원으로 나갔다. 트루러브는 본래 들어 있던 KK 속이 아니라 빈 마구간 안에 있었다. 터펜스는 트루러브를 끌어내 온통 풀밭을 이루고 있는 비탈의 꼭대기로 끌고 올라갔다. 그녀는 아직도 여기저기 묻어 있는 거미줄을 먼지떨이로 털어내고 나서 트루러브에 올라타고 발을 페달에 올려놓았다. 그리고 낡은 목마가 최대한 속력을 내어 굴러가게 해 보았다.

"자, 내 사랑! 함께 언덕을 내려가 보자꾸나. 너무 서두르지는 말고."

터펜스는 페달에서 발을 떼어 만일의 경우에 브레이크를 걸 수 있는 곳으로 옮겨놓았다.

무게만으로 언덕을 내려가는 것이 이 목마의 장점이라고 했지만 트루러브는 생각처럼 빨리 달리지는 않았다. 그런데 언덕이 갑자기 급하게 경사가 져 있었다. 트루러브가 급하게 굴러 내려가자 터펜스는 한층 발에 힘을 주어 브레이크를 걸어 보았지만 언덕 기슭의 칠레 삼나무 숲이라는 특히 기분 나쁜 곳으로 트루러브와 함께 처박히고 말았다.

"꽤 한심한 꼴을 당했군."

그녀는 간신히 일어나며 말했다.

그녀는 칠레 삼나무 여기저기에 붙어 있는 가시에서 간신히 빠져나와 몸을 털고 주위를 둘러보았다. 눈앞에 펼쳐진 관목 숲이 맞은편 언덕 위에까지 이어져 있었다. 진달래와 수국이 온통 밭을 이루고 있었다. 꽃이 피면 꽤 볼만할 것 같았다. 지금은 어디고 예쁘고 고운 구석이 없이 그냥 잡목숲에 지나지 않았다. 그래도 여러 가지 꽃나무들과 관목 사이에 한때 오솔길이었던 흔적이 남아 있었다. 지금은 나무들이 들어차 있지만 오솔길을 따라갈 수는 있었다. 터펜스는 나뭇가지를 한두 개 꺾어 버리고는 눈앞의 덤불을 헤치고 언덕을 오르기 시작했다. 오솔길은 꾸불꾸불하게 언덕 위로 이어져 있었다. 몇 년 동안 이 길을 다듬거나 지나다닌 사람이 없었던 게 분명했다.

"어디로 가는 길일까? 길을 만든 까닭이 분명히 있을 텐데."

오른쪽과 왼쪽으로 오솔길은 두세 번 구부러져 갈지자가 됐다. 갑자기 이리저리 방향을 바꾸었다는 『이상한 나라의 앨리스』에 나오는 한 구절의 의미를 정말 알 것 같았다. 차츰 덤불이 적어지고 그 집 이름의 유래로 여겨지는 월계수가 보였다. 돌멩이가 많고 걷기에 불편해 보이는 좁은 길이 그 사이사이를 누비듯 나 있었다. 그 길을 따라가니 뜻밖에도 이끼로 덮인, 4단으로 된 돌층계가 나왔다. 층계를 다 올라가 보니 처음에는 금속으로 되어 있었지만 뒤에 가서 볏짚으로 고쳐 만든 듯한 담장이 있었다. 신을 모신 곳인 듯 안에는 받침돌이 있고 그 위에는 퇴락할 대로 퇴락한 석상이 놓여 있었다. 바구니를 머리에 올려놓은 사내애의 모습이었다. 터펜스는 그 석상이 어쩐지 낯익었다.

"이런 것으로 어쩌면 쉽게 집 연대를 알 수 있을지도 몰라. 사라 숙모님 댁 정원에 있는 것과 꼭 닮았군. 그러고 보니 그 집 정원에도 월계수가 많이 있었어."

터펜스는 사라 숙모님에 대한 추억으로 빠져들었다. 어릴 때 가끔 놀러 가던 생각이 났다. 그때는 '말놀이'라고 하는 게임을 하고 놀았다. '말놀이'를 하기 위해서는 스커트의 아랫단을 이용해야 했다. 그 당시 터펜스는 6살이었다. 스커트를 말아 올려 그것을 말이라 생각하고는 갈기와 흘러내리는 꼬리를 가진 백마를 떠올렸다. 터펜스는 공상 속에서 백마가 자신을 태우고 푸른 잔디가 뒤덮인 들을 가로질러 팜파스 잔디의 깃털 같은 이삭이 바람에 흔들리는 화단을 돌아 이 길처럼 좁은 길로 나아가는 것을 보았다. 그리고 그 좁은 길을 돌면 너도밤나무 사이 피서용 별장 같은 건물 안에 석상과 바구니가 놓여 있었다. 터펜스는 말을 달려 거기로 갈 때에는 언제나 선물을 가지고 갔다. 선물을 소년의 머리에 있는 바구니에 넣게 되는데 그때는 그것은 제물이라고 하고서 소원을 빌었다. 소원은 거의 항상 이루어졌다.

터펜스는 돌계단 꼭대기에 올라가 갑자기 주저앉으며 말했다.

"하지만 그것은 물론 속임수를 쓴 거였지. 대개는 틀림없이 그렇게 될 줄 알고 있는 소원을 빌었으니까. 그래도 소원이 이루어질 때면 정말 신기한 생각이 들곤 했어. 제물도 옛날부터 내려오는 진짜 신에게 올리던 것이었고. 사실은 신이 아니라 그냥 땅딸막한 남자아이였지만. 아, 그땐 정말 재미있었어. 여러 가지 생각을 해내고 완전히 그렇게 된 기분으로 놀곤 했으니까."

터펜스는 한숨을 쉬고 다시 좁은 길을 내려가서 KK라는 수수께끼 같은 온실로 갔다.

KK 안은 여전히 엉망으로 어질러져 있었다. 마틸드가 혼자 쓸쓸히 버려져 있는 것이 예전과 다를 게 없었으나 다른 두 가지가 그녀의 주의를 끌었다. 둘레에 백조가 그려진 자기 의자였다. 하나는 짙은 청색, 다른 것은 엷은 청색이었다.

"그래, 어릴 때 이런 것을 본 적이 있어. 대개는 베란다에 놓여 있었지. 숙모님들 가운데 어느 한 분이 이런 것을 가지고 있었던 것 같아. 우리는 옥스퍼드와 케임브리지라고 부르곤 했지. 정말 어쩌면 이렇게 똑같을까? 그때는 오리였던가? 아니야, 백조였어. 분명히 백조가 둘레에 그려져 있었어. 그리고 앉는 곳에 이것과 똑같이 묘한 것이 있었어. S자형의 구멍도 있었지. 여러 가지를 그 속에 집어넣을 수 있었어. 그래, 아이작 영감님한테 부탁해서 이 의자를 꺼내 깨끗이 씻어 달라고 해야지. 이것을 로지아(한쪽에 벽이 없는 트인 복도—옮긴이)에 놓아두면 될 거야. 아이작 영감님은 로지아를 로저라고 굳이 부르지만 나는 오히려 베란다라고 하는 편이 훨씬 더 잘 어울리는 것 같아. 하여튼 이것들을 거기에 놓아두면 날씨가 좋을 때는 근사해 보일 거야."

터펜스는 돌아서서 문으로 급히 나가려고 하다가 다리가 마틸드의 튀어나온 부분에 걸렸다.

"어머, 큰일이야! 무슨 일이 난 건 아닌지 몰라!"

그녀의 다리가 짙은 청색 도기 의자에 걸려 의자는 바닥에 굴러

떨어져 두 동강이 나고 말았다.

"어머, 옥스퍼드를 그만 못쓰게 만들었어. 케임브리지로 대신할 수밖에 없겠군. 본래대로 다시 붙일 수도 없을 것 같아. 이렇게 깨져선 아무래도 뾰족한 수가 없겠는데."

터펜스는 한숨을 쉬고 나서 남편 토미가 지금 무엇을 하고 있을지 궁금해했다.

토미는 자리에 앉아 옛날부터 알고 지낸 사람들과 추억담을 나누고 있었다.

애트킨슨 대령이 말했다.

"요즘은 세상이 아주 묘하게 변해 버렸어. 자네하고 자네 부인, 그러니까 프루던스? 아니, 자네는 터펜스라는 애칭으로 부르지, 참. 하여튼 자네 부부는 시골에 내려가 산다면서? 듣자하니 할로케이 근처 어디라고 하던데 어째서 그곳으로 내려갔나? 무슨 특별한 이유라도 있나?"

"사실, 집이 상당히 쌌거든."

"흠, 운이 좋았군. 저택의 이름은? 주소를 알아 둬야겠어."

"'삼나무 저택'으로 지을까 생각 중이야. 정말 괜찮은 삼나무가 하나 있으니까. 본래 이름은 '월계수 저택'인데 빅토리아 시대의 유물 같은 느낌이지?"

"월계수 저택이라? 할로케이의 월계수 저택. 그건 그렇고 요즘 어떻게 지내고 있나? 무슨 재미있는 일이라도 있는가?"

토미는 하얀 콧수염을 빳빳하게 기른 노인의 얼굴을 바라보았다.

"일을 시작했지? 또 나라를 위해 봉사하고 있는 모양이군?"

애트킨슨 대령이 말했다.

"아니, 이 나이에 무슨. 이제 그런 일에서 완전히 손을 뗐네."

"글쎄, 그게 사실일까? 입으로는 그렇게 대답하라고 명령을 받았겠지. 어쨌든 그 사건에 대해 아직 밝혀지지 않은 부분이 한둘이 아니니까."

"무슨 사건 말인가?"

"자네도 글이나 소문을 통해 알고 있겠지? 카딩턴 사건 말일세. 그 사건에 이어 다른 사건이 있었지? 왜, 편지 사건이라는 것 말일세. 거기에다 엠린 존슨의 잠수함 사건도 있었고."

"듣고 보니 어렴풋이 기억이 나는군."

"실제로 잠수함과는 관계없는 일이었지만, 그것을 계기로 사건 전체가 주목을 받았지. 거기다 그 편지들 말이야. 결국 문제는 정치적으로 처리되었어. 그래, 편지야. 그 편지들만 당국에서 압수했더라면 결과는 완전히 달라졌을걸. 당국은 당시 정부에서 절대적 신임을 받던 몇몇 사람들을 주목했을 걸세. 그런 일이 일어나다니 놀랍지 않은가? 신뢰할 수 있고 흠잡을 데 없는 인물들, 조금도 의심받지 않은 인물들이 반역자들이었다니 말이야. 아직 밝혀지지 않은 일이 많이 있지."

대령은 한쪽 눈을 살짝 감았다.

"자네는 그 사건을 조사하도록 지금 사는 곳으로 보내진 거지?"

"조사를 하다니?"

"자네가 살고 있는 집 말일세. '월계수 저택'이라고 했나? 그 저택에 관한 근거 없는 말들이 오가던 때가 있었지. 그전에도 조사를 한 적이 있었네. 공안부 사람들이 말일세. 그 집에 귀중한 증거가 숨겨져 있을 것으로 생각한 거야. 당국의 눈을 피해 증거를 이미 국외로, 그러니까 이탈리아로 빼돌렸다는 말도 있었지. 하지만 그 집 부근 어딘가에 숨겨져 있을지도 모른다고 생각한 사람들도 있었네. 그런 집에는 지하실이며, 포석이며, 숨길 곳이 많으니까. 난 아무래도 토미 자네가 다시 수사에 뛰어들었을 것 같은데?"

"확실히 말하지만 나는 요즘 그런 일을 일체 하지 않아."

"예전에도 사람들은 자네한테 속았지. 지난번 전쟁이 발발했을 때 자네는 그 독일인 녀석을 뒤쫓지 않았나? 그리고 동요책을 가진 여자 사건도 있었지. 그 사건들을 자네는 멋지게 처리했지. 그러니 이번에도 자네한테 다른 사건을 맡긴 게 분명해."

"말 같지 않은 소리 하지도 말게. 그런 식으로 함부로 생각하면 곤란해. 난 그냥 시골 영감일 뿐이야."

"늙은 여우지, 자네는. 요즘 젊은 녀석들보다 분명히 한 수 위라고. 정말일세. 그렇게 시치미 떼고 있는 걸 보니 꼬치꼬치 캐물어서는 안 되겠군. 자네도 국가 기밀을 누설할 수 없는 거고, 안 그런가? 여하튼 부인을 잘 지키게. 자네 부인은 옛날부터 너무 깊이 빠져 버리는 편이니까. 'N 또는 M' 사건 때에도 하마터면 목숨을 잃을 뻔했잖아?"

"터펜스는 단지 이사한 집의 과거에 흥미를 느낄 뿐이야. 예전에 살던 사람들이 누구며 어떤 사람들인지 궁금하게 생각하고 있지. 그 집에서 살았던 사람들의 그림 따위에 관심이 있을 뿐이지. 정원 꾸미는 일도 그렇고. 요즘 우리가 정말 관심을 가지는 것은 이 정도 일세. 정원 손질과 구근의 카탈로그라든가 하는 것 말이야."

"글쎄, 앞으로 1년 동안 아무 일도 안 일어난다면 나도 자네 말을 믿겠네. 하지만 난 자네와 자네 부인이 어떤 사람이라는 걸 잘 알지. 환상의 커플이 아닌가. 내 생각에 자넨 틀림없이 뭔가를 찾아낼 거야. 만일 그 문서가 드러나면 정계에 엄청난 영향을 미칠 것이네. 그것을 달갑게 여기지 않을 무리도 있겠지. 지금 그 무리는 정직하고 청렴한 인물들로 알려져 있지. 하지만 그들을 위험하다고 여기는 사람들도 있네. 잊지 말게. 그 무리는 위험하고, 위험하지 않은 사람들도 그 무리와 접촉하고 있다는 사실을 말일세. 그러니 자네나 자네 부인이나 둘 다 몸조심하게."

"자네 이야기를 듣고 있으려니 정말 흥분이 되는군."

"흥분하는 것은 괜찮지만 잊지 말고 부인을 돌봐 주게. 예나 지금이나 자네 부인은 정말 멋지고 괜찮은 사람이야."

"이제 할망구가 되어서."

"자기 부인을 그런 식으로 말하면 안 되지. 안 좋은 습관이야. 그만한 여자가 세상 천지에 어디 있나? 누군지는 모르지만 자네 부인한테 추적을 당하는 사람이 안 됐군. 자네 부인은 오늘도 찾아다니고 있겠지?"

"그렇지 않을 거야. 나이 많은 여편네들 집에 가서 차나 마시고 있을 거야."

"나이 든 여자들한테서 꽤 유익한 정보를 얻어내는 경우가 가끔 있지. 나이 든 여자들과 5살 정도 되는 꼬마들한테서 말이야. 꿈에도 생각지 못한 진실을 뜻밖의 사람들이 알려 주기도 하지. 예를 들자면……."

"그만하게."

"그래, 그만두기로 하세. 기밀을 누설할 수는 없으니까."

애트킨슨 대령은 고개를 저었다.

돌아오는 기차 안에서 토미는 창밖으로 빠르게 스치고 지나가는 시골 풍경을 바라보고 있었다.

"알 수 없군. 정말 알 수가 없어. 대령 영감은 늘 국내 사정에 밝은 편이거든. 여러 가지 사정에 정통해. 그렇긴 하지만 당장 큰일이 벌어질지도 모른다니, 그런 문제가 대관절 있기는 있는 것일까? 모두 지난 일이야. 아무 일도 없어. 전쟁이 끝나고 지금까지 이어지는 문제 같은 게 있을 리가 없지."

공동 시장이라는 새로운 개념이 대두되고 있었다. 그것도 토미의 이해를 뛰어넘는 곳에서 말이다. 손자와 조카, 새로운 세대가 등장한 것이다. 그들 가족 중에서 젊은이들이 지금은 이미 무시할 수 없는 존재로 힘을 가지고 있으며 영향력, 권력의 자리를 차지하고 있다. 그것은 그들이 그렇게 되도록 타고난 것이다. 그들이 어떤 순간

충성심을 잃게 되면 유혹에 빠지기 쉬운데, 그것이 어떻게 해석될 것인가는 차치하고라도 새로운 주의든 낡은 주의의 답습이든 믿을 수가 있기 때문이다. 영국은 이제 과거와는 다른 묘한 상태에 놓여 있다. 아니, 실제로는 옛날과 같은 상태에 있는 게 아닐까? 잔잔한 수면 밑에는 검은 진흙이 숨겨져 있다는 점에서 옛날이나 지금이나 다를 것이 없었다. 맑은 물은 바다 밑 자갈이나 조개 위에까지 계속되지 않는다. 어디선가 느리게 움직이는 것을 찾아내어 그 움직임을 막아야 한다. 하지만 그것이 설마 할로케이 같은 곳에 있을 리는 없다. 이제 할로케이는 과거에 속한 땅일 뿐이다. 처음에는 어촌이었는데 나중에는 영국의 리비에라(프랑스에서 이탈리아에 이르는 지중해 연안의 휴양지 — 옮긴이)로 발전했다. 지금은 8월에만 사람들로 붐비는 피서지에 불과하다. 요즘에는 대부분의 사람들이 외국으로 가는 패키지 여행을 더 좋아한다.

"재미있었어요? 옛날 친구들은 모두 잘 지내던가요?"

터펜스는 저녁을 먹고 커피를 마시러 다른 방으로 들어서며 말했다.

"응, 건강히 잘 지내고 있더군. 그 할머니는 만나 봤어?"

"참, 피아노 조율사가 왔다 갔어요. 오후에는 비가 내려서 할머니는 만나지 않았어요. 좀 아쉬웠어요. 그 할머니한테서 재미있는 이야기를 들을 수 있었을지도 모르는데."

"내 친구는 재미있는 이야기를 들려주더군. 이야기를 듣고 좀 놀랐지. 당신, 솔직히 이곳을 어떻게 생각해?"

"이 집 말이에요?"

"아니, 이 집이 아니라 할로케이를 말하는 거야."

"글쎄, 괜찮은 곳이라고 생각해요."

"괜찮다는 낱말의 의미가 뭐지?"

"정말 좋은 낱말이죠. 사람들은 흔히 무시하는 낱말이지만 나는 사람들이 왜 그러는지 모르겠어요. 괜찮은 장소란 원치 않는 일이 일어나지 않는 곳이란 뜻이죠. 원치 않는 일이 일어나지 않는 것만큼 고마운 일은 없지요."

"그렇군. 이제 우리도 나이를 먹었으니 그렇게 생각하는 거겠지."

"나이 때문이 아니에요. 나쁜 일이 일어나지 않는 곳이 있다는 사실을 아는 건 좋은 거예요. 사실 오늘 무슨 일이 일어날 뻔했지만."

"무슨 일이 일어날 뻔했다니? 당신 또 쓸데없는 일을 벌이고 있는 건 아니겠지?"

"아니에요."

"그렇다면 무슨 일인데?"

"온실 지붕 유리창 말이에요. 얼마 전부터 흔들리면서 위험했거든요. 그게 내 머리 위로 떨어져서, 하마터면 큰일 날 뻔했어요."

"다친 곳은 없는 것 같은데."

"네, 운이 좋았어요. 하지만 얼마나 놀랐다고요."

"그 영감님을 불러야겠어. 이름이 뭐였더라…… 아이작? 다른 유리창도 살펴보게 해야지. 당신이 없는 세상은 바라지 않으니까."

"낡은 집을 사게 되면 어딘가에 꼭 문제가 있는 것 같아요."

"이 집에 문제가 있다고 생각하는 거야?"

"그게 무슨 말이에요?"

"실은 오늘 이 집에 관한 이상한 이야기를 들어서 말이지."

"이 집에 관한 이상한 이야기라고요?"

"그래."

"여보, 설마하니 그럴 리가 있겠어요."

"왜 그렇게 생각하는데? 흠잡을 데 없는 멋진 집이라서? 구석구석 페인트칠을 하고 수리했기 때문에?"

"아니에요. 페인트 칠을 하고 수리를 해서 흠잡을 데 없어 보이는 것도 모두 우리 덕분이죠. 집을 샀을 때는 낡고 엉망이었으니까요."

"그러니까 당연히 집값이 쌌지."

"당신 아무래도 좀 이상해 보여요. 무슨 일이에요?"

"당신도 수염쟁이 몬티 알지?"

"그래요. 그 할아버지 알죠. 안부를 전해 달라고 하던가요?"

"응, 당신더러 몸조심하라고 전하고, 당신을 잘 보살피라고 나한테 당부까지 하더군."

"그 양반은 항상 그렇게 말하잖아요. 하지만 어째서 내가 이곳에서 몸조심을 해야 하는지 알 수가 없군요."

"여기는 아무래도 조심을 해야 하는 곳인 모양이야."

"여보, 그게 대체 무슨 말이에요?"

"터펜스, 당신은 어떻게 생각해? 그 양반은 우리가 은퇴한 게 아니라 현역으로 여기서 활동하고 있다는 것을 암시하는 말을 하더라고. 'N 또는 M'의 무렵처럼 다시 한번 이곳에서 임무를 맡고 있는 거라고 말했어. 무엇인가를 찾아내기 위해 당국에서 이곳으로 파견한 것이라고 말이야. 이 집의 이상한 점을 찾아내기 위해서라나."

"당신 혹시 꿈이라도 꾸고 있는 건 아니에요? 아니면 그런 헛소리를 해 대는 걸로 봐선 그 영감이 꿈을 꿨는지도 모르죠."

"몬티 영감의 말은 분명해. 그 친구는 우리가 무엇인가를 찾아내는 임무를 띠고 이곳에 와 있다고 생각하는 것 같아."

"찾아내다니 뭘요? 어떤 종류 말이에요?"

"이 집 어딘가에 숨겨져 있는 것."

"이 집에 숨겨진 것이라고요? 당신 머리가 이상한 거예요, 아니면 그 영감 머리가 이상한 거예요?"

"응, 나 역시 그 영감 머리가 혹시 어떻게 된 건 아닌가 하고 생각했지. 하지만 꼭 그렇게만 생각할 수 없게 되었단 말이야."

"이 집에서 대체 뭘 찾아낸다는 거예요?"

"옛날에 이 집 어딘가에 숨겨져 있던 뭔가가 아닐까?"

"땅에 묻어 둔 보물 말씀이세요? 지하실에 러시아 왕관에 박혔던 보석이 숨겨져 있다든가······."

"아니, 보물이 아니고 누군가의 목숨이 달아나게 만들 수 있는 어떤 거 말이야."

"어머, 참 이상하네요."

"왜? 뭣 좀 찾아냈어?"

"아니, 물론 찾아낸 건 아무것도 없어요. 다만 이미 몇 년이나 지난 일이지만 이 집과 관련 있는 사건이 있었던 것 같아요. 실제로 그것을 기억하는 사람이 있다는 말은 아니에요. 할머니한테서 듣거나 하인들이 속닥거리는 소리를 듣는 정도지요. 실제로 비어트리스만 해도 그 일에 관한 무언가를 알고 있는 친구가 있지요. 그리고 그 사건에 메리 조던이라는 아가씨가 관련되어 있었고요. 소란이라고는 해도 완전히 수습되어 버린 것이지만요."

"터펜스, 지금 공상에 잠겨 있는 거지? 젊고 신나던 그 시절로 돌아가 버린 거지? 루시타니아호 아가씨에게 누군가가 비밀을 맡겼을 때라든가, 우리가 모험을 하던 시절이라든가, 수수께끼 같은 브라운 씨를 뒤쫓던 때로?"

"어머, 그건 오래전 이야기잖아요. 우리 스스로 '청년 모험가'라고 불렀지요. 지금 생각해 보면 꿈같은 일이죠, 안 그래요?"

"응, 그렇지. 하지만 실제 있었던 일이라고. 믿어지지 않겠지만 많은 일이 실제로 있었잖아. 적어도 60년이나 70년 전의 일이 틀림없어. 어쩌면 그 전의 일일지도 모르고."

"몬티 영감이 무슨 말을 하던가요?"

"어떤 편지나 서류라고 했어. 엄청난 정치적 격변을 일으켰거나 일으켰을 수도 있는 것이라고. 그 편지나 서류가 세상에 드러나면, 권력층에 있으면 안 될 사람이었는데 어떻게 해서 권력을 잡은 사람이 실각하게 된다는 거야. 온갖 종류의 음모에 관한 거지."

"메리 조던과 같은 무렵 말이에요? 어쨌든 있을 것 같지 않은 이야기네요. 여보, 당신은 돌아오는 기차 속에서 잠이 들어 그런 꿈을 꾼 게 틀림없어요."

"그럴지도 모르지. 있을 법한 이야기가 분명 아니니까."

"하지만 조사해 보는 것도 나쁘진 않아요. 이제 우리가 여기 살게 되었으니까요."

터펜스는 방 안을 둘러보았다.

"여기에 무언가가 숨겨져 있다니 믿어지지 않아요. 당신은 어때요?"

"무엇을 숨겨 둘 만한 집 같지는 않아. 그 뒤로도 많은 사람이 이 집에서 살아왔고 말이야."

"그래요. 우리가 알기로도 주인이 여러 번 바뀌었죠. 어쩌면 다락방이나 지하실에 숨겨져 있을지도 몰라요. 정자 마루 밑에 묻어 두었을지도 모르고. 숨기려고 마음만 먹으면 어디든 숨길 수 있을 것 같네요. 어쨌든 재미있을 것 같아요. 달리 할 일이 없을 때라든지, 튤립을 심고 난 뒤 등이 욱신욱신 쑤실 때마다 조금씩 조사해 보는 것도 좋겠지요. 그냥 생각해 보는 거죠. '내가 무엇을 숨긴다면 어디에 숨길 것인가? 어디에 숨겨야 남들 눈에 발각되지 않을까?' 하고요."

"여기서는 발각되지 않고 넘어가는 물건이 하나도 없을 것 같아. 정원사와 집 안을 여기저기 뜯어고치는 사람들, 이곳에 살았던 여러 가족, 부동산 중개업자 같은 사람들이 수도 없이 들락거리는 곳이니 말이야."

"글쎄, 그건 모르는 일이에요. 뜻밖에도 찻주전자 안에 들어 있을지도 모르죠."

터펜스는 자리에서 일어나 벽난로 선반 쪽으로 가더니 의자를 놓고 중국제 찻주전자를 내렸다. 그녀는 뚜껑을 열고 그 안을 들여다보았다.

"아무것도 없네."

"거기야말로 가장 가능성이 없는 곳이야."

"혹시 누가 날 해칠 생각으로 온실 천장의 채광창을 느슨하게 조작해 두어 그게 내 머리 위로 떨어진 건 아닐까요?"

터펜스는 낙담하기보다는 오히려 기대에 찬 목소리로 말했다.

"역시 가능성 없는 얘기야. 아이작 영감의 머리 위로 떨어지도록 했다면 또 모르지."

"너무 김빠지는 소리 마요. 난 가까스로 목숨을 건졌다고 생각하고 싶은데."

"어쨌든 스스로 몸조심하는 게 좋아. 나도 당신이 해를 입지 않도록 경계할 테니까."

"당신은 내 일이라면 언제나 안달복달하는군요."

"온갖 걱정을 다 해 주니 얼마나 자상한 남편이야. 당신은 이런 남편을 둔 사실을 기뻐해야 해."

"혹시 기차 안에서 당신을 총으로 쏘려고 했거나 기차의 탈선을 획책한 사람은 없었나요?"

"없었어. 하지만 앞으로 차를 몰고 나갈 때는 먼저 브레이크를 살펴보는 게 좋겠어. 물론 이 모든 게 아주 바보 같은 짓 같지만."

"물론 바보 같은 짓이죠. 그래도……."

"그래도 뭐?"

"그런 것들을 생각해 보는 것만으로도 재미있어요."

"알렉산더가 무언가를 알고 있었기 때문에 살해되었단 말이야?"

"알렉산더는 메리 조던을 죽인 사람에 관한 무언가를 알고 있었어요. '범인은 우리 가운데 있다…….'"

터펜스의 얼굴이 갑자기 밝아졌다.

"'우리'란 말이에요."

그녀는 힘주어 말했다.

"그 '우리'가 누구누구인지 완전히 알기 전에는 이야기가 안 되겠네요. 전에 이 집에 살고 있었던 '우리'. 범죄는 아직 해결되지 않았어요. 그것을 해결하기 위해서는 과거로 거슬러 올라가야 해요. 어디에서 왜 그런 일이 일어났는지 알아봐야 해요. 지금까지 한 번도 해 보지 않은 일이에요."

5장
조사 방법

"여보, 대체 여태껏 어디에 있었어?"

이튿날 집에 돌아오자마자 토미가 따지듯 물었다.

"마지막으로 지하실을 살펴보았어요."

"알 만하군. 당신 머리카락에 거미줄이 잔뜩 붙어 있는데 그 사실은 알고 있나 몰라?"

"그거야, 물론 그렇겠죠. 지하실은 거미줄투성이였으니까. 어쨌든 거기에는 아무것도 없었어요. 기껏 찾아낸 것이 베이럼(머리 향수—옮긴이) 몇 병이에요."

"베이럼이라고? 그거 재미있군."

"그래요? 그런데 이걸 마시나요? 설마 그렇지는 않을 것 같은데."

"그래, 옛날엔 그것을 머리에 바르고 다녔지. 여자가 아니라 남자들이 말이야."

"당신 말이 맞아요. 그러고 보니 우리 삼촌도 베이럼을 썼던 게 기억나네요. 삼촌 친구가 미국에서 선물로 가져온 거였어요."

"흠, 그거 꽤 재미있군."

"특별히 재미있을 것 같지는 않은데요. 어쨌든 우리에겐 아무 쓸모가 없잖아요? 베이럼 병에 뭘 숨길 수는 없잖아요."

"그렇군. 당신이 무얼 하고 있었는지 알 것 같아."

"여하튼 어디에서든 시작은 해야 하니까요. 만일 당신 친구 이야기가 사실이라면 이 집에 무엇인가가 숨겨져 있을 가능성도 없는 건 아니에요. 어디에 어떤 물건이 숨겨져 있는지 짐작하기는 쉽지 않지만. 생각해 봐요, 집을 팔거나 죽거나 해서 집을 넘겨줄 때에는 물론 빈집이 되겠지요? 다시 말하자면 집을 인수한 사람이 가구를 끌어내어 팔 것이고 만일 그대로 남겨 두었다 해도 그다음 사람이 들어와서 처분할 것이기 때문에 집에 남아 있는 것이라면 바로 전임자가 쓰던 물건 정도지 훨씬 이전 사람들의 물건은 절대 아닐 거예요."

"만일 그렇다면 대체 누가 당신이나 나에게 해를 입히거나 우리를 이 집에서 쫓아내고 싶어 할까? 발견되면 곤란한 무언가가 이 집에 없다면 말이지."

"그건 모두 당신 생각이니까요, 뭐. 어쩌면 그 모두가 사실이 아닐지도 몰라요. 어쨌든 전혀 보람 없는 하루는 아니었어요. 몇 가지를 찾아냈거든요."

"메리 조던과 관계 있는 거야?"

"꼭 그렇지는 않아요. 말했다시피 지하실은 상태가 별로 좋지 않아요. 사진과 관련되는 몇 가지 낡은 도구가 있을 뿐이죠. 옛날에 사용했던 것 같은데 빨간 유리가 끼워진 현상 램프와 베이럼이 있었어요. 하지만 떼어 내면 밑에 뭘 숨겨 둘 수 있는 포석 같은 것은 없었어요. 낡아빠진 양철 트렁크 몇 개랑 낡은 여행가방이 두어 개 있었지만 이제는 도저히 쓸 수 없는 물건이에요. 발로 걷어차면 산산조각이 날 것 같더군요. 너무 예상 밖이었어요."

"허, 참! 고생만 했네 그래."

"하지만 재미있는 것도 몇 개 있었어요. 나 자신에게 물어보았어요. 자신에게 물어보지 않으면 안 되는 일도 때로는 있는 거니까. 이제 올라가서 이 거미줄을 떼어 내고 이야기를 계속하는 게 좋겠어요."

"그렇게 해. 나도 좀 깨끗해진 당신을 보고 싶으니까."

"금실 좋은 노부부가 되려면 늘 나를 볼 때 나이는 생각지 말고 아직도 아름답다고 생각해야 돼요."

"터펜스, 내 눈에는 당신이 너무나 사랑스럽고 아름다워. 왼쪽 귀 위에 동그란 거미줄이 늘어져 있으니 더욱 매력적인데. 유제니 황후의 초상화에서 가끔 보게 되는 말아 올린 털 같은걸. 맞아, 황후의 목덜미에 가볍게 늘어져 있었어. 당신 머리에 있는 것은 안에 거미가 들어 있을 것 같지만 말이야."

"어머, 징그러워!"

터펜스는 손으로 거미줄을 털어 냈다. 그리고 2층으로 올라갔다가 나중에 토미에게 돌아왔다. 그녀의 앞에는 유리컵이 놓여 있었다. 그녀는 그것을 의심스러운 눈길로 바라보았다.

"설마 나한테 베이럼을 먹일 생각은 아니겠죠?"

"아니야. 나 역시 베이럼을 마시고 싶지 않다고."

"아까 그 이야기를 계속해도 된다면……."

"계속해 봐. 어차피 당신은 이야기를 계속할 테니 차라리 재촉을 해서 당신이 이야기를 속히 마치도록 하는 편이 낫겠어."

"나 자신한테 물어보았어요. '어느 누구한테도 발각되지 않아야 할 것을 이 집에 숨긴다면 어디에다 숨겨야 할까?' 하고 말이에요."

"응, 꽤 논리적이군."

"그래서 난 이렇게 생각해 보았어요. 물건을 숨길 만한 곳은 어디어디인가? 네, 그 가운데 하나는 말할 것도 없이 마틸드의 배 속이죠."

"지금 뭐라고 했소?"

"마틸드의 배 속이라고 했어요. 그 흔들목마 말이에요. 지난번에 말했잖아요. 미국제 흔들목마 말이에요."

"꽤 많은 것들이 미국에서 들어온 모양이군. 베이럼도 그렇지?"

"어쨌든 아이작 영감님이 말했듯이 그 흔들목마는 배에 구멍이 나 있어요. 옛날부터 구멍이 나 있었던 모양인데 이상하고 낡은 종이 조각 같은 것이 잔뜩 나왔어요. 이렇다 할 것은 없었지만. 어쨌든 무언가를 숨겨 둘 만한 곳이라고 생각 안 되나요?"

"충분히 가능성 있는 얘기네."

"그리고 트루러브예요. 그래서 트루러브를 한 번 더 살펴봤어요.

거의 누더기가 되어 버린 말안장이 붙어 있었지만 거기에는 아무것도 없었어요. 그리고 어떤 사람의 개인 물품도 물론 없었어요. 그래서 다시금 생각해 봤죠. 역시 또 있었어요. 책장과 책. 사람들은 책갈피 사이에다 곧잘 무언가를 숨기잖아요. 그리고 우리는 2층 서재 정리를 아직 못 마쳤잖아요, 그렇죠?"

"나는 정리를 마친 줄 알았는데."

토미는 기대를 안고 말했다.

"말도 안 돼요. 맨 아래칸도 아직 안 끝났어요."

"거긴 끝난 거나 마찬가지야. 사다리를 타고 올라가서 일일이 내리고 올리지 않아도 되니까."

"그 말이 맞아요. 그래서 난 서고로 갔지요. 그리고 바닥에 앉아 제일 아래칸을 살펴봤어요. 대부분 설교집이더군요. 감리교 목사의 설교 내용을 오래전에 책으로 묶은 것 같았어요. 어쨌든 재미도 없었고 그 안에는 아무것도 들어 있지 않았어요. 그래서 그 책들을 모두 바닥으로 끌어내 봤어요. 그랬더니 나온 거예요. 책장 바닥에 옛날 누군가가 뚫어 놓은 커다란 구멍이. 여러 가지 것들이 그 속에 쑤셔 박혀 있었어요. 책 같은 것은 거의 모두 뜯어져 있었고요. 그중에서 조금 큰 책이 있더군요. 표지가 갈색인 책인데 꺼내 보았더니 참, 세상에, 그게 무슨 책이었는지 알아요?"

"글쎄, 도무지 짐작을 할 수 없는걸. 로빈슨 크루소 초판이나 그만한 가치가 있는 것?"

"아니에요. '버스데이 북(생일을 메모하는 난이 있는 일기장—옮긴이)'이었어요."

"버스데이 북? 그게 뭔데?"

"옛날 사람들은 그런 것을 가지고 있었어요. 아주 오래된 거였어요. 파킨슨 가족이 살던 무렵, 어쩌면 그 전일지도 몰라요. 어쨌든 낡아서 너덜너덜했어요. 간직할 만한 것도 아니고 아무도 그것에 관심을 갖지 않았을 것 같아요. 하지만 분명히 오래된 것이고 거기서 뭐라도 찾아낼 수 있을지 모른다는 생각이 들었어요."

"알겠어. 그러니까 사람들이 그 책갈피에 무언가를 꽂아 두었을지도 모른다는 이야기로군."

"그래요. 하지만 어느 누구도 그렇게 하지 않았더군요. 그렇게 단순하게 말이에요. 하지만 난 꼼꼼하게 살펴볼 생각이에요. 아직 다 살펴보지는 못했어요. 어쩌면 흥미로운 이름이라도 적혀 있어서 뭐라도 좀 알게 될지도 모르죠."

"글쎄, 그럴지도 모르지."

토미는 회의적인 어조로 말했다.

"이야기는 이게 전부예요. 책에서 발견한 것은요. 맨 아래칸에는 그것 말고는 아무것도 없었어요. 물론 벽장도 살펴봐야겠죠."

"가구는 어때? 가구에는 비밀 서랍 같은 것이 흔히 있지 않아."

"안 되겠네요, 토미. 당신은 사물을 눈여겨보지 않으니까. 지금 이 집에 있는 가구들은 모두 우리 거예요. 우리가 빈집에 이사 올 때 가구를 가져 왔으니까요. 이 집에서 옛날부터 있었던 거라고는 저 KK라는 온실 안에 들어 있는 잡동사니와 낡아서 망가져 버린 장난감, 그리고 정원에 놓인 의자들뿐이에요. 제대로 된 옛날식 가구 같은 건 있지도 않았어요. 우리보다 앞서 이 집에서 살던 사람들이 가져갔거나 팔아 버렸을 거예요. 파킨슨 일가가 떠난 뒤로 지금까지 많은 사람들이 거쳐 갔으니까 파킨슨 일가의 물건이 남아 있을 리가 없지요. 하지만 무언가를 드디어 찾아냈어요. 도움이 될지는 모르겠지만."

"뭔데?"

"자기 식단표."

"자기 식단표?"

"그래요, 지금까지 우리가 미처 손을 못 댄 낡은 찬장 안에 있었어요. 식품 저장실 바로 옆에 말이에요. 열쇠를 잃어버렸나 봐요. 그런데 찾아보니까 낡은 통 안에 들어 있더군요. 사실은 KK 안에요. 그래서 열쇠에 기름을 좀 바르고 찬장을 열어 보았죠. 그랬더니 글쎄 아무것도 없지 뭐예요. 그저 더러운 찬장에 깨진 자기가 조금 들어 있을 뿐이었어요. 틀림없이 먼젓번 살던 사람들의 것이에요. 하지만 가장 위쪽 선반에 옛날 파티 때 쓰던 빅토리아 왕조 풍의 자기 식단표가 차곡차곡 쌓여 있었어요. 정말 대단하더군요. 그 식단표에 적힌 음식들 말이에요. 입에 침이 저절로 고이는 맛있는 음식들뿐이었어요. 저녁 식사 마치고 내가 좀 읽어 줄게요. 정말 대단했어요. 수프는 맑은 것과 걸쭉한 것, 두 가지가 나와요. 거기다가 생선 요리가 두 접시에 앙트레(생선 요리와 구운 고기 요리 사이에 나오는 가벼운 요리 — 옮긴이)가 두 접시, 그리고 샐러드 종류예요. 그다음에는 고기 요리가 나오고…… 기억이 잘 안 나네. 그다음에 뭐였더라? 셔벗이었던 것 같은데. 그게 아이스크림 종류 맞죠? 그다음에는 아, 바닷가재 샐러드! 믿을 수 있겠어요?"

"대강 해 두라고. 더 이상 못 참겠어."

"알았어요. 어쨌든 흥미로운 것 같아 말해 준 거예요. 식단표는 꽤 오래된 게 틀림없어요."

"거기서 알아내려는 게 뭔데?"

"기대할 수 있는 것은 '버스데이 북'밖에 없어요. 그 안에는 위니프레드 모리슨이라는 사람에 대한 글이 나와요."

"그래서?"

"그런데 그 위니프레드 모리슨이란 이름은 분명히 그리핀 부인의 결혼 전 이름이에요. 요전에 나랑 같이 차 마신 사람 말이에요. 이 마을에서 가장 오래 살고 있는 사람인데 옛날 일을 아주 많이 기억하고 있어요. 그 사람이라면 '버스데이 북'에 적힌 다른 이름들을 기억하고 있거나 들어 본 적이 있을지도 몰라요. 어쩌면 거기서 뭐라도 좀 얻게 되지 않을까 싶어요."

"그럴지도 모르지. 나는 아직 생각 중인데……."

토미가 여전히 미심쩍은 목소리로 말했다.

"아직 생각 중이라뇨?"

"솔직히 무슨 생각을 해야 할지 모르겠어. 자, 그만 자자고. 이번 일은 깨끗이 단념해 버리는 게 낫지 않을까? 어째서 메리 조던을 살해한 범인을 밝혀야 하지?"

"당신은 알고 싶지 않아요?"

"전혀. 적어도…… 아니, 난 그만둘래. 당신이 나를 이 사건에 끌어들였어."

"당신도 뭣 좀 발견한 거 아닌가요?"

"오늘은 시간이 없었어. 하지만 정보를 얻어 낼 곳은 두세 군데 있지. 당신한테도 전에 말했지. 조사 솜씨가 탁월한 여자. 그 여자한테 두세 가지 일을 맡겼어."

"아직 비관적으로 생각할 필요는 없어요. 정말 바보 같은 일이긴 해도 꽤 재미있을 것 같아요."

"당신 생각만큼 재미있을지 나는 확신이 가지 않아."

"어머, 하지만 문제없어요. 우리 최선을 다해 봐요."

"혼자서 너무 애쓰면 안 돼. 당신과 떨어져 있을 때 나는 그 점이 제일 걱정스러워."

6장
로빈슨

"터펜스는 지금 뭘 하고 있을까?"

토미가 한숨을 쉬며 말했다.

"죄송합니다. 무슨 말씀이신지 제대로 못 들었습니다."

토미는 고개를 돌려 콜러든 양을 자세히 바라보았다. 바짝 마른 몸매에 머리가 희끗희끗한 그녀는 젊어 보이려고(조금도 효과는 없어 보였지만) 표백 린스를 사용했는데 이제 머리는 본래 색깔로 되돌아가고 있었다. 요즘 그녀는 조사 업무에 종사하는 60대 초중반의 여인에게 어울리는 우아한 회색, 흐릿한 연기색, 푸르스름한 강철색 등 여러 색깔을 시험해 보는 중이었다. 높은 경지에 오른 고행자 같은 그녀의 얼굴은 그동안 자신이 이룬 업적을 무척이나 자랑스러워하는 듯 보였다.

"아, 아무 일도 아닙니다, 콜러든 양. 잠깐 생각할 것이 있어서요.

그냥 생각에 좀 빠져 있었을 뿐입니다."

그렇지만 터펜스가 오늘은 또 뭘 하고 있을지 토미는 다시 궁금해졌다. 어쨌든 바보 같은 짓을 하고 있을 게 뻔했다. 폐물이나 다름없는 묘한 장난감에 올라타고 언덕을 내려가다가 장난감이 망가져 뼈나 부러뜨리지 않았나 몰라. 근데 요즘은 어째서 엉덩이뼈가 다른 뼈보다 더 약해 보이는지 모르겠단 말이야. 지금 이 순간에도 터펜스는 바보같이 쓸데없는 행동을 하고 있을 게 틀림없었다. 아니, 바보 같거나 쓸데없는 짓은 아닐지라도 아주 위험한 일을 하고 있을 것이다. 그래, 위험한 일을 하고 있을 거야. 늘 그랬지만 터펜스를 위험에서 떼어 놓는 일은 어려웠다. 과거의 온갖 사건들이 토미의 머리에 막연히 떠올랐다. 지난날 인용하던 말이 문득 생각나 그는 소리를 내어 중얼거렸다.

운명의 문……
그 밑을 지나가지 마라. 오, 카라반이여! 노래하며 지나지도 마라.
들리는가?
새들은 죽고 정적 속에서 새소리처럼 들려오는 피리 소리가.

콜러든 양이 곧바로 반응을 해서 토미는 깜짝 놀랐다.
"플레커! 플레커의 작품이네요. 그다음 구절은 이렇죠, '죽음의 카라반…… 재앙의 동굴, 공포의 성채.'"
토미는 그녀를 물끄러미 바라보다가 깨달았다. 콜러든 양은 그가 인용문의 출전이나 작가의 프로필 같은 시에 관한 조사를 의뢰하러 온 것으로 생각하는 모양이었다. 이것은 콜러든의 조사 영역이 실로 광대하다는 것을 말해 주고 있었다.

"잠깐 집사람에 대해 생각하고 있었습니다."

토미는 변명하듯 말했다.

"어머!"

콜러든 양은 방금과는 좀 다른 표정을 지으며 토미를 바라보았다. 부부간에 갈등이 있는 줄로 생각하는 모양이었다. 이러다가는 부부간의 갈등이나 문제를 조정해 주는 가정 문제 상담소의 주소를 가르쳐 줄지도 몰랐다.

토미는 황급히 말했다.

"그저께 부탁드린 조사에 관해서 말인데 뭣 좀 알아냈습니까?"

"아, 예. 일은 별로 어렵지 않았습니다. 그런 문제의 경우, 서머싯 하우스가 대단히 도움이 되니까요. 원하셨던 것이 이 안에 있으면 좋겠네요. 하여튼 이름과 주소, 출생, 결혼, 사망에 대해서 조사했습니다."

"그럼, 그게 모두 메리 조던이라는 이름을 가진 사람들이란 말이죠?"

"네, 조던요. 메리. 마리아 조던과 폴리 조던. 몰리 조던이라는 이름도 있고요. 찾으시는 분이 이 안에 있는지 보죠."

콜러든 양은 타이프로 친 작은 종이를 건네주었다.

"아, 고마워요. 정말 고마워요."

"그밖에도 여러 주소가 적혀 있습니다. 저번에 부탁하신 것들 말입니다. 댈림플 육군 소령의 주소는 아직 못 찾았습니다. 요즘 사람들은 주소를 자주 바꾸니까요. 하지만 이틀만 시간을 더 주시면 원하는 정보를 얻을 수 있을 겁니다. 이것은 헤셀타인 의사의 주소인데, 지금은 서비턴에 살고 계십니다."

"고맙습니다. 그럼, 그 사람부터 시작해 볼까?"

"조사하시고 싶은 게 더 있습니까?"

"그렇습니다. 6명쯤 리스트를 만들어 놓았는데 그 일부는 여기에서 전문적으로 취급하는 범위가 아닌 것 같긴 합니다."

"어머, 하지만…… 저로서는 어떤 일이든 제 업무 범위에 포함시키고 있답니다. 당신이 아는 곳에 가야지 비로소 간단히 알 수 있다는 거죠. 어쩐지 바보 같은 말이지만 쉽게 말하자면 이렇습니다. 지금도 기억나는데 아주 오래전 일이지요. 제가 처음 이 일에 손을 댔을 때 저는 셀프리지의 상담소가 얼마나 유용한 곳인지 깨달았습니다. 그곳에서는 터무니없는 일에 대해 아주 엉뚱한 질문을 해도 항상 거기에 대해 답을 주거나 정보를 재빨리 알아낼 수 있는 곳을 가르쳐 주곤 했지요. 하지만 요즘에는 그곳에서 그런 일은 하고 있지 않습니다. 요즘은 아시다시피 조사나 문의의 대부분이 자살 충동을 느꼈을 때 어떻게 대처하면 좋은지 따위에 관한 것들뿐이죠. 고통 받는 사람들의 진정한 친구라고나 할까요? 유언장에 관한 법률적 문의나 작가들에 관한 뚱딴지 같은 문의도 물론 많고요. 그리고 외국의 일자리나 국내 이주 문제도 처리하고요. 제 영역도 넓어졌어요."

콜러든 양은 자신만만한 태도로 말했다.

"그럴 겁니다."

"알코올 의존자를 돕기도 하죠. 그 방면의 전문가를 갖추고 있는 협회가 많답니다. 그중에는 꽤 숙달된 곳도 있고요. 저는 일단 포괄적으로 목록은 만들어 두고 있어요. 신뢰할 수 있는……."

"나도 자각 증상이 생기면 그때 생각하기로 하지요. 현재 어느 정도 진행되고 있는지 봐야 알겠지만."

"아니, 걱정하실 것 없을 것 같아요, 베레스퍼드 씨. 얼핏 보기에 알코올 중독 증세 같은 건 없는 것 같은데요."

"코가 빨갛지 않습니까?"

"여자들이 더 심해요. 네, 인연을 끊기 어렵다고나 할까요? 남자들의 경우에도 재발은 합니다만 좀 드문 편이지요. 하지만 여성에겐 많아요. 정말 완전히 나아서 레모네이드 같은 것을 엄청나게 마시며 그런대로 정상적으로 살다가도 어느 날 밤 파티가 한창일 때는 도로아미타불이 되어 버리지요."

콜러든 양은 손목시계를 내려다보았다.

"어머, 이젠 실례해야겠네요. 다음 약속이 잡혀 있어서요. 어퍼 그로스베너가(街)까지 가야 한답니다."

"여러 가지로 정말 감사했습니다."

토미는 정중히 문을 열고 콜러든 양에게 코트를 입혀 주고는 다시 방으로 들어가서 말했다.

"오늘 저녁에는 잊지 않고 터펜스한테 말해 줘야지. 지금까지의 조사로 나는 마누라가 대단한 술꾼이며 그 때문에 결혼 생활이 파탄 일보 직전이라는 인상을 조사원한테 심어 주게 되었노라고 말이야. 이제 다음으로 해야 할 일이 뭐지?"

 그는 토튼햄 코트 거리 근처의 값싼 음식점에서 누군가와 만나기로 약속이 되어 있었다.
 "아니, 이게 누군가!"
 먼저 와서 기다리던 나이 지긋한 신사가 자리에서 벌떡 일어서면서 말했다.
 "빨강 머리 톰 맞지? 못 알아보겠군."
 "그렇겠지. 이제 빨간 머리도 얼마 남아 있지 않으니까. 이젠 백발의 톰이 되어 버렸네."
 "그거야 누구나 다 마찬가지지. 몸은 건강하고?"
 "옛날과 크게 달라진 건 없는데 삐걱거리기 시작했다네. 점점 더 삐걱거리게 되겠지."
 "지난번 만나고 얼마 만인가? 2년, 8년, 아니 11년 만인가?"
 "그렇게 오래되지 않았네. 지난 가을에 '말티즈 캐츠'의 저녁 식사 자리에서 만났지. 기억 안 나나?"
 "아, 그랬지. 가엾게 그 가게도 망해 버렸더군. 망할 거라고 전부터 예상은 했었지. 건물은 훌륭한데 음식이 형편없었으니까. 그런데 요즘은 뭘 하고 지내나? 아직도 첩보 활동을 하는가?"
 "아닐세, 그런 활동에서는 완전히 손을 뗐네."

"아니, 이 사람아! 그 아까운 재능을 그냥 썩히다니!"

"그래, 자네는 어떤가, 머튼 춉(본래는 양의 갈비살을 뜻하지만 위는 좁고 아래가 넓은 삼각형 모양의 구레나룻을 뜻하기도 함 — 옮긴이)?"

"응, 나야 그런 식으로 국가에 봉사하기에는 너무 늙었지."

"요즘은 첩보 활동 같은 건 하지 않나?"

"활발히 하고는 있겠지. 하지만 젊고 머리 좋은 녀석들만 쓰고 있는 모양일세. 대학에서 우루루 몰려나와 취직난에 허덕이고 있는 녀석들 말이야. 자네는 지금 어디서 살고 있나? 성탄 카드를 보냈네. 실은 1월이 되어서야 겨우 보냈는데 '수취인 주소불명'이라고 쓰여서 되돌아왔더군."

"응, 지금은 시골에 가서 살고 있다네. 바다가 가까운 곳이야. 할로케이라고."

"할로케이! 할로케이라고? 어쩐지 귀에 익은 이름인걸. 전에 거기서 자네가 활동한 사건이 있지 않았나?"

"내가 활동할 무렵의 사건이 아닐세. 할로케이에 살게 되면서 비로소 그 이야기를 들었네. 전설 같은 이야기지. 적어도 60년은 지난 이야기일거야."

"잠수함과 관련된 사건이지? 잠수함 설계도가 어떤 사람에게 넘어갔다던가? 상대가 누구였는지는 잊어버렸네. 일본 사람이었나, 러시아 사람이었나? 하기야 그 밖에도 많이 있었지. 적의 첩자와 만나는 장소라면 옛날부터 리젠트 공원이라든지 그런 곳으로 으레 정해져 있었지. 예를 들면 대사관의 3등 서기관과 만날 때 말일세. 미모의 여자 스파이 같은 것은 옛날 소설에 나오듯이 그렇게 많지는 않았지."

"실은 자네한테 몇 가지 묻고 싶은 게 있네."

"그래? 물어보게. 나는 그동안 정말 무료하게 살아왔어. 혹시 마저리 기억하나?"

"물론 기억하지. 자네들의 결혼식에 참석하려 했지."

"알고 있네. 하지만 참석하지 못했지. 아니, 내 기억으로는 자네가 기차를 잘못 탔다고 한 것 같네. 서덜행을 탄다는 것이 스코틀랜드행 기차를 타 버렸다며. 어쨌든 자네는 오지 못했네. 그렇다고 별일은 없었지."

"설마 결혼을 못한 건 아니겠지?"

"아, 결혼이야 했지. 하지만 어찌된 셈인지 오래가지 못했네. 1년 반 만에 끝나 버렸지. 마저리는 재혼했네. 나는 독신으로 지내고 있지만 그런대로 즐겁게 살아가고 있네. 리틀 폴런에 살고 있어. 제법 괜찮은 골프장이 하나 있지. 나는 누님과 함께 지내고 있네. 누님은 혼자가 되셨지만 돈도 어느 정도 있고 해서 둘이서 잘 지내고 있네. 그런데 누님이 귀가 좀 어두워서 내가 하는 말을 잘 듣지 못하지. 하긴 내가 좀 큰 소리로 말하면 되지만."

"할로케이의 이야기를 들은 적이 있다고 했지? 정말 스파이와 관련된 일이었나?"

"사실 워낙 옛날 일이라서 나도 그다지 잘 기억하고 있는 건 아닐세. 그때는 세상이 떠들썩했지. 나무랄 데 없는 젊고 우수한 해군 장교에다 꼭 영국인 같았어. 그리고 믿을 수 있는 사람이었는데 알고 보니 그게 아니었어. 고용되어 있었던 거야. 누구의 지시를 받았는지 지금 기억은 나지 않지만 독일인이었던 것 같아. 1914년 전쟁이 시작되기 전에 말이야. 맞아, 그게 틀림없어."

"그 사건에는 어떤 여자가 관련되어 있는 것 같은데?"

"메리 조던인가 하는 여자 이야기를 들은 것 같군. 나도 확실히는 모른다네. 신문에도 났는데 아마 그 남자 아내라고 생각되네. 아까 말한 그 해군 장교 말일세. 그 여자가 러시아 사람들과 접촉해서…… 아니, 그건 그 뒤에 있었던 일이지. 자칫하면 이야기가 뒤범벅이 되어 버린단 말이야. 모두 비슷비슷한 이야기라서 말일세. 그런데 그 여자가 자기 남편의 수입이 넉넉지 못하다, 즉, 자기 실수입이 넉넉지 못하다고 생각했던 거야. 그래서…… 아니, 그런데 이 사람아! 왜 이런 케케묵은 이야기를 다시 캐내려고 하나? 이제 와서 그게 자네와 무슨 관계라도 있나? 자네는 옛날 루시타니아호에 탔다든가, 루시타니아호와 함께 가라앉았다든가 하는 사람을 도와준 적이 있지?(『비밀 결사』의 내용 ― 옮긴이) 아주 오래된 이야기지만 그 사건에 자네나 자네 부인이 말려들었지?"

"둘 다 말려들었지만 너무 오래된 이야기라 이제 완전히 잊어버렸네."

"그때도 어떤 여자가 관련되어 있지 않았나? 제인 피시인가 하는 여자, 아니 제인 왜일이었던가?"

"제인 핀이야."

"그 여자는 지금 어디서 사나?"

"미국 사람과 결혼했다네."

"흠, 그거 잘됐군. 옛날 친구들과 그때 일을 떠올리면 항상 이야기에 열을 올리게 된단 말이야. 옛날 친구들 얘기를 하다 보면 녀석들이 죽은 것을 알고 깜짝 놀랄 때도 있지만 죽지 않고 아직 살아 있다는 사실을 알고서 더 놀라기도 하지. 참 까다로운 세상이야."

그 말에 토미도 맞장구를 쳤다. 그때 웨이터가 주문을 받으러 왔다. 두 사람은 무엇을 먹으면 좋을지에 대해 장황하게 얘기를 나눴다.

그날 오후 토미는 또 다른 사람과 만나기로 되어 있었다. 사무실에서 기다리고 있는 반백의 초라해 보이는 남자는 토미한테 시간을 빼앗기는 것을 떨떠름하게 생각했다.

"정말 해 줄 만한 이야기라고는 하나도 없네. 물론 그 이야기를 대강은 알고 있지만 말일세. 당시에는 화젯거리였지. 정계에도 엄청난 충격을 주었고. 하지만 나는 거기에 대해 아는 게 없네. 자네도 알겠지만 그런 일은 오래가지 않잖아. 신문이 또 다른 재미있는 사건을 찾아내면 그냥 묻혀 버리지."

그는 지금껏 살면서 생각지도 않던 문제가 갑자기 세상에 밝혀지거나 아주 이상한 사건이 계기가 되어 갑자기 의구심이 생긴 순간들에 대해 얘기를 들려주었다.

"혹시 도움이 될지 모르겠는데 이 주소로 한번 찾아가 보게. 만나도록 약속은 해 놓았어. 좋은 사람이고 모르는 게 없지. 여하튼 그 방면에서는 일급에 속하는 사람이니까. 내 딸의 대부인데 그래서인지 나를 무척 잘 대해 주고 언제라도 도움을 주려고 한다네. 그래서 나는 자네를 만나 줄 수 있는지 그 친구한테 물어보았네. 정말 괜찮은 친구라고 자네를 소개하면서 중요한 정보를 몇 가지 얻고 싶어 한다고 말해 두었어. 그랬더니 그러겠다고 하면서 자네에 대해서는 이미 들었다고 하더군. 자네에 대해 좀 알고 있으니 와도 좋다고 했네. 3시 45분에 말이야. 주소는 여기 있네. 사무실은 시티 지역에 있는 것 같아. 그 친구를 만난 적이 있나?"

"없는 것 같은데. 응, 만난 적이 없네."

토미는 명함과 주소를 보면서 말했다.

"그 친구를 보게 되면 그가 뭘 알고 있다는 생각은 들지 않을 걸세. 아무튼 몸집이 크고 노랗다네."

"흠, 몸집이 크고 노랗다고!"

토미로서는 그 정도의 정보만으로 그 친구가 어떤 사람인지 도무지 판단이 되지 않았다.

"일급 인물일세. 정말 일급이야. 가서 한번 만나 보면 무슨 말을 들을 수 있을 걸세. 행운을 비네."

토미의 친구가 말했다.

시티에 있는 사무실에 도착하여 토미는 30대 중후반 정도 되어 보이는 남자의 마중을 받았다. 남자는 어떤 악한 일도 지체 없이 해낼 것 같은 눈길로 토미를 바라보았다. 토미는 그 남자가 여러 가지 일로 의심을 받고 있다는 사실을 깨달았다. 어떤 은밀한 용기에다 폭탄을 숨기고 있거나 항공기 납치나 요인 납치, 그리고 여러 사람을 상대로 권총 강도를 획책하고 있을 수도 있었다. 그런 생각을 하니 토미는 극도로 불안해졌다.

"로빈슨 씨와 약속이 되어 있죠? 약속이 몇 시라고 하셨죠? 아, 3시 45분이군요."

남자는 수첩을 들여다보았다.

"토머스 베레스퍼드 씨 맞죠?"

"그렇습니다."

"여기에 서명만 해 주십시오."

토미는 남자가 가리키는 곳에 서명을 했다.

"존슨."

23살 가량 되어 보이는 청년이 긴장된 얼굴로 유리 칸막이가 된 책상에서 일어섰다.

"부르셨습니까?"

"베레스퍼드 씨를 4층 로빈슨 씨 방으로 안내해 드리게."

"네."

존슨은 토미를 승강기가 있는 곳으로 안내했다. 승강기는 자기에게 몸을 싣는 사람을 어떻게 대우해야 하는지 잘 알고 있는 것 같은 느낌을 주었다. 문이 스르르 열렸다. 토미가 승강기 안으로 들어가자마자 문이 곧바로 닫히는 바람에 토미는 하마터면 문에 몸이 끼일 뻔했다.

"오후가 되면서 날씨가 쌀쌀하네요."

최고의 지위에 있는 사람과 만나는 손님에게 존슨은 다정하게 말을 건넸다.

"그렇군요. 오후에는 항상 추워지는 것 같습니다."

"대기 오염 탓이라는 사람도 있고 북해에서 뽑아 올리는 천연가스 때문이라고 말하는 사람도 있습니다."

"흠, 그건 처음 듣는 얘긴데요."

"저도 그것이 사실이라고는 생각지 않습니다."

승강기는 2층과 3층을 지나 마침내 4층에 닿았다. 이번에도 문은 열리자마자 곧바로 닫혔다. 존슨은 토미를 데리고 복도를 걸어가서 어떤 문 앞에 멈춰 섰다. 그는 노크를 하고 안에서 들어오라는 소리가 들리자 문을 열어 토미를 들여보낸 다음 말했다.

"베레스퍼드 씨가 오셨습니다. 약속이 되어 있지요."

존슨은 방에서 나가 문을 닫았다. 토미는 앞으로 걸어갔다. 굉장히 큰 책상 하나가 방의 대부분을 차지하고 있었다. 책상 뒤에는 체중이나 키가 어마어마할 것 같은 사내가 앉아 있었다. 친구한테서 들은 대로 사내는 몸집이 무척 크고 얼굴이 노랬다. 국적은 짐작할 수 없었다. 어느 나라 사람이라고 해도 곧이들을 것 같았다. 모르긴 해도 외국인 같았다. 독일, 아니면 오스트리아 사람? 일본 사람일지도 몰랐다. 그도 아니면 순수한 영국인일지도.

"아, 베레스퍼드 씨!"

로빈슨은 자리에서 일어나 토미와 악수를 나눴다.

"귀한 시간을 뺏어서 죄송합니다."

토미는 로빈슨을 예전에 만났거나 그에게 관심을 가진 적이 있던 것 같은 느낌이 들었다. 하여튼 어떤 상황이었든 그는 그때 주눅이 좀 들어 있었다. 그도 그럴 것이 그때 로빈슨은 대단히 중요한 인물이었기 때문이었다. 지금도 추측컨대 (아니, 방금도 느꼈던 사실이지만) 로빈슨은 중요 인물이었다.

"알고 싶은 게 있다고요? 당신의 친구분…… 이름이 뭐였더라? 하여튼 그 친구분한테서 대강 얘기는 들었습니다."

"제 생각에는…… 이런 일로 폐를 끼쳐서는 안 되는데. 아무튼 중요한 일 같지는 않습니다. 단지 저…… 저……."

"단지 상상에 지나지 않는다는 겁니까?"

"어느 정도는 제 집사람의 상상이죠."

"부인에 대한 말씀은 들었습니다. 당신에 대해서도요. 잠깐, 가장 최근에는 'N 또는 M'이었던가? 그래요. 기억하고 있습니다. 자세히 기억하고 있지요. 해군 중령을 붙잡은 사건이었죠? 우리 나라의 해군에 있었지만 실은 적의 거물이었다는 녀석 말입니다. 나는 지금도 가끔 독일군을 적이라고 부르고 있답니다. 물론 지금은 사정이 달라져 모두 유럽 공동 시장에 속해 있지만. 말하자면 모두 유아 보육 학교(5살 이하의 어린이들을 위한 교육시설 ― 옮긴이)에 다니는 셈이지요. 알고 있습니다. 그때 당신은 멋진 활약을 하셨지요. 정말 멋있었지요. 부인도 정말 훌륭했습니다. 그 동화책은 지금도 잊지 않고 있습니다만 『거위야, 거위야, 어디에 갔다 왔니?』였던가요? 진상을 파헤치는 계기가 되었던 것은 '어디로 가는 거니? 위층, 아래층, 우리 주인님 방으로' 아니었습니까?"

"그토록 자세히 기억하고 계시다니 놀랍습니다!"

토미는 대단히 존경스러운 듯이 말했다.

"예, 그렇지요. 다른 사람이 자신에 대해 기억하고 있으면 누구나 놀라지요. 지금 잠깐 머리에 떠올랐을 뿐인걸요. 정말 터무니없는 일이었으니까요. 당신도 설마 그것이 다른 뜻으로 쓰일 거라곤 생각 못하셨죠?"

"그렇습니다. 꽤 재치 있는 방법이었지요."

"그런데 이번에는 무슨 일로? 어떤 일에 부닥치신 겁니까?"

"실은 별일 아닙니다. 단지……."

"자, 말씀해 보십시오. 덧붙이거나 꾸미지 마시고요. 있는 그대로 말씀해 주세요. 자, 편히 앉으시죠. 좀 더 나이가 드시면 알게 될 겁니다. 발을 편히 쉬게 하는 게 얼마나 중요한지 말입니다."

"전 이미 충분히 나이를 먹었다고 생각하는데요. 이제 남은 건 저 앞에서 절 기다리는 관밖에 더 있겠습니까."

"아, 그런 말씀 마십시오. 어느 정도까지 나이를 먹으면 그 뒤로는 거의 영원히 살 수 있습니다. 자, 그럼 어떤 이야기인지 한번 들어 봅시다."

"간단히 말씀드리면 저희 내외는 새집으로 이사를 갔습니다. 신경 쓸 일이 한두 가지가 아니더군요."

"그렇겠죠. 저도 압니다. 전기 기사가 마룻바닥을 온통 차지하고 여기저기 구멍을 뚫어 대지요. 그러면 거기에 발이 빠져서……."

"전에 살던 사람이 가지고 있던 책을 저희한테 팔고 갔습니다. 아동용 도서가 많았는데 정말 종류도 여러 가지였습니다. 헨티(영국의 저널리스트이자 소설가. 소년 위주의 모험 역사 소설 작가 ― 옮긴이)라든가 그런 작가들의 작품 말입니다."

"기억나네요. 헨티의 작품이라면 어릴 때 읽어 보았습니다."

"그런데 집사람이 읽던 책 속에 밑줄이 그어져 있었습니다. 게다가 글자 밑에 그어진 줄을 이어 나가다 보니 하나의 문장이 되는 겁니다. 지금부터가 정말 바보 같은 이야기입니다만……."

"흠, 기대가 되는군요. 엉뚱한 이야기는 언제나 듣고 싶어지더군요."

"이런 문장이 되는 겁니다. '메리 조던의 죽음은 자연사가 아니었다. 범인은 우리 가운데에 있다.'고 말입니다."

"정말 흥미롭군요. 이런 건 처음인데요. 틀림없이 그런 문장이었습니까? 메리 조던의 죽음은 자연사가 아니었다고요? 누가 그렇게 적어 놓았죠? 단서가 될 만한 것은 있었습니까?"

"초등학생 정도의 사내아이 같습니다. 파킨슨이 그 일가의 성입니다. 그 일가가 저희가 이사 간 집에 살았던 모양입니다. 그러니까 그 사내아이도 아마 파킨슨 집안의 한 사람이겠지요. 알렉산더 파킨슨! 어쨌든 지금 그 아이는 그 지방의 교회 묘지에 묻혀 있습니다."

"파킨슨이라? 잠깐, 생각 좀 해 봅시다. 사건에 관련된 이름 중에 파킨슨이 있었지만 구체적으로 어떤 사건이었는지까지 기억하고 있는 경우는 드물지요."

"저희 내외는 메리 조던이 누구인지 알아내려고 무척 노력했습니다."

"메리 조던의 죽음이 자연사가 아니었으니까요. 그쪽은 당신의 전문 분야인 것 같은데요. 하지만 정말 묘한 이야기로군요. 혹시 메리 조던에 대해서 알아낸 것은 없습니까?"

"전혀 없습니다. 그 지방 사람들도 별로 기억하지 못하고 있고 그 여자에 대해 이야기해 줄 사람도 없었습니다. 고작 지금으로 말하자면 오 페어 걸이나 가정 교사였다고 알려 준 사람이 있었지요. 아무도 기억하는 사람이 없습니다. 맘젤이나 프로라인이라고 불렸다는 정도였죠. 완전히 두 손 들게 되었습니다."

"그러면 그녀의 사망 원인은 뭐죠?"

"누군가가 디기탈리스 잎을 시금치와 함께 정원에서 모르고 뜯어와서 그것을 먹은 모양입니다. 하지만 그렇다 해도 그런 정도로는 죽지 않을 것 같은데 말이죠?"

"그래요. 그 정도로는 죽지 않지요. 하지만 치사량의 디기탈리스 알칼로이드를 커피나 식전에 마시는 칵테일에 넣어 두고 그것을 메리 조던이 마시도록 했다면 디기탈리스 잎 때문에 불의의 사고를 당했다고 주장할 수는 있겠지요. 그런데 알렉산더 파커인가 하는 학생은 그런 속임수에 넘어가지 않고 다른 생각을 하고 있었다는 거죠? 그밖에 알게 된 건 없습니까? 언제 적 일이죠? 2차 대전, 1차 대전, 아니면 그보다 앞서 일어난 일입니까?"

"그 전에 일어난 일입니다. 대대로 전해 내려오는 소문에 의하면 그녀는 독일 스파이였던 모양입니다."

"그 사건이라면 알고 있습니다. 큰 소란을 일으켰죠. 1914년 이전에 영국에서 일했던 독일인은 모두 스파이라고들 했습니다. 사건에 가담한 영국인 장교는 전혀 의심을 받지 않았죠. 저는 전혀 의심을 받지 않는 사람을 유심히 살핍니다. 꽤 오래된 이야기군요. 최근에는 기삿거리도 되지 않죠. 사건 기록이 공개되어도 대중의 관심을 끌 만한 기사가 아니라는 뜻입니다."

"하지만 그런 기사는 모두 개략적인 것이지요."

"예, 그럴 테지요. 그 사건은 그 무렵 도난당한 잠수함 기밀과 관련이 있었지요. 아니, 비행기에 관한 기사도 있었지. 이쪽 사건의 기사도 꽤 많았어요. 그런 것이 대중의 관심을 끌었죠. 하지만 다른 사정이 많이 있었던 겁니다. 거기에는 정치적인 면도 있었지요. 유명한 정치인들이 많이 관련되어 있었어요. 대중으로부터 정말 청렴결백한 정치인으로 인정받는 사람들 말입니다. 공직에 있는 사람으로서 청렴결백하다는 사실은 의심의 여지가 없는 것만큼이나 위험하죠. 청렴결백이라니 어림도 없는 소리죠. 그리고 보니 2차 대전 무렵이 생각나는군요. 세상 소문과는 반대로 청렴결백한 면을 도무지 찾아볼 수 없는 사람들도 있었습니다. 어떤 남자가 이 부근에서 살았지요. 해안 쪽에 방갈로를 가지고 있었습니다. 그리고 신봉자를 잔뜩 길러서는 히틀러를 추켜세웠지요. 이 나라가 살아남는 유일한 길은 히틀러와 손을 잡는 것밖에 없다면서 말입니다. 분명 그 녀석은 고결한 인물로 보였지요. 아주 훌륭한 뜻을 품고 있는 사람 말입니다. 가난, 억압, 부정 같은 것들을 근절하자고 소리 높여 외쳐 댔습니다. 파시즘은 아니라고 하면서 실은 파시즘의 기수였던 것이죠. 스페인의 경우도 마찬가지입니다. 프랑코를 위시한 그 일파와 손을 잡은 것이 문제의 발단이었습니다. 그리고 열변을 토하고 다닌 무솔리니도 물론 있었죠. 전쟁 직전에는 언제나 많은 간접적인 원인이 있는 겁니다. 겉으로 드러나지 않고 아무도 모르는 일 말입니다."

"모르시는 게 없는 것 같군요. 이런 말씀드리면 무례하다고 하실지 모르겠지만 모든 것을 알고 계시는 분을 만나면 사실 저는 몹시 흥분이 됩니다."

"그렇군요. 사실 저는 종종 그런 일들에 관여했습니다. 원인이나 배경이 되는 문제들 말입니다. 귀를 열고 있으면 많은 얘기를 듣게 되지요. 문제에 깊이 관여하고 있어 많은 것을 아는 옛 친구들한테서도 얘기를 듣게 되죠. 당신도 그런 친구를 찾아 나설 생각이겠죠?"

"예, 실은 저도 옛 친구들을 만났습니다. 그들은 자기네 옛 친구들과 만나곤 하니까요. 그러는 가운데 많은 얘기를 듣게 되죠. 그때까지는 한데 묶어서 생각지 않았던 이야기도 다시 들어 보게 되면 아주 흥미로울 때도 있습니다."

"예, 이제 당신이 얻고자 하는 것을 알았습니다. 당신이 이런 사건과 부딪치다니 재미있군요."

"문제는 그걸 저 자신도 잘 모른다는 점입니다. 어쩌면 우리는 쓸데없는 일에 발을 들여 놓았는지도 모르지요. 오래전부터 탐내던

집도 샀는데 말입니다. 우리가 원하는 대로 집을 손보고 나서 정원을 꾸며 보려는 참이었습니다. 그러니까 제가 드리고 싶은 말씀은 이제 다시는 사건이나 그런 것에 매달리고 싶지 않다는 겁니다. 우리는 단지 호기심에서 이러는 겁니다. 오래전에 일어난 일에 대해 생각하고 알고 싶은 것은 사람이면 누구나 마찬가지지요. 여기에 어떤 목적 같은 것은 없습니다. 그런 일을 해 봐야 누구에게 도움이 되는 것도 아니니까요."

"알겠습니다. 그러니까 그냥 어찌된 사건인지 알고 싶다는 것 아닙니까? 사람은 누구나 그런 본능을 가지고 있지요. 그래서 인간은 탐구를 통해 달에도 가고 바닷속의 새로운 물건을 찾아서 헤매고 다니다가 북해에서 천연가스를 발견하기도 하고 나무나 숲이 아니고 바다에서 산소를 발견하기도 하지요. 인간은 언제나 많은 것을 발견하고 있지요. 그 모두가 호기심 덕분입니다. 인간에게서 호기심을 빼 버리면 거북과 다를 게 없지 않을까요? 거북은 정말 태평하게 생활하지요. 제가 알기로는 겨우내 잠만 자고 풀만 먹으면서 여름을 보내지요. 재미있는 생활은 아니지만 무척 평화로운 생활이지요. 그런데……."

"그런데 인간은 몽구스를 닮았다고 할 수 있겠군요."

"흠, 당신은 키플링(영국의 소설가로 1907년에 노벨 문학상 수상—옮긴이)의 작품을 읽었군요. 요즘 키플링은 그 진가를 충분히 인정받지 못하고 있지요. 정말 뛰어난 친구인데 말이죠. 지금 읽어도 멋진 작품을 썼지요. 그의 단편 작품들은 정말 훌륭한데 아직 인정을 충분히 못 받고 있는 것 같습니다."

"저는 바보 같은 행동으로 웃음거리가 되고 싶지는 않습니다. 관계없는 일에 말려들고 싶지 않은 것입니다. 더구나 지금 와서는 아무에게도 관계없는 일 같은 것에 말입니다."

"글쎄, 그거야 알 수 없지요."

"정말입니다."

토미는 대단히 중요한 인물에게 자신이 폐를 끼치고 있다는 생각에 무척 미안한 감정을 느꼈다.

"저는 그냥 사건의 내막을 알아보려고 하는 게 절대 아닙니다."

"부인을 만족시키기 위해 진상을 밝혀야 한다는 말씀이지요? 그래요, 부인에 대해서는 들었습니다. 애석하게도 아직 만나지는 못했지요. 굉장한 분이죠?"

"그런 것 같습니다."

"그건 듣기에도 좋군요. 나이를 먹어도 서로 의지해 가며 결혼 생활을 즐기는 부부를 저는 좋아합니다."

"사실 저는 거북과 비슷합니다. 우리 부부는 그렇습니다. 둘 다 나이를 먹어서 지칠 대로 지쳐 있습니다. 나이에 비해 정정한 편이라고들 하지만 이제 어떤 사건에도 휘말리고 싶지 않습니다. 어떤 일에 쓸데없이 참견을 할 생각이 없습니다. 우리는 단지……."

"알아요, 알아. 그렇게 계속 사과하지 않아도 됩니다. 당신은 알고 싶은 겁니다. 몽구스처럼 알고 싶은 겁니다. 부인도 마찬가지고요. 그리고 부인에 대해 들은 이야기나 소문으로 봐서 부인은 어떻게든 알아낼 겁니다."

"집사람이 저보다 더 가능성이 있다고 생각하십니까?"

"글쎄요, 보기에 당신은 부인만큼 진상 규명에 열을 올리고 있는 것 같지 않군요. 하지만 정보의 출처를 찾는 데 뛰어나시니 당신도 비밀을 캐낼 수 있을 겁니다. 그만큼 오래된 사건이고 보면 정보의 출처를 찾는 것도 쉽지는 않죠."

"그래서 이렇게 찾아와서 폐를 끼치고 있는 겁니다. 하긴 내 힘만으로는 그렇게 할 수 없었겠지요. 머튼 촙의 도움이 있었기에 할 수 있었던 겁니다. 머튼 촙은……."

"그 사람이라면 알고 있어요. 한때 양고기 모양의 구레나룻을 기르고 우쭐거리는 바람에 그런 별명이 붙었지요. 좋은 사람이에요. 현역으로 뛸 때에는 중요한 일을 맡았었지요. 그래요, 그 사람은 내가 이런 일에 흥미를 가지고 있다는 것을 알고서 당신에게 이곳으로 가 보라고 한 거지요. 나는 꽤 일찍부터 시작했으니까. 여기저기 돌아다니면서 조사를 하는 일 말입니다."

"그래서 지금 최고의 자리에 오르셨군요."

"아니, 누가 그런 소릴 했습니까? 괜한 소리지요."

"전 그렇게 생각지 않는데요."

"하긴 최고의 자리에 달려드는 사람이 있는가 하면 최고의 자리로 억지로 떠밀려 가는 사람도 있지요. 내 경우는 후자에 속한다고 해야죠. 따지고 보면 아주 중요한 일을 몇 개 떠맡았기 때문이지요."

"프랑크푸르트 사건 말입니까?"

"벌써 소문을 들으셨군요? 그 일은 잊어 주셨으면 좋겠습니다. 너무 알려지면 곤란하니까요. 그렇다고 앞으로 당신의 질문을 거절한다는 얘기는 아닙니다. 모르긴 해도 나라면 당신 질문에 조금은 대답할 수 있을 겁니다. 오래전에 일어난 일이지만 그것이 요즘 세상에서 흥미롭고 현재 일어나는 일에 조금이라도 정보를 제공해 주는 일이라면 말씀드려야죠. 누구에 관한 이야기이든, 그리고 그게 무엇에 관한 일이든 저는 말씀드릴 수 있다고 생각합니다. 하지만 당신에게 어떤 얘기를 해 드려야 할지 잘 모르겠습니다. 이것은 과거에 대해 깊이 생각하고 사람들의 이야기를 듣고 자신이 할 수 있는 일을 찾아내지 않으면 안 되는 문제입니다. 제가 흥미를 느낄 만한 일을 알게 되거든 전화를 주십시오. 암호를 하나 만들어 두도록 하지요. 그래야 긴장감도 느낄 수 있고 뭔가 중요한 일을 하고 있다는 느낌을 받을 수 있으니까 말입니다. '크랩 애플젤리(야생 사과 젤리 — 옮긴이)'라고 하면 어떨까요? '집사람이 크랩 애플젤리를 만들었는데 한 병 드릴까요?' 하고 제게 묻는 겁니다. 그러면 저는 그게 무슨 뜻인지 눈치를 채는 겁니다."

"그러니까 제가 메리 조던에 대해 뭔가 찾아낼 거라고 생각하시는군요? 지금 그렇게 해 본들 무슨 소용이 있겠습니까? 어쨌든 그 여자는 죽어 버렸는데요."

"예. 그녀는 이미 죽었죠. 하지만 생각해 보십시오. 사람들한테 들은 이야기나 잘못 쓰인 글을 읽고서 어떤 사람에 대해 그릇된 생각을 갖게 될 수도 있는 겁니다."

"우리가 메리 조던에 대해 잘못된 생각을 하고 있다는 말씀입니까? 결국 그녀는 중요한 인물이 아니었다는 뜻입니까?"

"아니, 아주 중요한 인물이었을 수도 있지요."

로빈슨은 손목시계를 들여다보았다.

"이만 끝내야겠습니다. 10분 뒤에 손님이 오기로 되어 있어서요. 정말 짜증나는 녀석이지만 정계의 중요한 인물이라. 요즘 세상이라는 게 아시다시피 그 모양이잖아요. 정부, 정부, 어딜 가도 정부와 얼굴을 맞대게 되지요. 직장, 가정, 슈퍼마켓, 심지어 텔레비전에서도 말입니다. 사생활이란 거, 지금 국민은 이것을 더 갈망하고 있지요. 당신과 부인께서 하고 계신 그 대수롭지 않은 놀이 말인데요, 당신들은 사생활을 즐길 수 있으니까 그 사생활이라는 배경에서 한번 조사해 보면 어떨까요? 재미있는 무언가를 찾아낼지 누가 압니까? 가능성은 반반입니다. 저로서는 더 이상 드릴 말씀이 없습니다. 다른 사람들한테서 들을 수 없는 얘기를 저는 몇 가지 알고 있는데 때가 되면 말씀드릴 수 있을지도 모르겠습니다. 하지만 이미 끝난 일이라 실제로 도움이 되지는 않을 겁니다.

조사에 도움이 될지도 모르겠는데 하나만 가르쳐 드리지요. 이 사건에 대해서는 당신도 읽었을 겁니다. 그 해군 중령에 대한 재판 말입니다. 이름은 기억나지 않지만 간첩 활동을 한 혐의로 재판에 회부되어 실형을 선고받았는데 그럴 만한 이유는 충분히 있었지요. 그 녀석은 매국노였으니까 그것만으로도 충분한 이유가 되지요. 하지만 메리 조던은……."

"네?"

"당신은 메리 조던에 대해 알고 싶단 말이죠? 좋습니다. 참고로 한 가지 알려드리죠. 메리 조던은 스파이라고 부를 수는 있겠지만 독일 스파이는 아니었습니다. 적국의 스파이가 아니었다는 말입니다. 명심해 두십시오."

로빈슨은 목소리를 낮추고 책상 너머로 몸을 기울였다.

"메리 조던은 우리의 동료였습니다."

제3부

1장
메리 조던

"하지만 그렇게 되면 모든 사정이 달라져 버려요."
터펜스가 말했다.
"그러게. 정말 충격이었어."
"그 사람이 왜 그런 말을 했을까요?"
"나도 모르겠어. 이것저것 생각은 해 봤지만."
"그 양반, 어떤 사람이에요? 아직 자세히 이야기하지 않았잖아요."
"글쎄, 피부가 누런 사람이야. 몸집이 크고 뚱뚱한 데다 지극히 평범한 사람인데 동시에 이렇게 말하면 알아들을지 모르겠지만 전혀 보통 사람 같지 않았어. 그 사람은 그래, 내 친구가 말했던 대로야. 그야말로 일급 전문가이지."
"당신 얘기만 들으면 마치 팝 가수를 두고 하는 말 같네요."
"응, 당신도 이런 용어에 익숙하게 될 거야."

"그래요, 그런데 어쩐 일일까? 그 사람은 밝히고 싶지 않은 이야기를 억지로 밝힌 거겠죠?"

"오래전 일이니까. 모두 끝난 일이고 지금은 중요한 일이 아니지. 요즘 공개되는 것들을 보면 말이야. 비공식 발표라든가, 당신도 알다시피 이미 비밀로 해 둘 필요가 없는 거야. 진상을 공개해도 되는 거란 말이지. 누가 무엇을 썼다거나 누가 무슨 말을 했다거나 어떤 사건의 자초지종이라든가 지금까지 아무도 모르게 극비로 취급되어 온 일의 경위라든가 하는 것들 말이야."

"그런 식으로 말하니 너무 혼란스럽네요. 그렇게 되면 모든 것이 틀어지고 말아요, 안 그래요?"

"모든 것이 틀어지고 말다니 무슨 소리야?"

"지금까지의 견해를 말하는 거예요. 내가 말하고 싶은 것은……내가 지금 무슨 말을 하는 거지?"

"정신 차려. 자기가 무슨 말을 하는지도 모르다니."

"그러니까 아까 말한 대로예요. 전부 잘못되었어요. 그러니까 『검은 화살』에서 그걸 발견했을 때에는 이야기가 분명했죠. 아마 그 알렉산더라는 사내아이가 『검은 화살』 안에 원하는 단어에 밑줄 긋는 방법으로 남긴 거겠죠. 가족이나 집에 있는 사람 가운데 누군가가 메리 조던을 죽이려고 계획했다는데도 우리는 메리 조던이 누구인지 몰라서 안달했던 거고요."

"맞아, 우리는 그 때문에 계속 이렇게 안달하고 있지."

"그래도 당신은 나보다 나아요. 난 얼마나 애가 탔다고요. 메리에 대해서는 아직 아무것도 모르고 있는 걸요. 기껏……."

"알아낸 것은 그녀가 분명 독일 스파이였다는 사실뿐이었다?"

"맞아요. 사람들이 그렇게 말했고 나도 그게 사실이라고 생각했어요. 하지만 지금은……."

"맞아. 지금에 와서야 그게 사실이 아니라고 알게 된 거야. 독일 스파이는커녕 오히려 그 반대였지."

"영국의 스파이였다니."

"영국의 첩보대나 보안대 소속이 분명해. 그리고 어떤 임무를 부여받고 무언가를 밝혀내기 위해 이 마을에 왔던 거지. 그 남자, 이름이 뭐라고 했지? 나도 사람들의 이름을 좀 더 잘 기억할 수 있으면 좋겠는데. 그 장교 말이야. 잠수함의 기밀을 팔아넘긴 사람. 그 당시에는 이 마을에 독일 스파이들이 꽤 많이 들어와 있어서 'N 또는 M'의 상황과 마찬가지로 그런 일들을 바쁘게 준비하고 있었던 거야."

"그럴 것 같네요."

"그 여자는 그것을 밝혀내기 위해 이 마을로 파견되었을 거야."

"이제 알겠어요."

"그러니까 '우리'라는 것은 우리가 생각하던 그런 뜻이 아니었던 거야. '우리'라는 것은 이 마을의 누군가를 말하는 거였어. 이 집과 관련된 사람이거나 특별한 사정이 있어 이 집에 머물던 사람. 누군가가 메리가 하는 일을 눈치채고 그녀를 살해한 거야. 그리고 알렉산더는 그걸 알아낸 거지."

"메리는 독일 스파이인 척했겠지요. 그 해군 중령이란 사람과 친하게 지내면서요."

"이름이 생각 안 나면 그냥 해군 중령으로 부르면 되겠군."

"그래요, 그렇게 해요. 해군 중령과 메리는 점점 친해진 거예요."

"적의 스파이도 이 부근에 살고 있었거든. 커다란 조직의 우두머리였지. 그 친구는 부두 근처라고 생각되는데 거기에 방갈로를 가지고 있었어. 그리고 대대적으로 선동하기를 우리 나라가 택할 수 있는 최선의 길은 독일과 손잡고 협력하는 것이라는 등의 주장을 했대."

"정말 복잡하군요. 계획, 비밀 문서, 음모, 첩보 활동 같은 말을 들으니 정말 머리가 지끈지끈해요. 엉뚱한 곳을 살피고 있었던 것 같아요."

"꼭 그렇다고 할 수는 없지. 나는 그렇게 생각하지 않아."

"그렇게 생각지 않는다니 어째서요?"

"왜냐고? 만일 메리 조던이 무엇인가를 밝혀내려고 이 마을에 와서 무엇인가를 실제로 밝혀냈다면 해군 중령이나 그 밖의 사람들이 그 사실을 깨달았을 때……."

"또다시 내 머릿속을 뒤죽박죽으로 만들지 말아요. 당신이 그런 식으로 말하면 또 혼란스럽단 말이에요. 자, 계속하세요."

"좋아. 메리가 여러 사실을 밝혀낸 걸 그들이 깨달았을 때 그들은 어쩔 수 없이……."

"그녀의 입을 다물게 할 수밖에 없었겠죠."

"필립스 오펜하임(영국의 소설가 — 옮긴이) 같은 말을 하는군. 그리고 보니 오펜하임이 유행한 것은 1914년 이전이었지."

"어쨌든 그들은 메리가 상부에 보고하기 전에 그녀의 입을 다물게 할 필요가 있었겠죠."

"그것 말고도 다른 사정이 있었던 게 분명해. 아마 메리는 중요한 것을 손에 넣었을 거야. 어떤 종류의 문서나 서류 말이야. 누구에게 전달된 편지 같은 것."

"아, 무슨 뜻인지 알겠어요. 우리는 여러 사람을 살펴봐야 해요. 하지만 메리가 채소를 잘못 먹어 죽은 거라면 알렉산더가 어째서 '우리 가운데 한 명'이라고 했는지 알 수 없군요. '우리'라는 것은 알렉산더의 가족을 말하는 게 아닐 텐데 말이에요."

"이렇게 된 건 아닐까? 이 집에 있던 사람이 아닐 수도 있어. 헷갈리기 쉬운 잎을 뜯어 와서 한데 모아 부엌에 들여놓는 일은 흔히 있으니까. 정말 사람을 죽일 정도의 분량이 아니라도 상관없지. 식사를 함께한 사람들이 식후에 속이 좀 불편할 정도면 되는 거야. 의사가 와서 음식을 분석하고 채소를 실수로 잘못 뜯은 것이라는 결론을 내리면 되니까. 의사는 누군가가 계획적으로 그런 짓을 한 것이라고는 생각 안 하겠지."

"하지만 그렇다면 함께 식사한 사람들은 모두 죽었을 거 아니에요? 죽지는 않았다 해도 몸이라도 아팠어야 하잖아요?"

"그건 아니지. 어떤 한 사람, 그러니까 메리 조던을 죽일 필요가 있어서 그녀에게 치사량의 독을 섞기로 했다면 어떻겠어? 점심 식사나 저녁 식사 전의 칵테일이나 식후의 커피 같은 것에 디기탈린이나 아코나이트라든지 아무튼 디기탈리스에서 뽑아낸 독을……."

"아코나이트는 투구꽃에서 뽑아내요."

"너무 아는 체하지 마. 요는 착오로 말미암아 모두가 가벼운 중독 증세를 보이면서 속이 불편한데 유독 한 사람만 목숨을 잃는 거라고, 알겠어? 저녁 식사나 점심 식사를 마친 뒤 모두 복통을 호소해서 조사를 해 봤더니 착오가 있었다는 사실이 밝혀졌다면? 그런 것은 흔히 있는 일이잖아. 독버섯을 양송이로 착각하고 먹는다든지 과일인 줄 알고 아이들이 독성이 있는 열매를 따먹기도 하지. 실수로 그런 것을 먹었다고 해도 속은 거북하겠지만 모두 죽는 것은 아니라고. 그중에 한 사람이 죽으면 그 사람은 어떤 독에 유달리 예민한 체질이었다는 진단이 내려지겠지. 그래서 메리는 죽었지만 다른 사람들은 목숨을 건졌다는 식의 진단이 내려졌을 수도 있는 거야. 그래. 확실히 실수에 의한 죽음으로 일단락되었으니까. 다른 원인이 있었다고는 전혀 생각해 보지도 않았을 게 분명해."

"메리도 다른 사람들처럼 속이 거북했을지도 모르겠군요. 그리고 이튿날 아침 그녀가 마시는 차에 치사량의 독이 들어가 있었을지도 모르겠고요."

"터펜스, 당신은 여러 가지 생각을 하고 있겠지?"

"그래요, 그런 일이라면. 그런데 그 밖의 점들은 어떤가요? 누가 왜 무엇 때문에 죽였을까요? 또 '우리'란 누구를 말하는 것일까요? 살해 기회를 포착한 사람은 누구였을까요? 이 마을에 묵었던 사람일까? 혹시 나머지 사람 중 한 친구가 아닐까요? 가짜 편지를 가져온 사람일 수도 있어요. 이 마을의 머레이 윌슨 씨나 윌슨 부인 같은 이름을 가진 사람에게 '제 친구를 소개합니다. 그녀는 댁의 아름다운 정원을 꼭 보고 싶어 한답니다.' 하는 정도라면 문제없을걸요."

"그랬을 수도 있겠군."

"그랬다면 어제와 오늘 내게 일어난 일을 설명해 줄 수 있는 것이 아직 이 집에 있을 것 같아요."

"어제 무슨 일이 있었는데?"

"어제 그 생각만 하면 분통이 터져요. 목마를 타고 언덕을 내려가다가 바퀴가 빠져 버렸어요. 칠레 삼나무 숲속으로 굴러떨어져 하마터면 큰 사고를 당할 뻔했어요. 그 얼빠진 아이작 영감이 괜찮은지 잘 살펴보았더라면 좋았을 텐데. 그 사람은 틀림없이 살펴봤다고 하더군요. 제가 타기 전에는 아무 이상이 없었다는 거예요."

"그런데 문제가 있었다는 얘기군!"

"네, 아이작은 누가 장난을 쳤을 거라고 생각하고 있어요. 바퀴를 만졌거나 어떻게 해서 바퀴가 빠져 버린 거래요."

"터펜스, 이 집에서 그런 일이 생긴 게 벌써 이번이 두 번째, 아니 세 번째인가? 나도 지난번에 서고에서 머리 위로 물건이 떨어져 다칠 뻔했잖아?"

"누가 우리를 쫓아내려 한다는 건가요? 하지만 그렇다면……."

"그렇다면 무엇인가가 있다는 거야. 이 집에 말이야."

두 사람은 얼굴을 마주 보았다. 곰곰이 생각해 볼 문제였다. 터펜스는 3번이나 입을 벌렸지만 말없이 인상을 찌푸리며 다시 생각에 잠겼다. 이윽고 토미가 입을 열었다.

"그 사람은 어떻게 생각한다는데? 트루러브에 대해 아이작 영감이 뭐라고 했어?"

"자기는 그렇게 될 줄 알았다고 했어요. 워낙 심하게 썩어서 그랬다면서요."

"하지만 누가 장난을 친 거라고 했다면서?"

"네, 그랬어요. '아이들이 좀 건드렸군요. 바퀴를 장난삼아 떼어내 본 거지요. 개구쟁이들 짓이 맞아요.'라고 하더군요. 나는 아이들을 보지 못했지만 아이들이 몰래 그런 짓을 했겠구나 하는 생각이 들었어요. 내가 집을 비우기만 기다리고 있었던 것 같아요. 그래서 난 아이작에게 그걸 예사로운 장난이라고 생각하느냐고 물어보았죠."

"그랬더니?"

"아무 말도 못하더군요."

"장난이었을지도 모르지. 아이들은 흔히 그런 장난을 치니까."

"당신은 내가 목마를 가지고 바보 같은 짓을 하다가 바퀴가 빠져 목마가 망가졌다고 생각해요?"

"바보 같은 말로 들려도 실제로는 그렇지 않은 경우가 있지. 일이 벌어진 상황이나 이유에 따라 다르겠지만 말이야."

"그런 경우 대체 어떤 이유가 있는지 모르겠군요."

"짐작은 할 수 있지. 가장 가능성이 있는 일로 말이야."

"가장 가능성이 있는 일이라니 무슨 뜻이죠?"

"사람들이 우리를 이 집에서 내쫓으려 할지도 모른다는 말이에요."

"그건 왜죠? 이 집이 갖고 싶으면 사면 될 텐데."

"그러게, 그러면 될 텐데."

"모르겠네요. 우리가 알고 있는 한 이 집을 탐내는 사람은 없었는데. 이 집을 보러 왔을 때도 우리 말고는 아무도 없었잖아요. 주위에서는 이 집이 구식이고 손볼 곳이 많다는 이유로 비교적 싼 값에 팔렸다고 생각하고 있는 것 같았어요."

"나 역시 누가 우리를 내쫓으려 한다고는 생각지 않아. 당신이 아무리 여기저기 살펴보고 여러 사람에게 묻고 다니고 책에서 뭔가 베꼈다고 해도 말이지."

"그럼 당신은 어떤 사람이 덮어 두고 싶은 것을 내가 자꾸만 들춰내고 있다고 생각하는 거예요?"

"말하자면 그런 거지. 우리가 갑자기 마음을 바꾸어 이 집을 팔려고 내놓고 나가 버리면 그것으로 끝날 것이라는 거지. 그들로서는 그것으로 만족할 거요. 설마 그들이……."

"그들이라니 누구를 말하는 거예요?"

"나도 아직은 몰라. 일단 그들이라고 해 두자고. 우리 두 사람과 구별해야 하니까."

"아이작 영감은요?"

"아이작?"

"모르겠어요. 잠깐 생각해 봤는데 아이작도 이 일에 한몫하고 있는 건 아닐까요?"

"그 사람은 나이도 많고 오랫동안 이 마을에 살아서 사건에 대해 어느 정도 알고 있지. 혹시 누가 5파운드짜리 지폐를 손에 쥐여 주면 아이작이 트루러브의 바퀴를 조작할 거라고 생각해?"

"아니요. 그 사람은 그런 꾀가 없어요."

"여기에는 꾀 같은 게 필요 없어. 5파운드를 받고 나사를 몇 개 빼 놓거나 나무를 여기저기 부숴 놓거나 해서 당신이 목마를 타고 언덕을 내려갈 때 봉변을 당하도록 해 두면 되는 거지."

"당신 생각은 어처구니가 없어요."

"당신이 여태껏 상상한 것도 어처구니없기는 마찬가지야."

"그렇지만 딱 들어맞잖아요. 우리가 들은 이야기와 정확히 딱 들어맞았다고요."

"글쎄, 내가 했던 수사나 조사 결과로 보건대 우리는 정확한 정보를 아직 확보하지 못했어."

"그러니까 내가 방금 말했듯이 이제 이야기가 완전히 뒤집어진 거예요. 메리 조던이 적국의 스파이가 아니고 영국의 스파이였다는 것을 이제야 알게 되었단 말이에요. 메리는 목적이 있어서 이 마을에 왔던 거예요. 그리고 아마 목적을 달성했겠지요."

"그랬다면 새로 알게 된 사실을 염두에 두고 제대로 정리를 해 보자고. 메리가 이 마을에 온 목적은 무엇인가를 밝혀내기 위해서였어."

"아마 해군 중령에 대한 것일 거예요. 그 사람의 이름을 알아내야 해요. 해군 중령의 이름조차 모르고 있으니 답답하다고요."

"그렇지. 하지만 그런 것을 알아내기가 얼마나 어려운지 잘 알잖아."

"메리는 무엇인가를 알아내고 상부에 보고를 하려고 했어요. 그런데 그 편지를 아마 누가 펴 보았겠지요."

"무슨 편지를?"

"누군지 모르지만 메리가 연락원에게 쓴 편지 말이에요."

"그랬겠군."

"연락원은 그녀의 아버지나 할아버지가 아니었을까요?"

"그렇지는 않았겠지. 나는 그런 방법을 택했을 거라고는 생각 안 해. 조던이라는 이름만 해도 그녀가 일부러 붙인 이름일지도 몰라. 상부에서는 그 이름이라면 과거를 캐낼 수가 없으니 여러모로 안성맞춤이라고 생각했겠지. 그녀가 독일인이면서 독일이 아니라 영국을 위해 일한 적이 있다면 의심을 받았을 거야."

"외국에서 적국이 아니라 영국을 위해 일했다? 그러면 그녀는 어떤 자격으로 이 마을에 온 걸까요? 난 모르겠어요. 어떤 자격으로 왔는지 알아내자면 다시 원점으로 돌아가야 해요. 어쨌든 메리는 이 마을에 와서 무엇인가를 알아내고 그것을 누구에게 전달했든가, 아니면 그러지 못했어요. 내 말은 그녀가 편지를 쓰지 않았을 수도 있다는 거예요. 런던으로 가서 직접 보고했을지도 모른다고요. 리젠트 공원에서 누군가를 만난다든지 하는 방법으로 말이에요."

"보통은 그런 방법을 쓰지 않잖아? 즉, 같은 편인 대사관 사람과 리젠트 파크에서 만나서……."

"나무 구멍 속에 물건을 숨겨 둔다고도 해요. 정말 그렇게 했다고 생각해요? 그랬을 것 같지 않아요. 연애를 하는 사람이 연애 편지라도 넣어 둔다면 모르겠지만."

"무엇을 넣어 두든 연애편지처럼 쓰면서 실제로는 암호문을 써서 숨겨 놓았을지도 모르지."

"멋진 생각이네요. 아, 너무 오래된 일이라 정말 어떻게 해야 할지 모르겠어요. 알면 알수록 도움이 되지 않는 것들뿐이니! 하지만 포기해선 안 되겠죠?"

"당분간은 포기할 생각이 없어."

토미는 그렇게 말하고 나서 한숨을 쉬었다.

"솔직히 그만두었으면 좋겠어요?"

"글쎄, 그런 생각도 없진 않지. 내가 보기에는……."

"당신이 포기했다고는 생각지 않아요. 나도 쉽게 포기하진 않을 거예요. 힘들지만 계속 매달려 볼 생각이에요. 지금은 음식도 내키지 않을 지경이에요."

"중요한 것은 우리가 이 일의 발단을 알고 있다는 거야. 첩보 활동, 어떤 목적을 가진 적의 첩보 활동이라고. 목적의 일부는 달성되었지. 일부는 아마 달성하지 못했을 테고. 하지만 우리가 모르는 것은 누가 거기에 가담했는가 하는 거야. 적 쪽에 말이지. 아마 우리나라의 안보국 사람들 가운데 배신자가 있었을 거야. 충실한 공복인 척한 매국노 말이야."

"그래요. 그 사람을 밝혀내야 해요. 정말 그럴듯한 얘기네요."

"그리고 메리 조던의 임무는 그런 사람들과 접촉하는 거였겠지."

"해군 중령과?"

"틀림없이 그럴 거야. 아니면 해군 중령의 친구들과 접촉해서 사실을 알아내는 것이겠지. 분명한 것은 그 일을 하기 위해 그녀는 이 마을에 올 필요가 있었다는 거지."

"그러니까 파킨슨 일가가 거기에 한몫하고 있었다는 건가요? 파킨슨 일가는 적과 한패?"

"그렇지는 않았을 거야."

"그렇다면 도대체 무슨 얘긴지 난 모르겠네요."

"이 집이 사건과 관련이 있었을지도 몰라."

"이 집? 하지만 이 집에는 그 뒤로 줄곧 다른 사람들이 살았잖아요?"

"그렇지. 하지만 그 사람들은 당신 같은 사람이 아니었지."

"무슨 뜻이죠? 나 같은 사람들이 아니었다니?"

"당신처럼 옛날 책들을 탐내고 그것들을 살펴보고 무언가를 찾아내려고 애쓰는 사람들이 아니었단 말이야. 지금까지 살았던 사람들은 단지 여기에 들어와 살았을 뿐이지 2층에 있는 방만 해도 아마 하인들의 방이었을 거고 아무도 들여다보지 않았을 거야. 무엇인가가 이 집에 숨겨져 있을지도 몰라. 메리 조던이 감춰 두었겠지. 그것을 찾으러 오는 사람이 손쉽게 발견할 수 있는 곳, 아니면 메리가 어떤 구실을 만들어 런던으로 가 있는 동안 찾아갈 수 있는 곳에 말이야. 치과에 간다거나 옛날 친구를 만나러 간다거나 하는 핑계를 댈 수 있겠지. 어렵지 않은 일이야. '메리가 손에 넣은 것이나 어떤 정보를 이 집에 숨겨 두었는데 그것이 아직 이 집에 숨겨져 있다.' 설마 그런 이야기는 아니겠지? 그래, 설마 그럴 리는 없을 거야. 하지만 알 수 없는 일이지. 우리가 그것을 앞으로 찾아내거나 이미 찾았을까 봐 두려워하는 사람이 있을지도 몰라. 그런 사람이 있다면 우리를 이 집에서 쫓아내고 싶겠지. 그리고 자기네가 오래전부터 찾아봤지만 결국 실패하고 다른 곳에 숨겨져 있을 거라고 판단한 그것을 우리한테서 뺏으려고 하겠지.”

"어머, 토미, 정말 재미있게 되었네요."

"이건 우리 생각일 뿐이야."

"그렇게 맥빠지는 소리 하지 말아요. 난 이 집의 안팎을 모두 조사해 봐야겠어요."

"뭘 어쩌자는 거야. 채소밭이라도 파 볼 생각이야?"

"아뇨, 찬장이나 지하실 같은 곳을 살펴보겠다고요. 뭐가 나올지 아무도 모르잖아요."

"여보, 터펜스! 우리는 단지 즐겁고 편안한 노후를 기대했는데 이게 무슨 꼴이야."

"연금 생활자에게 평화는 없다는 말도 있잖아요."

터펜스는 신이 나서 말했다.

"좋은 생각이 떠올랐어요."

"뭔데?"

"연금으로 살아가는 노인들을 찾아가서 물어봐야지. 그 노인들 생각을 지금껏 못했네요."

"제발 부탁이니 몸조하라고. 집에 있으면서 당신을 지켜 주고 싶지만 나는 내일 런던에 가서 조사를 좀 더 해야 해."

"나도 이 마을에서 조사를 좀 해 볼게요."

2장
터펜스의 조사 결과

"폐를 끼치는 건 아닌지 모르겠어요. 이렇게 불쑥 찾아뵈어 말이에요. 먼저 전화를 드리고 올까 하고 생각했습니다. 외출 중이시거나 바쁘시면 안 되니까요. 하지만 이렇다 할 용건이 있는 것도 아니라서 사정에 따라서는 곧 물러나올 생각으로…… 폐가 된다면 기꺼이 말씀해 주세요."

"아니에요. 저도 뵙게 되어 반가워요, 베레스퍼드 부인."

그리핀 부인이 말했다.

그녀는 의자 등받이에 편하게 몸을 기대고는 즐거운 표정으로 터펜스의 초조해하는 얼굴을 바라보았다.

"마을에 새로 이사 온 분을 만나 뵙는 것은 정말 언제나 반가운 일이죠. 이 부근에 사는 사람들은 모두 그 얼굴이 그 얼굴이라 새로 오신 분이나 부부라면 대환영이지요. 환영이고 말고요. 언제 같이 저녁 식사나 해요. 바깥어른께서 몇 시쯤 돌아오시는지 모르겠지만. 대개 런던으로 나가시죠?"

"예. 친절히 대해 주셔서 정말 고마워요. 집 안 정리가 대충 끝나면 부인께서도 한번 찾아 주세요. 짐 정리라는 게 곧 끝날 것 같으면서도 좀처럼 안 되네요."

"집 안 정리라는 게 늘 그렇죠."

출퇴근하며 일하는 하녀, 아이작 영감, 우체국의 그웬다, 그 밖의 여러 곳에서 들은 바에 의하면 그리핀 부인은 94세였다. 등의 류머티스성 통증을 덜기 위해 애써 유지하고 있는 바른 자세로 그녀는 실제 나이보다 훨씬 더 젊어 보였다. 얼굴에 주름살은 패였어도 레이스 스카프를 감고 있는 백발 머리를 보고 있자니 터펜스는 어릴 때 만나 본 작은 할머니들이 어렴풋이 떠올랐다. 그리핀 부인은 이중 초점 안경을 끼고 아주 드물게 사용하는 보청기를 끼고 있었다. 아직도 정정하여 그녀는 100세가 아니라 110세까지도 살 것 같았다.

그리핀 부인이 물었다.

"그래, 어떻게 지냈어요? 이제 전기 공사는 끝났죠? 도로시한테 들었어요. 로저스의 아내 말이에요. 전에 저희 집 하녀로 있었지요. 지금도 일주일에 2번 정도 와서 청소를 해 주고 있죠."

"네, 전기 공사는 끝났답니다. 전기 기사가 뚫어 놓은 구멍에 늘 발이 빠지곤 했는데. 오늘 이렇게 찾아뵙게 된 것은, 바보 같은 이야기일지 모르겠지만 궁금한 일이 있어서예요. 부인께서도 바보 같은 소리라고 생각하실지 모르겠네요. 그동안 낡은 책꽂이며 그런 것들을 정리하고 있었어요. 집을 살 때 책도 함께 물려받았는데 대부분 아주 오래된 아동용 도서죠. 그중에는 제가 옛날에 아주 좋아했던 책도 몇 권 있더군요."

"예, 옛날 즐겨 읽던 책을 다시 읽게 되어 정말 기분이 좋았겠어요. 우리 할머니도 『젠다 성의 포로』를 자주 읽곤 하셨지요. 저도 한번 읽었는데 정말 재미있더군요. 로맨틱하고. 네, 어린이가 읽을 수 있는 첫 번째 로맨스 소설이라고나 할까요. 그 당시는 소설 읽는 것을 별로 탐탁지 않게 생각했어요. 어머니나 할머니도 아침부터 소설 같은 책을 읽는 걸 절대 허락하지 않았으니까요. 그때는 이야기책이라고 했죠. 역사책 같은 진지한 책은 언제든 읽게 하셨죠. 하지만 소설은 그저 읽고 즐기는 거라고 해서 오후가 돼야 간신히 읽을 수 있었죠."

"그러셨군요. 다시 읽고 싶은 책이 꽤 많았어요. 몰즈워스 부인의 것이라든가……."

"『색실 무늬의 방』이지요?"

그리핀 부인이 곧바로 맞장구를 쳤다.

"네, 『색실 무늬의 방』도 곧잘 읽곤 했지요."

"그래요, 그래요. 저는 『4가지 바람이 부는 농장』이 옛날부터 제일 좋았답니다."

"네, 그 책도 있었어요. 그밖에도 여러 책이 있답니다. 어쨌든 이제 겨우 책장의 가장 아래칸 정리를 시작했는데 옛날에 무슨 일이 있었나 봐요. 그래요, 어디에 심하게 부딪쳤거나 책장을 옮기면서 그랬는지 바닥에 구멍이 나 있고 거기서 낡은 것들이 많이 나왔거든요. 뜯어진 책이 대부분인데 그 안에 이런 것도 있었어요."

터펜스는 갈색 포장지로 느슨하게 싸온 것을 꺼내어 놓았다.

"버스데이 북이에요. 옛날 책인데 이 안에 부인의 이름이 있더군요. 결혼 전 성함이 위니프레드 모리슨이었죠?"

"네, 맞아요."

"그 이름이 이 책에 쓰여 있었어요. 그래서 이것을 보여 드리면 재미있어하실 것 같아서요. 옛날 친구분의 이름도 많이 있을 것 같고 그밖에도 부인이 보시면 재미있어 하실 일이나 이름이 있을지도 모르지요."

"어머, 친절도 하시지. 꼭 보고 싶네요. 네, 이런 옛날 책은 나이를 먹고 나서 읽어 보면 정말 재미있답니다. 자상하기도 하셔라."

"색깔도 좀 변하고 찢어지거나 구겨진 곳도 있더군요."

그렇게 말하면서 터펜스는 포장지를 풀었다.

"어머! 네, 옛날에는 모두 이런 책을 가지고 있었지요. 제가 어린 시절을 전후해서 그런 것이 차츰 사라져 버렸지만. 이 책이 마지막에 나온 것 같아요. 제가 다니던 학교에서 여자아이는 모두 이런 책을 가지고 있었어요. 친구끼리 상대방의 책에다 자기 이름을 써 넣곤 했지요."

그리핀 부인은 책을 받아들고 펼쳐서 읽기 시작했다.

"어머! 옛날 생각이 나네요. 네, 정말이에요. 헬렌 길버트. 그래,

바로 그 아이지. 그리고 데이지 셰필드. 그래, 기억나요. 그 아이는 이에 그 뭐야, 치아 교정기라든가 하는 걸 끼고 있었는데 언제나 빼고 다녔답니다. 도저히 참을 수 없다면서요. 에디 크론, 마거릿 딕슨. 그래, 모두 글씨를 잘 썼어요. 지금 아이들보다 잘 썼지요. 제 조카가 보낸 편지는 정말이지 읽을 수가 없더군요. 요즘 아이들이 쓰는 글씨는 마치 상형문자 같아요. 그리고 무슨 말인지 곰곰이 생각해 보지 않고는 알 수가 없다니까요. 몰리 쇼트. 그래, 그 아이는 말을 더듬는 버릇이 있었어. 정말 옛날 생각이 나네요."

"이제 많은 분이 안 계시죠? 저기……."

혹시 말실수를 할까 봐 터펜스는 입을 다물었다.

"이제 거의 모두 세상을 떴을 거라고 생각하는 거죠? 그래요. 많은 사람이 저세상으로 갔지요. 하지만 모두 죽은 건 아니에요. 아직 살아 있는 친구들도 적지 않답니다. 이 마을에 살지는 않지만 말이에요. 여자아이들은 결혼과 동시에 다른 곳으로 가 버렸죠. 군인 남편을 따라 함께 외국으로 가기도 했고 다른 지방으로 이사를 가기도 했고요. 가장 오랜 친구 둘은 노섬벌랜드(영국 잉글랜드 북동부의 주―옮긴이)에 살아요. 정말 재미있네요."

"그때쯤에는 파킨슨이라는 성을 가지신 분은 안 계셨겠군요? 이름이 보이지 않는 걸 보니까."

"그렇답니다. 파킨슨 일가가 있었던 것은 그보다 전이었어요. 파킨슨 일가에 대해 알고 싶은 게 있나 보군요, 그렇죠?"

"네, 그래요. 단순한 호기심 탓이죠. 실은 어쩌다가 알렉산더 파킨슨이라는 남자아이에게 흥미를 갖게 되었어요. 얼마 전 교회의 묘지를 둘러보다가 그 아이가 어릴 때 죽은 사실과 무덤이 그곳에 있다는 걸 알고부터는 한층 더 그 아이에 대해 생각하게 되었답니다."

"어릴 때 죽었어요. 네, 그렇게 어린 나이에 죽었기 때문에 모두 가엾게 생각했죠. 머리도 좋은 아이라서 가족들도 기대를 걸었거든요. 병이 들어 죽은 게 아니었어요. 피크닉에 가져간 음식을 먹고 탈이 생긴 거예요. 핸더슨 부인이 그러더군요. 그 사람은 파킨슨 일가의 일을 많이 기억하고 있거든요."

"핸더슨 부인이라고 하셨나요?"

터펜스가 얼굴을 들었다.

"아, 부인은 모르실 거예요. 그 사람은 양로원에 들어가 있답니다. '초원의 동산'이라는 곳이죠. 여기서 25킬로미터 정도 떨어져 있어요. 거기 한번 가 보세요. 그 사람이라면 부인이 살고 있는 그 집에 대해 뭐든지 말해 줄 거예요. 당시에는 그 집을 '제비 둥지'라고 불렀는데 지금은 다른 이름으로 바뀌었죠?"

"월계수 저택이에요."

"핸더슨 부인은 저보다 나이는 많지만 대가족의 막내였어요. 한때는 가정 교사로 일했죠. 그 뒤 제비 둥지, 그러니까 지금의 월계수 저택 주인인 베딩필드 부인의 전속 간호사가 되었지요. 옛날 이야기 하는 걸 아주 좋아해요. 만나 보시면 좋을 거예요."

"그분이 싫어하지는 않을까요?"

"아니, 싫어하지 않을 거예요. 만나 보세요. 제가 보내더라고 하면 돼요. 그 사람은 저와 제 언니 로즈메리를 기억하고 있으니까. 저도 가끔 만나러 가는데 요 몇 년 동안은 걷기가 힘들어 찾아가 보지 않았답니다. 참, 헨들리 부인도 만나 보면 좋을 거예요. 그 사람은 지금…… 뭐라고 했더라? 그래, '사과나무 저택'에서 살고 있답니다. 주로 연금으로 살아가는 노인들이 들어가는 곳이죠. 수준이 같다고는 할 수 없지만 시설이 제법 괜찮고 소문도 많이 들을 수 있을 거예요. 손님이 찾아가면 그분들도 굉장히 기뻐할 거예요. 지루함을 달랠 수 있다면 뭐든 대환영이니까요."

3장

조사 결과를 비교하는 토미와 터펜스

"당신 많이 피곤해 보여."

토미가 말했다. 터펜스는 저녁식사를 마친 뒤 거실로 가서 의자에 털썩 주저앉았다. 그리고 하품을 하고 나서 한숨을 몇 번이나 쉬었다.

"피곤한 것 같다고요? 아주 녹초가 되었어요."

"뭘 했길래? 정원에서 일을 한 모양이군."

"몸이 피곤한 게 아니에요. 당신과 같은 일을 하고 있었어요. 머리를 쓰는 조사 말이에요."

터펜스가 차갑게 말했다.

"그것도 굉장히 힘든 일이지. 그런데 어느 쪽을 조사한 거야? 그저께 그리핀 부인한테서는 별다른 이야기를 듣지 못했나 보지?"

"여러 가지 정보를 얻었죠. 처음 추천해 준 사람에게서 알아낸 것은 별것 아니었지만요. 그래도 어느 정도는 알아냈다고 할 수 있죠."

터펜스는 핸드백을 열더니 한참을 애쓴 끝에 커다란 수첩을 끄집어냈다.

"여러 가지 정보를 메모해 두었어요. 그 자기 식단표도 몇 개 가져갔어요."

"흠, 그래서 뭘 알아냈어?"

"이름은 사람들이 하는 말이나 이야기만큼 많이 메모해 두지 않았어요. 그 자기 식단표를 보고 모두 감격하더군요. 그도 그럴 것이, 그날은 무슨 파티가 열려 다들 마음껏 즐기고 진수성찬을 맛본 모양이에요. 그런 훌륭한 음식은 그때까지 구경도 못했나 봐요. 모두들 그날 처음으로 바닷가재 샐러드를 먹은 모양이에요. 돈 많은 상류 가정에서는 바닷가재 샐러드가 고기 요리에 이어서 나오는 것이라고 이야기를 들은 모양이지만 그 사람들이 있는 곳에서는 그렇지 않았던 거예요."

"흠, 그렇다면 별로 도움이 되지 못했겠군."

"아뇨, 도움이 되었어요. 왜냐하면 그날 밤 일은 언제까지나 잊지 못할 거라고 하더군요. 왜 그날 밤 일을 잊지 못하냐고 물어보았더니 인구 조사가 있었기 때문이라고 하더군요."

"뭐라고, 인구 조사?"

"네, 인구 조사가 어떤 건지 아시죠? 바로 작년에 했었죠. 아니, 재작년이었나? 뭘 묻기도 하고 서명을 시키기도 하고 항목마다 기입하도록 하잖아요. 어느 특정한 날, 어떤 집에 머무르고 있는 사람들은 모두 작성해야 해요. 집주인이 기입하든가, 아니면 모두 돌아가며 자기 이름을 써 넣어야죠. 어느 쪽이 맞는지는 잊었지만. 아무튼 이 마을에도 바로 그날 인구 조사가 있어서 자기 집에 누가 있었는지 보고해야 했대요. 그 파티에 초대된 사람들이 많이 있었대요. 그래서 그것이 화제가 되었죠. 정말 끔찍한 일이었다고 모두들 말하더군요. 요즘 세상에 그런 일을 해야 한다니 정말 부끄러운 이야기라는 거예요. 한번 생각해 보세요. 아이가 있다든가, 결혼을 했다든가, 결혼은 안 했지만 아이가 있다든가, 그런 일까지도 보고해야 한다니까 말이에요. 아주 많이, 그것도 대답하기 곤란한 항목을 기입해야 하니까 기분 좋은 일은 아니죠. 요즘에는 그렇지도 않은 모양이지만. 그래서 인구 조사 이야기가 나오자 모두 흥분했어요. 옛날 인구 조사 때문에 그런 게 아니에요. 옛날에는 그런 일에 아무도 신경 쓰지 않았으니까."

"그 인구 조사의 정확한 날짜를 알면 도움이 될지도 모르겠군."

"그런 것을 알아낼 수 있을까요?"

"알 수 있고말고. 마땅한 사람만 찾아내면 문제없이 알아낼 수 있지."

"그리고 그 사람들은 메리 조던이 사람들의 화젯거리가 되었던 일을 기억하고 있어요. 얼마나 착한 아가씨처럼 보였는지, 얼마나 여러 사람의 귀여움을 받았는지 모두 입을 모아 칭찬했어요. 그래서 꿈에도 의심하지 않았다는 거예요. 나중에는 이렇게 말하더군요. 아무튼 반은 독일인이었으니까 고용할 때 좀 더 조심했어야 했다고요."

터펜스는 빈 커피잔을 내려놓고 다시 의자에 앉았다.

"희망적인 이야기라도 있어?"

"아니, 그런 건 아니지만. 어쩌면 희망이 있을지도 몰라요. 나이 든 사람들이 사건 이야기를 해 주었고 그 일을 다 알고 있으니까요. 대개는 더 나이 많은 친척에게서 들은 거지요. 어디에 뭘 숨겼다느니 뭘 찾아냈다느니 하는 이야기들 말이에요. 자기 꽃병 속에 유서가 숨겨져 있었다는 이야기도 있었어요. 옥스퍼드와 케임브리지 이야기도 나왔지만 그 안에 무엇인가가 감추어져 있었다는 것을 대체 어떻게 알았을까요? 도저히 생각할 수 없는 일이에요."

"아마 누구에게 대학생 조카가 있었겠지. 그 조카가 무엇인가를 옥스퍼드나 케임브리지로 가져갔을 거야."

"그럴지도 모르죠. 하지만 그럴 가능성은 별로 없어 보여요."

"메리 조던의 이야기를 해 준 사람은 있었고?"

"소문으로 들었다는 이야기뿐이었어요. 메리가 독일의 스파이였다는 것을 분명히 알고 있는 게 아니고 할머니나 대고모, 언니, 어머니의 사촌, 먼 친척 등 그 사건에 대해 알고 있는 사람에게서 들었다는 이야기들뿐이었어요."

"메리가 어떻게 죽었는지 이야기는 들었어?"

"그 디기탈리스와 시금치를 그녀의 죽음과 연관 짓고 있어요. 메리만 빼고 모두 목숨을 건졌다네요."

"재미있군. 동일한 이야기지만 풍치가 다르군."

"의견이 너무 많은 것 같아요. 베시라는 사람이 이런 말을 했어요. '네, 할머니한테서 들었을 뿐이에요. 물론 할머니도 사건이 있었을 당시에는 아직 어렸을 때니까 자세한 점은 틀리지 않을까 생각돼요. 할머니는 평소에도 좀 그랬거든요.'라고요. 여러 사람이 한꺼번에 이야기를 하다 보면 이야기가 섞여서 혼란을 일으키잖아요. 스파이 이야기며, 피크닉을 갔다가 식중독을 일으킨 이야기며 온갖 이야기가 다 나왔어요. 하지만 정확한 날짜는 알아내지 못했지요. 하긴 그럴 수밖에 없죠. 할머니 이야기의 정확한 날짜 같은 것을 누가 알겠어요? 할머니가 '그 당시 나는 16살이었지만 정말 무서웠어.'라고 했다 하더라도 사실은 그때 몇 살이었는지 이미 지금에는 아무도 알 수 없을 거예요. 할머니가 자기는 90세였다고 할지 모르지만 사람이란 80세쯤 되면 진짜 나이보다 더 먹은 듯이 말하고 싶어하고 반대로 한 70세쯤 되면 이번에는 또 52세라고 낮추기도 하니까요."

"메리 조던의 죽음은…… 자연사가 아니었다."

토미는 말을 인용할 때면 으레 그러듯 엄숙한 어조로 말했다.

"그 아이는 의심을 하고 있었어. 경찰에 그 사실을 알렸을까?"

"알렉산더 말인가요?"

"응. 아마 너무 많이 떠벌리고 다녀서 그 애는 죽었을 거야."

"결국은 이야기가 알렉산더에게로 되돌아오는군요."

"알렉산더가 죽은 날은 무덤에서 알 수 있었어. 하지만 메리 조던은 죽은 날짜도 원인도 아직 모르고 있지. 결국은 알게 될 거야. 지금까지 알아낸 이름이나 날짜를 도표로 만들어 보자고. 뜻밖의 사실은 여기저기서 들은 한두 마디에서 알아내게 되겠지."

"당신에게는 도움을 줄 만한 친구가 많이 있는 모양이네요."

터펜스는 부러운 듯이 말했다.

"그건 당신도 마찬가지 아니야?"

"그런 친구들이 어디 있어요?"

"아니, 있어. 당신도 여러 사람들을 동원해서 만나지 않아? 버스데이 북을 가지고 어떤 할머니를 찾아가기도 하고 연금으로 살아가는 사람들을 많이 만났으니까 말이야. 그 사람들의 할머니나 증조할머니, 먼 친척 아저씨, 대부나 대모, 첩보 활동 이야기를 들려 준 전역한 해군 제독 등 그 사람들의 시대에 일어난 사건들을 당신은 이미 알고 있잖아. 날짜를 짐작하고 조사가 좀 진척되기만 하면 실마리를 잡게 될지도 몰라."

"방금 말한 대학생이란 누굴까요. 옥스퍼드와 케임브리지에 무엇인가를 숨겼다는 사람 말이에요."

"스파이 활동과는 관계가 없는 것 같은데."

"음, 확실히 그래요."

"그리고 의사나 나이 많은 목사 같은 사람들에 대해 문의해 보는 것도 좋을 것 같아. 그것으로 무슨 실마리가 잡힐지도 모르니까. 아직도 가야 할 길이 멀기만 하군. 대체 어떻게 되려는지. 누가 또 이상한 행동은 하지 않았어, 터펜스?"

"지난 이틀 동안 누가 내 목숨을 노리지 않았느냐는 말이에요? 아니, 그런 일은 없었어요. 아무도 날 피크닉에 초대하지 않았고 차의 브레이크도 이상이 없었고요. 화분을 넣어 두는 헛간에 제초제 약병이 있지만 아직 뚜껑을 연 흔적도 없는 것 같아요."

"언젠가 당신이 샌드위치를 만들 때 곧 꺼낼 수 있도록 아이작이 감춰 두었을 거야."

"어머, 그건 너무 잔인해요. 아이작의 험담은 하지 마요. 그 사람하고는 아주 친한 친구가 되는 중이니까. 그러니까 생각이 나는데……."

"무엇이 생각났다는 거야?"

"아무래도 기억이 안 나네요. 당신이 아이작 영감 얘기를 꺼냈을 때 생각이 났는데."

터펜스는 눈을 깜박이며 말했다.

"허, 참!"

토미는 한숨을 쉬었다.

"어떤 할머니가 밤이면 언제나 손모아 장갑 속에 무엇인가를 넣어 두었더래요. 귀걸이였나 봐요. 그 사람은 글쎄 모두 자기를 독살하려 한다고 생각하고 있었다네요. 그리고 이건 또 다른 사람이 기억하고 있던 이야기인데 누가 자선통 같은 것에 무엇인가 넣어 두었다나 봐요. 알죠? 부랑아들을 위해 돈을 넣어 두는 자기로 만든 통 말이에요. 위에 이름이 붙어 있지요. 하지만 그 경우에는 부랑아를 위한 그런 것이 아니었나 봐요. 그 사람은 그 안에 5파운드짜리 지폐를 넣어 두었던 거예요. 다시 말하자면 언제나 씨앗이 될 돈은 준비해 두었던 거지요. 그래서 하나 가득 되면 꺼내어 다시 통을 사고 먼젓번 통은 깨 버렸대요."

"그리고 그 5파운드짜리는 써 버렸겠지."

"설마! 우리 사촌 엠린이 이런 말을 잘했었어요. '부랑아와 자선가들에게서 돈을 훔치는 사람은 없을 거야. 자선통을 깨면 들킬 게 뻔하잖아?'라고요."

"당신, 윗방에서 책을 살펴보다가 혹시 지루해 보이는 설교집을 발견하지 못했어?"

"아뇨, 어째서 그런 걸 묻는 거죠?"

"그런 책이라면 숨길 장소로 안성맞춤이라는 생각이 들어서. 신학에 대한 책으로 지긋지긋한 것이라든가 속을 도려내 버린 어려운 옛날 책이라든지 말이야."

"그런 건 없었어요. 있었으면 발견했을 거예요."

"읽어 보았어?"

"아뇨, 물론 읽지는 않았어요."

"그것 봐. 읽지 않았다는 것으로 봐서는 당신은 펴 보지도 않고 집어 던졌겠지."

"『성공의 관』이라는 책만은 기억하고 있어요. 그건 2권이나 있었어요. 노력의 결과로 성공의 빛나는 관을 쓰게 되면 얼마나 좋을까."

"그럴 가능성은 도무지 있을 것 같지 않군. 누가 메리 조던을 죽였나? 언제고 이런 책을 쓰게 되지 않을까?"

"그건 범인을 알아낸 다음의 이야기예요."

터펜스가 우울한 목소리로 말했다.

4장

마틸드의 수술 가능성

"오늘 오후에는 뭘 할 생각이야? 이름이며 날짜를 기록하는 일을 계속 거들어 줄 수 있어?"

"사양하겠어요. 정말 이젠 진절머리가 나네요. 하나하나 쓰자니 지쳐 버렸어요. 혹시 틀리지는 않았는지 모르겠네요."

"그래. 당신이 실수 안 할 리 없지. 몇 개 틀렸더라."

"당신도 나만큼 틀려 주면 좋겠는데. 그게 가끔 속상할 때가 있어요."

"내 일을 거들어 주지 않겠다면 뭘 할 생각인데?"

"한잠 자고 개운해지는 것도 나쁘진 않겠죠. 아니, 정말 쉬려고 하는 건 아니에요. 마틸드의 배를 좀 갈라 볼까 생각 중이에요."

"지금 뭐라고?"

"마틸드 배 속의 것들을 꺼내 볼 생각이라고요."

"당신 무슨 일 있어? 꽤 난폭한 생각을 하고 있는 것 같은데."

"마틸드 말이에요. KK에 있는 마틸드."

"무슨 소리야, KK에 있다니?"

"잡동사니를 넣어 둔 곳이잖아요. 배에 구멍이 나 있는 흔들목마 말이에요."

"그래서 마틸드의 배 속을 조사해 본다는 거였군?"

"그렇다니까요. 거들어 주지 않을래요?"

"사양할게."

"죄송하지만 좀 거들어 주시지 않을래요?"

토미는 깊은 한숨을 내쉬며 말했다.

"그렇게까지 말하는데야. 싫어도 거절할 수가 없지. 어쨌든 일람표 만드는 것보다야 낫겠지. 아이작도 있어?"

"아뇨, 오늘 오후에는 쉬어요. 아이작에게는 해 달라고 부탁하고 싶지 않아요. 그 사람에게서 알아낼 것은 벌써 다 알아냈거든요."

토미는 생각에 잠겨 말했다.

"그 영감은 아는 게 꽤 많지. 얼마 전에 그걸 알았어. 옛날 일을 이 것저것 말해 주더군. 그 사람으로서는 기억하고 있을 것 같지 않은 일까지도 말이야."

"그 영감님은 벌써 80살이 다 되었어요. 틀림없어요."

"아, 그건 알고 있지만 훨씬 더 옛날에 있었던 일까지 이야기해 주었단 말이야."

"사람이란 평소에 여러 가지 일들을 듣게 되니까요. 들은 것이 사실 그대로인지는 모르지만. 어쨌든 마틸드의 배 속에 들어 있는 것들을 꺼내 보기로 해요. 먼저 옷을 갈아입는 게 좋을 것 같아요. KK 안이 굉장한 먼지와 거미줄투성이일 텐데 마틸드의 배까지 휘저어야 하니까."

"아이작이 있다면 마틸드를 하늘을 향해 눕혀 달라고 하면 훨씬 손쉽게 배 속을 조사할 수 있을 텐데."

"당신은 전생에 외과의사가 아니었는지 몰라요."

"응, 그건 외과의사가 하는 일과 좀 닮은 데가 있군. 그대로 내버려 두면 마틸드의 목숨이 달아날지도 모르는 이물질을 지금부터 하나하나 제거해 주자는 것이니까. 그런데 마틸드의 화장을 다시 고쳐 주면 어떨까? 그렇게 해 두면 데보라의 아이들이 다음에 왔을 때 틀림없이 타고 싶어 할 거야."

"우리 손자들은 지금도 장난감이나 선물을 잔뜩 가지고 있는걸요."

"그런 건 아무래도 좋아. 아이들이란 비싼 선물이라고 해서 특별히 좋아하는 건 아니라고. 낡은 끈이며 천으로 만든 인형, 난롯가에 까는 천 조각을 둘둘 말아서 거기다 신발의 검정 단추로 눈을 달아 주어도 그걸 곰 인형 아저씨니 뭐니 해 가며 잘 가지고 놀잖아. 장난감에 대해서 아이들은 자기들대로의 생각이 있지. 자, 가 보자고. 마틸드의 수술실로 말이야."

마틸드를 수술을 하기에 알맞은 자세로 눕혀 놓는 일은 쉽지 않았다. 마틸드는 생각보다 무거웠다. 게다가 여기저기 여러 곳에 대갈못이 박혀있었다. 그 대갈못이 어떤 데는 거꾸로 박혀 있기도 하고 어떤 경우는 뾰족한 끝이 튀어나와 있었다. 터펜스는 손의 피를 닦아 냈다. 토미는 풀오버 스웨터를 뒤집어 입는 순간 갈쿠리 같은 곳에 걸려 심하게 뒤뚱거리게 되자 욕을 퍼부었다.

"빌어먹을 목마 같으니!"

"진작 땔감으로 불에나 던져 버렸더라면 좋았을걸."

마침 그때 아이작 영감이 갑자기 나타나 합세하게 되었다.

"아니!" 하고 영감은 좀 뜻밖이라는 듯이 말했다.

"두 분께선 대체 뭘 하시는 겁니까? 이런 낡아빠진 말을 가지고 어쩌려고요? 나도 좀 거들까요? 어떻게 하면 되나요. 밖으로 끌어 내려고요?"

"그렇게까지 할 건 없어요. 이 구멍에 손을 넣어서 안에 들어 있는 것을 꺼낼 수 있도록 위를 향하게 눕혀 주면 돼요."

"그러니까 이 녀석 배 속에 든 것을 꺼낸다 이 말입니까? 어째서 그런 생각을 하게 되셨습니까?"

"아무튼 꺼내 보고 싶어서요."

"이런 데서 뭐라도 나올 것 같은가요?"

"쓰레기들뿐이겠죠."

토미는 좀 맥빠진 목소리로 덧붙였다.

"하지만 그래도 괜찮아요. 그렇게 해서 조금이라도 정리가 된다면. 어쩌면 다른 물건을 여기에 넣어 둘 수도 있을 테니까. 게임에 쓰는 도구며 크로켓 세트 같은 것을 말이죠."

"한때는 크로켓 잔디밭이 있었지요, 아주 오래전에. 포크너 마님이 계시던 무렵이었죠. 예, 지금 장미밭이 있는 부근인데요. 별로 넓지는 않았어요."

"그건 언제쯤의 일이죠?"

"잔디밭 말입니까? 저도 기억할 수 없는 아주 오래된 옛날이지요. 네, 옛날에 있었던 일들을 말해 주고 싶어 하는 사람은 언제나 있기 마련이죠. 옛날에 무엇인가가 숨겨져 있었다든가 누가 어째서 숨겼는가 하는 이야기는 대단한 것 같지만 그중에는 거짓말도 있지요. 사실도 있기야 있겠지만."

"머리가 꽤 좋으시네요, 아이작. 뭐든지 다 알고 있으니까요. 크로켓 잔디밭이 있었다는 건 어떻게 알았죠?"

터펜스가 말했다.

"그야 간단하지요. 크로켓 도구를 넣어 두는 상자가 여기 있었거든요. 오랫동안 여기에 놓여 있었지요. 도구는 이제 얼마 안 남았을 테지만."

터펜스는 마틸드를 내버려 두고 기다란 나무 상자가 놓여 있는 구석으로 걸어갔다. 세월 탓으로 굳게 닫힌 뚜껑을 애써 열어 보니 빛바랜 붉고 푸른 공과 뒤틀린 타구봉이 나왔다. 그밖에는 거미줄뿐이었다.

"포크너 마님 때 것일 겁니다. 포크너 마님은 대회에 나간 적도 있다고 하더군요."

"윔블던에요?"

터펜스는 미심쩍은 듯 물었다.

"아니, 윔블던은 아닐 겁니다. 맞아요, 지방에서 열린 대회였지요. 이 마을에서 옛날에는 대회가 열렸거든요. 나도 사진관에서 사진을 본 적이 있는데……."

"사진관이라고요?"

"그래요. 마을에 사는 두런스 말이에요. 두런스 아시죠?"

"두런스? 아, 필름이나 그런 것을 파는 사람 말이군요, 그렇죠?"

터펜스는 모호하게 말했다.

"그래요. 실은 지금 가게를 하고 있는 것은 두런스 할아버지가 아니에요. 그 사람의 손자지요. 아니, 어쩌면 증손자일지도 모르겠군. 엽서를 주로 팔고 있지요. 그리고 크리스마스카드와 생일 카드 같은 것도요. 옛날에는 사진을 찍는 일도 했는데. 지금은 다 집어치웠지요. 지난번에 어떤 사람이 그 가게에 찾아와서 증조할머니의 사진이 있었으면 좋겠다고 한 거예요. 하나 가지고 있었는데 찢어졌다나 태워 먹었다나, 아니 잃어버렸다나 하면서 가게에 원판이 남아 있지 않으냐고 물었지요. 하지만 원판은 찾지 못했을 거예요. 하지만 그 가게에는 낡은 앨범이 잔뜩 있을 겁니다."

"앨범 말이지요?"

터펜스가 생각에 잠겨 말했다.

"다른 건 거들어 드릴 일이 없나요?"

"글쎄, 제인이라고 했던가? 그 일을 좀 도와주었으면 좋겠군요."

"제인이 아니고 마틸드입니다. 미틸다도 아니고요. 미틸다도 괜찮은데 말입니다. 어찌 된 일인지 옛날부터 마틸드라고 불렀지요. 프랑스식으로 부르면 그렇게 되나 보죠?"

"프랑스식이 아니면 미국식이겠죠. 마틸드, 루이즈, 그런 식이죠."

토미가 생각에 잠겨 말했다.

"물건을 숨기는 장소로는 안성맞춤 아니에요?"

터펜스가 마틸드의 배 속에 팔을 집어넣으며 말했다. 그리고 낡아빠진 고무공을 꺼냈다. 공은 본래 빨강과 노란색이었지만 지금은 찢어져서 커다란 구멍이 나 있었다.

"아마 아이들이 집어넣었겠지요. 아이들은 아무거나 집어넣길 좋아하잖아요."

터펜스가 말했다.

"옛날부터 그랬지요. 구멍을 보기만 하면요. 하지만 가끔 이곳에 편지를 넣어 둔 젊은이가 있었다는 이야기도 있어요. 우체통 대신 이용한 모양이지요."

"편지를? 누구한테 보내는 편지 말인가요?"

"어떤 젊은 여자에게 가는 것이었겠지요. 하지만 그건 나도 모를 때의 이야기랍니다."

아이작은 평상시처럼 대답했다.

"무슨 일이든 중요한 것은 모두 아이작도 모르는 옛날 이야기네요."

터펜스는 그렇게 말했지만 그것은 아이작이 마틸드의 자세를 적당하게 고쳐 놓고서 온상을 덮을 때가 되었다는 이유를 대면서 그곳을 떠난 다음이었다.

토미는 재킷을 벗었다.

"믿어지지 않는군요. 이런 목마 속에 이렇게 많은 것이 들어 있다니. 이렇게 집어넣는 것이 귀찮지도 않았나 보죠? 더구나 그 뒤로 아무도 이 안을 청소도 하지 않았다니."

터펜스는 긁혀서 상처가 난 먼지투성이의 팔을 마틸드의 배에 있는 구멍에서 빼내면서 좀 헐떡거리며 말했다.

"왜 이 안을 청소해야 했겠어? 왜 그런 생각이 들지?"

"그 말도 맞네요. 하지만 우리 같으면 손을 대지요."

"그야 달리 마땅히 할 일이 없기 때문이지. 이런 일을 해 본들 무엇을 얻을 수 있겠어? 어이쿠!"

"왜 그래요?"

"아! 어딘가에 긁혔나 봐."

토미는 팔을 조금 빼고 자세를 고치더니 다시 안을 더듬었다. 털실로 짠 스카프가 나왔다. 한때는 분명히 나방의 생명을 지탱했고 그 뒤로는 어려운 생활을 해 나가는 사람들에게 물려진 것 같았다.

"별로 쓸 만한 게 못 되는군."

터펜스는 그를 조금 밀어 내고 자기 팔을 집어 넣고는 마틸드에 기대서서 안을 더듬었다.

"못을 조심해."

"이게 뭘까?"

터펜스는 손에 잡히는 물건을 꺼내 보았다. 장난감 버스나 마차의 바퀴 같았다.

"시간 낭비만 하고 있는 것 같아요."

"옳은 말이야."

"어차피 이렇게 된 바에야 모든 것을 없던 걸로 하는 편이 낫겠어요. 어머, 이게 뭐야! 팔에 거미가 3마리나 붙었네. 이제 곧 지렁이 같은 게 나올지도 몰라요. 난 지렁이가 제일 싫은데."

"마틸드 안에 흙속에 사는 지렁이 같은 건 없을 거야. 그 녀석들에게 마틸드는 거처로 마땅치 않을 테니까."

"그래요. 이제 거의 다 나왔나 봐요. 아니, 이게 뭘까? 아, 바늘꽂이 같은데. 별 이상한 것도 다 나오네. 아직 바늘이 꽂혀 있어요. 모두 녹은 슬었지만."

"바느질을 싫어한 아이가 한 짓이군."

"그런 것 같아요."

"아까 책 같은 게 손에 닿았어."

"어머, 그건 도움이 될지도 몰라요. 마틸드의 어디쯤이에요?"

"맹장이나 간장 부근이야."

토미는 의사처럼 말했다.

"오른쪽 옆구리. 수술하는 셈치고 한번 해 볼까?"

"부탁드리겠습니다, 선생님. 뭔지 모르지만 그걸 꺼내는 편이 좋을 것 같아요."

책 같아 보이는 그것은 아주 오래된 것이었다. 종이도 변색이 되었고 실밥이 삭아서 곧 틀어질 것 같았다.

"불어로 된 예절책 같군.『어린이용, 귀여운 가정 교사』."

"네, 저도 같은 생각을 했어요. 아이가 불어 공부를 하기 싫어 책을 없애려고 마틸드 안에 집어 던졌어요. 마틸드 안에 말이에요."

"마틸드가 제대로 서 있었다면 배에 뚫린 구멍에 물건을 넣기가 쉽지 않았을 텐데."

"오히려 아이들이라면 쉽지요. 그 아이는 키도 꼭 알맞았겠지요. 무릎을 꿇고 밑으로 기어 들어가면 되니까. 어머, 매끈매끈한 것도 있네. 동물의 가죽 같은 느낌이에요."

"그만해 둬, 기분 나쁘게! 죽은 토끼나 뭐 그런 것 아니야?"

"아니에요. 털이 없는데요. 별로 멋진 것은 아닌 것 같지만. 어머! 또 못이 나와 있네. 못이 걸려 있나 봐요. 실인지 끈인지 달려 있어요. 이상한데. 그게 아직도 삭지 않고 이렇게 단단하다니."

터펜스는 손에 잡힌 것을 조심스럽게 꺼냈다.

"지갑이군요. 그래요. 고운 가죽이었던가 봐요, 아주 예뻐."

"안을 봐 봐. 들어 있는 것은 없는지."

"뭔가 들어 있는데. 5파운드짜리 지폐가 잔뜩 나오는 건 아닐까요?"

"이젠 쓸 수 없을 거야. 종이는 썩는단 말이지."

"글쎄, 이상하게도 썩지 않는 물건이 많이 있잖아요. 5파운드짜리는 옛날에 아주 좋은 종이로 만들었거든요. 얇지만 아주 오래 간다고요."

"아니, 어쩌면 20파운드짜리일지도 몰라. 살림에 보탬이 될지도."

"뭐라고요? 이 돈 역시 아이작이 모르는 시절의 돈이겠지. 아니면, 그 사람이 찾아냈겠지요. 아니, 어쩌면 100파운드짜리일지도 모르겠어요. 금화도 좋겠죠? 옛날에는 언제나 지갑에 금화가 들어 있었거든요. 마리아 작은할머니도 금화가 가득 들어 있는 커다란 지갑을 가지고 계셨어요. 우리 아이들에게 그것을 곧잘 구경시켜 주셨어요. 프랑스군이 쳐들어왔을 때를 대비한 돈이라고 하셨죠. 틀림없이 프랑스군이었다고 기억하는데. 어쨌든 큰일이 났을 때나 위험할 때 쓰려고 준비해 둔 거라고 하셨죠. 곱고 두꺼운 금화, 언제나 그런 생각을 하셨죠. 어른이 되어서 금화로 가득 찬 지갑을 갖게 되면 얼마나 멋질까 하고요."

"금화로 가득한 지갑을 누구에게서 받을 생각이었는데?"

"누가 준다고는 생각지 않았어요. 어른이 되기만 하면 당연한 권리처럼 내 것이 되는 줄만 알았지요. 그래요. 망토를 입을 수 있는 진짜 어른이 되면 말이에요. 옛날에는 그렇게들 말했다고요. 망토 위에 기다란 털목도리를 두르고 보닛을 쓰고 금화가 가득 들어 있는 커다란 지갑을 가지고 있으면서 학교 기숙사로 돌아가는 손자라도 있으면 언제나 금화를 용돈으로 주죠."

"손녀는 어쩌고?"

"여자아이들은 금화를 가지고 있지 않았던 것 같아요. 하지만 제겐 가끔 5파운드짜리 반쪽을 보내 주셨죠."

"5파운드짜리 반쪽이라고? 그거야 별로 도움이 안 되었겠군."

"아니, 도움이 되었어요. 5파운드를 반으로 잘라서 먼저 반을 보내 주시고 그 다음에 다른 편지 속에 나머지 반을 보내 주셨으니까요. 네, 그렇게 하면 아무도 훔칠 생각을 하지 않을 거라고 생각하셨던 거예요."

"허, 참! 사람에 따라 예방책도 가지가지군."

"그렇고말고요. 그런데 이건 뭘까?"

터펜스가 가죽 케이스 안을 뒤지면서 말했다.

"잠깐, KK에서 나가서…… 바깥 공기를 좀 쐽시다."

토미가 말했다.

두 사람은 KK에서 나왔다. 밖으로 나와 보니까 전리품의 정체가 더욱 분명해졌다. 두툼한 고급 가죽지갑이었다. 세월 탓으로 좀 뻣뻣하긴 했지만 어디 한 군데 상한 곳이 없었다.

"마틸드 안에 들어 있었기 때문에 습기로 상하지는 않았군요. 그런데 토미, 내가 이걸 뭐라고 생각하고 있는지 아세요?"

"모르겠는걸. 뭔데? 어쨌든 돈은 아닌걸. 금화가 아닌 것도 분명하고."

"네, 돈은 아닐 거예요. 난 편지라고 생각해요. 지금도 읽을 수 있을지 모르겠지만. 오래되어 색이 많이 흐려져 있을 테니까요."

토미는 아주 조심조심 구겨지고 누렇게 된 편지지의 주름을 펴 나갔다. 편지지에 쓰인 글자는 굉장히 크고 진한 흑청색 잉크로 씌어진 것이었다.

"회의 장소가 바뀌었다. 켄싱턴 가든의 피터 팬 동상 옆. 25일 수요일 오후 3시 30분. 조안나."

토미가 읽었다.

"틀림없어요. 드디어 우리가 실마리를 잡은 것 같아요."

"런던에 가기로 되어 있던 사람이 서류나 계획서 같은 것을 가지고 특정한 날에 런던으로 가서 누군가와 켄싱턴 가든에서 만나도록 지시를 받았다는 거야? 그걸 마틸드 속에서 꺼내고 넣고 한 것이 누굴까?"

"어린아이는 아니에요. 틀림없이 이 집에 살고 있으면서 여기저기 돌아다녀도 아무도 눈여겨보지 않을 그런 사람이에요. 해군 스파이에게서 뭔가를 받아 가지고는 런던으로 가져갔겠지요."

터펜스는 낡은 가죽지갑을 목에 두르고 있던 스카프에 싸서 토미와 둘이서 집으로 돌아왔다.

"그 안에 이것 말고도 다른 문서가 들어 있을지도 모르지만 대부분은 삭아서 건드리기만 해도 가루가 되어 버리겠지요. 어머, 이건 뭘까?"

홀의 탁자 위에 커다란 포장물이 놓여 있었다. 앨버트가 식당에서 나왔다.

"어떤 사람이 두고 갔습니다, 마님. 마님께 드리라며 오늘 아침 심부름꾼이 가져왔습니다."

"어머, 뭘까?"

터펜스는 포장물을 집어들었다.

토미와 그녀는 거실로 들어갔다. 터펜스는 끈을 풀고 갈색 포장지를 벗겼다.

"앨범이네요. 어머, 편지가 들어 있어요. 그리핀 부인이 보낸 거네요."

베레스퍼드 부인,

지난번에 버스데이 북을 가져다주셔서 감사했습니다. 그걸 보고 있는 동안 옛날에 알았던 여러 사람들이 생각나서 대단히 즐거웠답니다. 사람이란 정말 빨리도 잊어버리고 말더군요. 성은 잊어버리고 이름밖에 생각나지 않는다거나 때로는 그 반대일 때도 있지요. 최근에 이 낡은 앨범을 찾아냈답니다. 사실 제 것이 아니고요. 할머니 것이었다고 생각됩니다만 많은 사진이 들어 있을 뿐만 아니라 할머니가 파킨슨 댁과 아는 사이였기 때문에 파킨슨 집안 사진도 한두 장 들어 있답니다. 당신이 보고 싶어 하실 것 같아서요. 지금 사시는 집의 내력이나 과거 살았던 분들에 대해 대단히 흥미를 가지고 계신 것처럼 보여서요. 일부러 돌려주실 것까지는 없어요. 제게는 정말 아무 의미도 없는 것이니까요. 옛날부터 어느 집이나 숙모님이나 할머님이 쓰시던 물건이 많이 남아 있게 마련인데 저도 얼마 전 다락방에서 낡은 옷장의 서랍을 살펴보던 중 뜻밖에도 바늘꽂이를 6개나 찾아냈답니다. 아주 오래된 것이지요. 저의 할머니가 아니, 할머니의 할머니가 매년 크리스마스마다 하녀들 한 사람 한 사람에게 바늘꽂이를 선물한 것이 틀림없을 거예요. 이것도 할머니의 할머니가 바겐세일 때에 사서 다음 해에 쓰시려던 것 중 일부였겠지요. 물론 지금은 전혀 쓸 수 없는 것이 되어 버렸지만요. 옛날부터 얼마나 많은 낭비를 해 왔는가를 생각하면 때로는 슬픈 생각마저 든답니다.

"앨범이에요. 어쩌면 재미있는 일이 생길지 모르겠네요. 자, 한번 보기로 해요."

두 사람은 소파에 앉았다. 앨범은 전형적인 옛날식이었다. 거의 모든 사진이 퇴색되어 있었지만 터펜스는 자기 집 정원과 일치하는 배경을 가끔 알아볼 수 있었다.

"봐요, 그 칠레 삼나무가 있어요. 여기 좀 봐요. 그 뒤에 있는 것은 트루러브예요. 아주 오래전에 찍은 사진이 분명해요. 귀엽게 생긴 아이가 트루러브에 매달려 있네요. 네, 등나무도 있고 팜파스 잔디도 있어요. 틀림없이 티 파티나 그런 모임이 있었나 봐요. 그렇군요. 많은 사람이 정원의 탁자 둘레에 앉아 있네요. 각자 밑에 이름이 씌어 있어요. 마벨, 미인은 아니네요. 그런데 이 사람은 누굴까?"

"찰스야. 찰스, 그리고 에드먼드. 찰스와 에드먼드는 테니스를 치고 난 뒤였나 봐. 좀 묘하게 생긴 라켓을 들고 있군. 그리고 이건 누군지 모르지만 어쨌든 이름이 윌리엄. 그리고 코츠 육군 소령."

"그리고 여기 있는 것이…… 어머, 토미, 메리예요."

"그렇군. 메리 조던이라고 사진 밑에 이름과 성이 써 있군."

"예쁜 여자였네요. 아주 예쁜데요. 색이 너무 바래고 낡았지만 아, 여보, 메리 조던과 만나게 되다니 반가워요."

"이 사진을 누가 찍었을까?"

"아마 아이작이 말하던 그 사진사겠지요. 그 사람이 옛날 사진을 가지고 있을지도 몰라요. 언제 한번 가서 물어보면 어떨까요?"

토미는 이미 앨범은 뒷전으로 하고 낮에 배달된 편지를 뜯고 있었다.

"여보, 재미있는 거라도 있어요? 3통이네요. 2개는 청구서예요. 틀림없어요. 이건…… 음, 이건 좀 다르네요. 아까부터 재미있는 게 있느냐고 물었잖아요?"

"있을지도 모르지. 내일 또 런던에 가 봐야겠어."

"위원회 사람들과 만나려고요?"

"그런 건 아니지만. 어떤 사람을 찾아가는 거야. 실은 런던이 아니고 런던의 교외야. 해로우 근처."

"무슨 일이죠? 아직 말해 주지 않았잖아요."

"파이커웨이 대령을 만나 볼 생각이야."

"묘한 이름이군요."

"응, 좀 드문 이름이지."

"내가 전에 들어 본 이름인가요?"

"한 번쯤 이야기 중에 나왔을지도 모르지. 1년 내내 담배 연기에 싸여 살아가는 사람이지. 집에 기침약 있어?"

"기침약요? 글쎄…… 아, 있어요. 작년 겨울에 사 둔 게 1통 있어요. 하지만 당신은 기침도 안 하면서요."

"기침 같은 건 안 하지. 하지만 파이커웨이 대령을 만나게 되면 기침이 나올 것 같아. 내가 기억하기로는 헐떡이며 2번쯤 숨 쉬고 나면 숨이 막혀 죽을 노릇이 된다고. 꼭 닫아 둔 창이란 창을 둘러보며 눈치를 줘 봐야 파이커웨이 대령은 도무지 알아차리지도 못하고."

"그 사람이 어째서 당신을 만나고 싶어하죠?"

"몰라. 편지에는 로빈슨 이야기를 비쳤지만."

"어머, 그 노란 사람 말인가요? 얼굴이 통통하고 노랗다는, 비밀에 싸인 인물 말이죠?"

"맞아."

"우리가 맡은 문제도 극비에 속하는 게 아닐까요?"

"그런 사건이 실제로 있었다고는 생각지 않아. 설령 있었다고 하더라도 오랜 옛날 아이작 영감조차 기억 못하는 때의 일이고."

"새로운 죄에는 과거의 그림자가 있다고들 하니까요. 어머, 이 속담이 틀림없나? 분명치 않군요. 새로운 죄에는 과거의 그림자가 있다였나, 아니면 과거의 죄는 긴 그림자가 있다였던가?"

"그런 건 나도 못 외워. 하지만 두 가지 모두 아닌 것 같은데."

"오후에 그 사진사를 만나러 가 봐야겠어요. 같이 갈래요?"

"아니, 난 내려가서 좀 씻어야겠어."

"씻는다고요? 추워서 감기 들어요."

"괜찮아. 차가운 물이라도 뒤집어쓰고 싶은 기분이야. 거미줄이며 더러운 기분을 깨끗이 씻어 버리고 싶어. 아직도 거미줄이 귀와 목언저리, 심지어 발가락 사이에까지 들러붙어 있는 것 같다고."

"정말 이건 아주 지저분한 사건인가 봐요. 어쨌든 난 그 두렐인가 두런스인가 하는 사람을 만나 보겠어요. 아직 뜯어 보지 않은 편지가 1장 더 있죠?"

"그래. 아직 안 봤어. 흠, 그건 도움이 될지도 모르겠는걸."

"누가 보낸 거예요?"

"내 조사원한테서 온 거야."

토미는 좀 점잖을 빼며 말했다.

"서머싯 하우스를 찾아가서 사망이며 결혼이며 출생에 대해 조사하기도 하고 신문이나 인구 조사 신고서를 참고하는 등 영국 전체를 돌아다니고 있지. 꽤 유능한 여자야."

"유능한 데다 미인인가요?"

"눈에 띌 정도의 미인은 아니야."

"다행이군요. 여보, 나이를 먹다 보면 당신도 미인 조수에게 좀 위험한 생각을 갖게 될지도 몰라요. 안 그래요?"

"당신은 성실한 남편을 두고도 그 사실을 잘 모르는 것 같아."

"내 친구들은 모두 남편이란 알 수 없는 존재라고 그러던걸요."

"당신은 나쁜 친구들을 두었군."

5장
파이커웨이 대령과의 면담

 토미는 리젠트 공원을 가로질러 몇 년 만에 지나가 보는 거리를 차례차례 달려가고 있었다. 지난날 벨사이즈 공원 옆 아파트에서 아내와 살면서 햄스테드 히스를 산책하던 일이며 함께 산책에 따라 나서던 사랑스러운 개가 문득 생각났다. 유난히 제멋대로인 개였다. 아파트에서 나오기만 하면 그 개는 언제나 길 왼쪽으로, 즉 햄스테드 히스로 가고 싶어했다. 가게들이 늘어선 오른쪽 거리로 데려가려는 터펜스나 토미의 노력은 대개 헛수고로 끝나 버리곤 했다. 천성이 고집쟁이인 테리어종 제임스는 중량감 있는 소시지 같은 몸을 인도에 찰싹 붙이고 혀를 빼물고는 억지로 끌고 가려는 주인 때문에 힘이 다 빠져 버린 개가 하는 몸짓을 하는 것이었다. 지나가는 사람들은 거의 예외 없이 한마디씩 했다.
 "어머, 저 귀여운 개 좀 봐요. 저 하얀 개 말이에요. 소시지 같지 않아요? 헉헉거리고 있네요. 가엾기도 해라. 개가 가고 싶은 곳으로 주인이 못 가게 하나 봐요. 저런, 아주 지쳤어요. 쯧쯧!"

토미는 터펜스한테서 개줄을 받아들고 제임스가 가고 싶어 하는 쪽과는 반대편으로 완강하게 끌어당겼다.

"어머, 너무해요. 안고 가면 안 돼요, 여보?"

"제임스를 안고 간다고? 이 무거운 개를?"

제임스는 때를 놓치지 않고 소시지 같은 몸을 돌려 다시금 자기가 가고 싶은 쪽을 바라보곤 했다.

"보세요. 가엾게도 집으로 돌아가고 싶어 해요. 그렇지, 제임스?"

제임스는 완강하게 줄을 끌어당겼다.

"그래, 좋아."

터펜스가 말했다.

"가게 가는 건 다음으로 미루기로 해요. 자, 할 수 없으니까 제임스가 가고 싶어 하는 쪽으로 가게 해 줘요. 이렇게 무거운 개를 어쩌겠어요."

제임스는 얼굴을 들고 꼬리를 흔들었다. '당신 말이 맞아요. 이제야 제 마음을 아시네요. 자, 그럼 햄스테드 히스로 가시죠!' 하고 꼬리는 말하는 것 같았다. 매번 그런 식이었다.

토미는 좀 헤맸다. 찾아가는 주소는 알고 있었다. 파이커웨이 대령과 마지막으로 만난 곳은 블룸즈베리였다. 담배 연기가 자욱한 좁고 답답한 방. 주소를 물어 찾아가 보니 키츠(영국의 시인 — 옮긴이)가 태어난 곳에서 그리 멀지 않고 황무지가 내다뵈는 평범하고 자그마한 집이었다. 특별히 예술적이거나 운치가 있어 보이지도 않았다.

토미는 벨을 눌렀다. 뾰족한 코와 뾰족한 턱이 당장에라도 서로 부딪칠 것 같은 마녀 같은 노파가 문을 열고 적의가 가득한 눈길로 그를 노려보았다.

"파이커웨이 대령을 뵐 수 있을까요?"

"글쎄요. 누구시죠?"

"베레스퍼드라고 합니다."

"아, 그래요? 나리께서 말씀하시더군요."

"차를 밖에 세워 둬도 괜찮겠습니까?"

"네, 잠깐이라면 괜찮아요. 이 거리에 순경은 잘 오지 않으니까요. 이 부근에는 노란선도 없어요. 문은 잠가 두는 편이 좋을 거예요. 혹시 모르니까."

토미는 충고에 따른 다음 노파를 따라 집 안으로 들어갔다.

"2층입니다. 그 위로는 더 없답니다."

계단에서부터 지독한 담배 냄새가 났다. 노파는 문을 가볍게 두드리고는 얼굴만 방 안으로 디밀며 말했다.

"나리께서 만나고 싶다던 분입니다. 약속이 되어 있다고 했습니다."

노파는 옆으로 비켜서서 방에 들어서자마자 숨이 콱 막히고 토할 것 같은 담배 냄새 속으로 토미를 들여보냈다. 담배 연기와 니코틴 냄새 말고 파이커웨이 대령에 대해 기억하는 게 또 있을까 하고 토미는 생각했다. 나이가 아주 지긋한 남자가 안락의자에 깊이 파묻혀 있었다. 안락의자는 이미 닳아서 양쪽 팔걸이에는 구멍이 숭숭 나 있었다. 토미가 들어가자 남자는 깊은 생각에 잠긴 얼굴을 들었다.

"문을 닫아 줘, 코프스 부인. 찬바람이 들어오면 안 되지."

그쪽 사정은 그럴지 모르지만 사실 어떤 이유에선지 연기 때문에 허파가 상해 죽게 되는 쪽은 자기가 아닐까 하고 토미는 생각했다.

"토머스 베레스퍼드. 자네와 만나는 게 몇 년 만인가?"

파이커웨이 대령은 감개무량한 듯이 말했다.

토미는 계산을 해 보지 않았다. 파이커웨이 대령이 이어 말했다.

"아주 오래전일세. 어떤 남자와 같이 온 적이 있었지? 아니, 괜찮아. 이름 같은 건 모두 비슷비슷하니까. 장미는 다른 이름을 붙여도 역시 달콤한 냄새가 나잖나? 그건 줄리엣의 대사였나? 셰익스피어는 가끔 등장인물에게 얼토당토않은 말을 하게 하더군. 하긴 시인이었으니까. 『로미오와 줄리엣』은 내 취향에 맞지 않아. 사랑 때문에 자살을 한다는 것은 예를 들라면 얼마든지 있지. 옛날부터 있어 온 일이고 지금도 흔하지. 자, 앉게나, 친구."

여기서도 친구라고 불리어 토미는 좀 놀랐지만 고맙게 생각하며 권하는 대로 따랐다.

"실례합니다."

토미는 그렇게 말하고 하나밖에 없는 의자 위에 잔뜩 쌓여 있는 책을 어떻게든 치우려고 했다.

"책들은 바닥에 내려 두게. 뭣 좀 살펴보던 중이었네. 여하튼 만나서 반갑네. 예전보다 조금 더 늙은 것 같지만 꽤 건강해 보이는군.

동맥혈전으로 고생한 적은 없나?"

"없습니다."

"흠! 다행이군. 심장이나 혈압으로 고생하는 사람들이 정말 많더군. 과로 때문이야. 여기저기 쫓아다니면서 바빠서 죽을 틈도 없다는 둥, 자기가 없으면 되는 일이 없다는 둥, 자기가 얼마나 능력 있는 사람인가 하는 것을 만나는 사람들마다 붙들고 떠들어 대지. 자네도 그렇게 생각하나? 하긴, 자네도 그렇겠지."

"아니, 전 자신이 그렇게 유능한 사람이라고는 생각지 않습니다. 저는…… 네, 요즘은 좀 느긋한 생활을 즐길 생각입니다."

"응, 멋진 생각이군. 다만 골칫거리는 느긋해지려고 해도 가만 내버려 두지 않는 무리들이 주위에 있다는 것일세. 자네는 어째서 그곳으로 이사를 했나? 이름이 갑자기 생각 안 나는데 뭐였더라?"

토미는 자기 집 주소를 댔다.

"응, 그래. 그러면 내가 봉투에 주소는 제대로 적었군."

"네, 편지는 받아 보았습니다."

"로빈슨을 만난 모양이더군. 그 사람은 여전히 열심히 뛰는 모양이야. 여전히 뚱뚱하고, 노랗고, 부자란 말이야. 아마 전보다 훨씬 부자가 되어 있을 거야. 근데 무슨 일로 로빈슨을 만나러 갔나?"

"실은 새로 집을 샀는데 그 집에 얽힌 꽤 오래된 수수께끼를 집사람과 제가 발견했습니다. 로빈슨 씨라면 그 수수께끼를 풀 수 있을지 모른다고 친구가 가르쳐 주더군요."

"그 말을 들으니 생각나는군. 부인을 만나 본 적은 없지만 머리가 좋은 분이지? 그때의 활약은 아주 대단한 것이었네. 생각나나? 그게 무슨 사건이었더라? 교리문답 같은 이름이었는데. 'N 또는 M'이었지?"

"그렇습니다."

"그래, 이번에도 그쪽 일에 손을 댄 모양이군? 이것저것 찾아보기도 하고 수상한 것을 밝혀내려고 하면서?"

"아니, 전혀 다릅니다. 우리가 이사한 것은 지금까지 살던 아파트가 싫증이 났기 때문입니다. 게다가 집세가 점점 올라가서요."

"치사한 방법이야. 그것이 요즘 집주인들의 수법이지. 만족할 줄을 모른단 말이야. '거머리의 두 딸'(구약 잠언 30장 15절. 만족할 줄 모르는 사람이라는 뜻 — 옮긴이) 이야기 같은 것을 꺼내면서 말일세. 거머리의 아들도 성미가 나쁘기는 마찬가진데. 좋아, 자네들은 다만 그곳에 가서 살려고 이사했다고 치세. 사람은 자신의 동산을 개척해야 하지."

파이커웨이 대령은 불쑥 불어를 곁들였다.

"녹슬기 시작한 불어 공부를 하고 있는 것일세. 우리 나라도 앞으로 EEC와 원만히 해나가야 되겠지? 그런데 이상한 움직임이 있어. 암암리에, 겉으로 보아서는 모르지만. 그러니까 자네는 '제비 둥지'라는 저택으로 이사했단 말이지? 이사한 이유를 알고 싶네."

"저희가 산 집은 지금은 '월계수 저택'으로 불리고 있습니다."

"시시한 이름이군. 한때 그런 이름이 유행하기도 했지. 내가 어릴 때의 이야기네만 우리 동네 집들은 모두 빅토리아 왕조식의 넓은

차도가 건물까지 이어져 있었지. 어느 집이나 판에 박은 듯이 자갈이 두툼하게 깔려 있었고 양쪽으로 월계수 나무가 줄지어 있었어. 윤기가 흐르는 녹색과 반점이 들어 있는 것들 말이야. 겉치레를 한다는 이야기일세. 자네 집도 전에 살던 사람이 그렇게 부르던 것이 굳어져 버린 거겠지, 그렇지 않은가?"

"아마 그럴 겁니다. 바로 앞서 살았던 일가는 아닙니다만 전에 살던 일가는 '카트만두'였던가? 어딘가 마음에 드는 외국 땅에서 지낸 적이 있었기 때문에 그렇게 불렀나 봅니다."

"그렇군. '제비 둥지' 저택은 훨씬 옛날이었군. 하지만 때로는 옛날로 돌아갈 필요가 있다네. 실은 그걸 자네에게 이야기할 생각이었네. 옛날로 돌아간다는 것을 말이야."

"대령님도 알고 계셨습니까?"

"'제비 둥지', 아니 지금의 '월계수 저택'을 말인가? 아니, 그곳에 가 본 적은 없네. 하지만 그 집은 어떤 사건으로 갑자기 세상에 알려지게 되었지. 그 집은 과거에 어떤 사건과 관련이 있었다네. 우리나라로서는 지극히 우려할 만한 때였지."

"대령님은 메리 조던이라는 사람에 대해 정보를 얻었을 것 같은데요. 아니면 그런 이름으로 통한 사람에 대해서요. 로빈슨 씨한테서 그렇게 들었습니다."

"어떤 여자인지 알고 싶나? 벽난로 선반에 가 보게. 왼쪽에 사진이 있으니까."

토미는 자리에서 일어나 벽난로 앞으로 가서 사진을 집어 들었다. 보기만 해도 옛날 냄새가 나는 사진이었다. 차양이 넓은 모자를 쓴 젊은 여자가 장미 꽃다발을 머리 앞에 들고 있었다.

"지금은 우습게 보이지? 하지만 뛰어나게 예쁜 아가씨였네. 그런데 불행한 일이야. 젊은 나이에 죽어 버렸으니. 가슴 아픈 이야기지."

"저는 이 여자에 대해 아무것도 모릅니다."

"응, 그렇겠지. 지금은 아는 사람이 아무도 없네."

"그 마을에서는 메리가 독일 스파이였다는 이야기가 있었습니다. 로빈슨 씨는 그렇지 않다고 말씀하셨습니다만."

"그래, 그건 맞는 말일세. 메리는 우리 조직의 일원이었네. 일을 멋지게 처리했지. 그런데 어떤 녀석이 눈치를 챈 걸세."

"파킨슨 일가가 '월계수 저택'에 살고 있을 때의 일이군요."

"아마 그럴 거야. 자세한 이야기는 나도 모르네. 지금은 아는 사람이 아무도 없어. 나 역시 직접 관계했던 것은 아닐세. 그런 일이란 차츰 알게 되는 것이지. 그래, 분쟁은 옛날부터 있었으니까. 어느 나라에나 분쟁이 있지만 그것도 어제오늘 시작된 일이 아닐세. 암, 그렇고말고. 100년 전으로 거슬러 올라가보게. 그때도 분쟁은 있었어. 그리고 거기서 다시 100년을 거슬러 올라가도 마찬가지일세. 십자군 시절로 거슬러 올라가 보아도 알 테지. 누구나 앞을 다투어 힘차게 예루살렘 해방의 길에 올랐는가 하면 국내에서는 가는 곳마다 폭동이 일어났던 거야. 와트 타일러(1381년 영국에서 일어난 농민 봉기 —옮긴이)를 필두로 하는 무리들이지. 이런저런 분쟁이란 옛날부터 있었네."

"지금도 특별한 분쟁이 있다는 말씀입니까?"

"물론이지. 언제라도 분쟁이란 있는 것일세."

"어떤 분쟁입니까?"

"그건 모르겠네. 나 같은 늙은이에게까지 찾아와 어떤 사람에 대해 기억하고 있는 것을 말해 달라고 하지만 나 역시 별로 기억에 남아 있는 것은 없다네. 그러나 한두 사람에 대한 것은 알고 있지. 때로는 과거로 거슬러 올라가서 조사해 볼 필요가 있네. 과거의 사건을 알아야 한다는 말이지. 과거에 누군가가 품고 있었던 비밀, 그들이 가슴에 묻어 두었던 정보, 그들이 감추어 둔 물건, 그들이 공표한 허위 사건이나 그 진상 같은 것들을 말일세. 지금까지도 자네는 좋은 일을 해 왔네. 부인과 둘이서 한 적도 있었지. 자, 이번에도 한번 해 볼 생각인가?"

"모르겠습니다. 제가 할 수 있는 일이 있을까요? 저도 이제 나이를 먹어서요."

"아니야. 내가 보기에 자네는 같은 연배의 사람들보다 훨씬 더 건강해 보이네. 아니, 더 젊은 사람들보다도 튼튼해 보여. 거기에다 부인 말인데 그 사람은 옛날부터 비밀을 알아내는 게 특기가 아니었나? 잘 훈련시킨 개처럼 말일세."

토미는 웃음을 참을 수가 없었다.

"그렇긴 합니다만 이번 건 대체 어떤 일일까요? 대령님이 그렇게 저를 보아 주시니 저도 할 수만 있다면 어떤 일이라도 할 생각입니다. 그렇지만 아는 것이 없습니다. 말해 주는 사람도 없었고요."

"말을 안 하겠지. 내가 말해 주는 것도 환영하지 않을 걸세. 로빈슨도 별로 말해 주지 않았을 거야. 워낙 입이 무겁거든. 그럼, 내가 말해 주지. 사실 그대로를 말일세. 자네도 요즘 세상이 어떤 상태인지 알걸세. 하긴, 어느 시대에도 세상 돌아가는 건 마찬가지였지만 폭력, 사기, 물질 만능, 젊은이들의 반항, 난무하는 폭력과 새디즘, 히틀러 시대에 못지않은 타락, 별의별 것이 다 있지. 우리나라만의 일도 아닐세. 어느 나라에나 있는 문제의 뿌리를 찾아내려고 해도 그건 용이한 일이 아니네. 그건 잘한 일일세, 공동 시장 말이야. 그거야말로 우리 나라가 오래전부터 필요로 해온 것이며 바라던 것이지. 그러나 진정한 공동 시장이어야만 하네. 그 점이 분명히 이해해야 해. 유럽 제국과 연합이 이루어지지 않으면 안 되네. 문명화된 사상과 신념, 그리고 원칙을 가진 문명화된 나라와의 연합이 이루어져야 된다는 얘기지. 첫째는 잘못된 곳이 있으면 그 잘못된 곳이 어딘가를 알아야겠지. 그 부근에서 노랑 고래는 아직도 거들먹거리고 있다네."

"로빈슨 씨를 말씀하시는 거군요."

"그렇다네. 전에 로빈슨에게 작위를 주자는 이야기가 있었지만 그는 사양했다네. 그 일만 보아도 로빈슨의 속을 읽을 수가 있지."

"그러니까 로빈슨 씨의 목적은…… 돈이군요."

"맞았네. 물질주의는 아니고…… 돈이라는 것을 그 남자는 알고 있는 거야. 돈이 어디서 어디로 흐르는지, 왜 흐르는지, 그리고 그 뒤에 누가 있는지도 알지. 은행이나 대기업 뒤에 있는 사람, 어떤 현상에 책임을 져야 할 사람도 로빈슨은 알고 있을 걸세. 돈에 대한 신앙과 거대한 부를 안겨 주는 마약, 전 세계로 보내지고 거래가 이루어지고 있는 이 마약의 출처들을 말일세. 돈이라고 해도 커다란 집이나 롤스로이스 2대를 사기 위한 돈 같은 것이 아닐세. 더 많은 돈을 벌고 옛날부터 이어진 신념을 조금씩 무너뜨려 마침내 송두리째 뽑아 버릴 만한 돈이지. 성실성이나 공평한 거래에 대한 신념 말이네. 세상 사람들은 일률적인 평등 같은 것을 원치 않네. 강자가 약자를 돕기를 바라고 있지. 부자가 가난한 사람들을 위해 돈을 내놓기를 바라고 있는 것이네. 사람들은 정직하고 훌륭한 사람을 우러러보고 존경하길 원해. 돈! 이제는 무슨 일이든 돈으로 귀착이 되네. 돈이 어떻게 움직이고 있는가, 어디로 흘러가는가, 무엇을 가져다주고 있는가, 어느 정도 숨겨져 있는가? 지난날 권력을 마음대로 주무르고 아는 것도 많은 사람들이 있었지. 권력과 아는 것을 이용하여 거대한 부를 이룩했지만 그들의 활동 중 일부는 수수께끼로 되어 있었다네. 우리는 그것을 밝혀내야만 하네. 그들의 비밀은 어떤 사람에게 전해져서 계승이 되었는가, 그리고 지금 그것을 관리하고 있는 사람은 누구인가를 알아내는 것일세. '제비 둥지' 저택은 일종의 본부였지. 악의 본부였다고 해야 할까? 할로케이에서는 그 뒤에도 또 다른 사건이 있었다네. 조너선 케인이라는 사람을 아는가?"

"처음 들어 보는 이름입니다."

"조너선 케인은 한때 존경받았던 인물이었지만 나중에 파시스트로 드러났지. 히틀러와 그 일당이 어떻게 될지 아직 모르던 때의 이야기일세. 당시는 파시즘 같은 것이야말로 세계를 개혁하는 뛰어난 사상이라고 생각되었다네. 조너선 케인이라는 남자에게는 신봉자가 있었어. 신봉자가 아주 많았다네. 청년층과 중년층이 많았지. 그는 계략과 권력의 원천을 거머쥐고 많은 사람들의 비밀을 알았다네. 그에게 권력을 가져다 줄 수 있는 지식을 차곡차곡 쌓아 가고 있었던 거지. 공갈의 재료를 잔뜩 긁어모았던 거야. 우리는 조너선 케인이 알고 있었던 일, 그가 한 일을 알고 싶다네. 그는 자기의 계략과 신봉자들을 후세에 남겼을 거야. 그의 사상에 물든 젊은 녀석들은 아마 아직도 그 사상을 지지하고 있겠지. 비밀이 있는 거야. 돈이 될 수 있는 비밀이라는 것이 어느 세상에나 있는 것일세. 나도 확실히 모르므로 정확한 이야기는 할 수 없지만. 곤란한 것은 어느 누구도 그 진상을 모른다는 것일세. 사람들은 누구나 자기가 경험한 것에 대해서는 모두 알고 있다고 생각하지. 전쟁, 혼란, 평화, 새로운 정치 집단, 그런 것들을 모두 알고 있다고 누구나 생각하고 있네만 정말 그럴까? 세균전에 대해 우리는 조금이라도 알고 있나? 독가스에 대해, 혹은 대기 오염의 원인에 대해 모든 것을 알고 있나? 화학자에게도, 해군이나 공군에도 모두 나름대로의 비밀이 있다네. 온갖 종류의 비밀 말일세. 그런데 그것은 현재의 비밀만이 아닐세. 그중에는 과거의 비밀도 있지. 공개될 단계에까지 왔지만 결국 햇빛을 보지 못하고 끝나 버린 비밀도 있네. 시간이 모자랐던 것일세. 그러나 그 비밀은 문서에 남겨졌네. 혹은 누군가의 손에 맡겨져서 그 사람에게서 자식에게, 다시 그 자식의 자식에게로 계속 이어져 왔을지도 모르지. 또는 유서나 서류 같은 것으로 남겨져서 때가 오면 발표하도록 변호사에게 맡겨 두었을지도 모르고.

개중에는 자기 수중에 무엇이 굴러 들어왔는지 모르는 사람도 있을 것이고 쓸모없는 것이라 생각하고 재로 만들어 버리는 사람도 있겠지. 하지만 우리로서는 좀 더 그 규명에 힘을 기울이지 않으면 안 되네. 그렇게 자주 사건이 일어나는 것을 생각하면 말일세. 온 나라 모든 지역, 전쟁을 치르는 베트남, 게릴라전 중이거나, 요르단, 이스라엘, 나아가서는 전쟁과는 아무 관련도 없는 나라들에서도 있지. 스웨덴, 스위스 등 어디에서나 일어나고 또 그런 사건을 볼 때마다 우리는 어떻게든 실마리를 잡으려고 하지. 그런데 그 실마리는 과거에서 찾을 수 있다는 생각이 일부에서 일고 있네. 물론 과거로 돌아갈 수야 없지. 의사한테 가서 '제게 최면을 걸어 1914년에 일어난 사건을 보게 해 주십시오.' 하고 말할 수는 없는 거거든. 1918년, 아니면 좀 더 이전이었나? 아마 1890년이었을 것이네. 어떤 계획이 준비되었어. 결국 실행되지는 못했지만. 아이디어야. 먼 옛날을 돌아보게. 중세 사람들은 하늘을 날 생각을 하고 있었네. 그들은 거기에 대해 어떤 아이디어를 가지고 있었네. 고대 이집트인도 무슨 아이디어를 가지고 있었던 것 같아. 그 생각은 발전하지 못한 채 끝나 버렸네. 하지만 그것이 계승되어 가는 가운데 그것을 발전시킬 수단과 지적 힘을 가진 사람의 수중에 들어가는 때가 오면 그때는 어떤 일이 일어날지 모른다네. 선악은 덮어 두고 말일세. 최근에 와서 우리는 느끼고 있다네. 지금까지 발명한 몇 가지, 예를 들면 세균전 같은 것은 보기보다 중요하고 비밀스러운 발전 단계를 거쳐 왔다고 생각하지 않고는 설명하기 어렵다네. 그런데 그것을 발명한 사람이 다시 손을 가하여 실로 놀라운 결과를 가져올 만한 것을 만들어 낸 것일세. 사람의 성격을 바꾸고 선량한 인간을 악마로 바꿀 수도 있는 것을 말이야. 그 이유는 언제나 같다네. 돈 때문이지. 돈, 돈으로 살 수 있는 것, 돈으로 손에 넣을 수 있는 것을 위해서 말일세. 돈의 힘으로 더 키워나갈 수 있는 권력 때문이지. 자, 베레스퍼드, 자네는 그런 일들을 어떻게 생각하나?"

"등골이 오싹한 이야기군요."

"그렇지. 자네는 내 이야기가 우스개로 생각되나? 단지 늙은이의 망상에 지나지 않는다고 생각하나?"

"아닙니다. 대령님은 사물에 정통하신 분입니다. 옛날부터 그랬지요."

"응, 그러니까 모두들 나를 찾는 것 아닌가? 연기로 숨이 막히니 어쩌니 군소리를 해 가면서도 나를 찾아오지. 그건, 그래 그 무렵이었어. 바로 그 프랑크푸르트 일당의 사건 무렵이었어.(『프랑크푸르트 행 승객』의 내용 — 옮긴이) 우리는 그것을 겨우 막아 냈지. 사건의 배후 인물을 밝혀 겨우 막았던 것일세. 이번 경우에도 누군가가, 그렇다고 한 사람은 아니야. 여러 사람이 배후에 있을걸세. 설령 배후 인물을 밝혀낼 수 없다고 해도 일의 경위는 알 수 있겠지."

"그렇죠. 무슨 뜻인지 대충 알겠습니다."

"흠, 정말 우스갯소리라고는 생각지 않나? 공상 같다는 생각은?"

"아무리 공상 같다고는 해도 사실이 아니라고 말할 수는 없지요. 적어도 지금까지 제법 긴 삶을 살아오면서 저는 그것을 알게 되었습니다. 설마라고 생각되는 일이 사실이었던 거지요. 믿어지지 않는 일이 뜻밖에도 사실이더군요. 하지만 이 점은 알아 주셨으면 합니다 다만 저는 그럴 만한 그릇이 못 됩니다. 과학적 지식도 없고요. 옛날부터 계속 보안 일만 해 왔으니까요."

"하지만 옛날부터 자네는 진상을 밝혀내는 재능을 가진 사람이었네. 자네와 자네 부인 말일세. 자네 부인은 냄새를 맡는 재능이 있고 진상을 밝혀내는 일을 좋아하지. 부인과 함께 조사해 보는 게 좋을 걸세. 자네 부인 같은 여자는 반드시 비밀을 캐내고 만다네. 젊고 미인이라면 데릴라처럼 교활하게 일을 해낼 거고 나이를 먹으면 응, 내게도 늙은 작은할머니가 계셨는데 그 작은할머니는 비밀이란 비밀은 여지없이 진상을 밝혀내곤 했었지. 이번 사건에는 금전적인 면도 있네. 그걸 알고 있는 사람이 로빈슨이야. 그 사람은 돈에 대해 알지. 돈이 어디로 흐르는지, 어떤 역할을 하는가를 모두 알고 있네. 돈에 대해서는 통달한 거지. 의사가 맥을 짚어 보는 것과 같아. 로빈슨은 돈 임자의 맥을 짚을 수가 있네. 돈의 출처가 어디며, 누가, 왜, 무엇 때문에 돈을 움직이는가와 같은 것을 말일세. 나는 그 사건을 자네에게 맡길 생각이네. 그것은 자네가 마침 안성맞춤의 처지에 있기 때문일세. 자네는 우연히 그 집에 살게 되었네. 그것은 사람들이 추측할 만한 그런 이유에서가 아닐세. 잘 생각해 보게. 자네 부부는 여생을 보낼 만한 적당한 집을 찾아내서 그 집의 궁금한 부분을 건드려 보기도 하고 소문 같은 것에도 관심을 갖는 아주 평범한 은둔 생활을 하고 있는 노부부에 지나지 않으니까. 언젠가 어떤 글이 자네들에게 무엇인가를 가르쳐 줄 걸세. 내가 자네한테 바라는 건 그것뿐일세. 찾아보게나. 과연 전해 내려오는 이야기 속에 행복한 과거나 불행한 과거가 있는지 말이야."

"잠수함의 설계도인가 하는 것에 얽힌 해군의 부정 행위가 아직도 소문거리가 되고 있더군요. 지금도 그 이야기를 하는 사람들이 있거든요. 그런데 분명하게 알고 있는 사람은 없는 것 같습니다."

"응, 그렇군. 그쯤에서 손을 대 보는 게 좋겠어. 대체로 그 사건이 있었던 무렵이지. 조너선 케인이 자네 마을에 살고 있었던 것이 말일세. 해안 가까이에 방갈로를 두고 그 일대를 중심으로 선전활동을 했다네. 그들은 굉장한 사람이라고 생각했었네. 조너선 케인을 말이야. Kane이야. 하지만 나는 그렇게 쓰고 싶진 않네. 나라면 Cain(성경에 나오는 카인. 동생 아벨을 죽인 인물 — 옮긴이)이라고 쓰지. 그편이 그 남자의 정체를 더 잘 나타낸다고 생각하거든. 그는 폭파를 도모했고 폭파 방법을 가르쳤어. 그러고 나서 영국을 떠났지. 그 뒤 이탈리아를 지나 더 먼 나라까지 발을 뻗쳤다는 거야. 어디까지가 소문인지 모르겠지만. 그는 러시아, 아이슬란드, 미 대륙에도 갔다네. 어디에 가서 무엇을 했으며, 누가 동행했고, 누가 그의 말에 공감했는가, 그런 일은 전혀 모르네. 하지만 우리는 그가 비록 단순한 것일지라도 무엇인가를 알고 있었다고 생각하는 걸세. 이웃사람들 사이에서 인기가 있어 점심 식사에 초대를 하기도 하고 받기도 했었다네. 자네에게 한 가지 말해 두어야 할 것이 있네. 조심하게. 찾아내는 것은 좋지만 둘 다 부디 몸조심하게. 그리고 자네 부인도 잘 보호해야 할 걸세. 부인 이름이 뭐였더라? 프루던스였던가?"

"프루던스라고 부르는 사람은 아직 없었습니다. 터펜스입니다."

"응, 그래. 터펜스를 잘 지켜 주게. 그리고 자네 자신도 신경 쓰도록. 먹는 것, 마시는 것, 가는 곳, 자네들과 친해지려는 사람들도 조심해야 하네. 정보가 좀 들어오고 있다네. 이상하고 말도 안 되는 정보가 말이네. 의미가 있을 듯한 옛날 소문도 들어오지. 자손이나 친척 같은 사람이라든지, 옛날 누구와 아는 사이였다는 사람들 말일세."

"하는 데까지는 해 보겠습니다. 집사람도요. 하지만 잘 되리라고는 생각지 않습니다. 둘 다 나이가 있어서요. 그렇다고 사정을 잘 알고 있는 것도 아니고 말입니다."

"좋은 아이디어는 있겠지?"

"있지요. 터펜스가 어떤 아이디어를 가지고 있습니다. 우리 집에 무엇인가가 숨겨져 있는 것은 아닌가 생각하고 있습니다."

"그럴지도 모르지. 전에 같은 생각을 한 사람이 있었다네. 하지만 지금까지 발견한 사람은 없었지. 처음부터 조금이라도 확신이 있어서 조사를 시작한 건 물론 아니었지만 말일세. 사람도 집도 자꾸만 바뀌니까. 집을 사들이고 다른 일가가 이사를 오고, 또 다른 일가가 이사 와서 집주인이 바뀌고…… 그런 식으로 이어졌지. 레스트랜지 일가 다음이 모티머 일가, 그다음이 파킨슨 일가, 파킨슨 일가한테서는 별로 얻을 것이 없네. 남자아이 하나 말고는."

"알렉산더 파킨슨 말이군요?"

"알렉산더에 대해 알고 있군. 그건 어떻게 알았나?"

"알렉산더는 스티븐슨의 책 안에 메시지를 남겼습니다. '메리 조던의 죽음은 자연사가 아니었다.'라고요. 저희가 찾았습니다."

"인간이란 누구나 각자의 운명이 자신의 목을 조른다. 이런 속담이 있었던가? 계속하게. 자네 둘 다 말일세. 자, 이제 운명의 문으로 들어가 보게나."

6장

운명의 문

두런스 씨의 가게는 마을로 가는 길에 있었다. 모퉁이에 있었는데 진열장에 사진이 몇 장 걸려 있었다. 결혼식에 참석한 사람들이 함께 찍은 사진이 2장, 융단 위에서 발을 바둥거리고 있는 갓난아이 사진, 연인과 팔짱을 낀 콧수염을 기른 젊은이 사진 등. 어느 것이나 별로 그럴듯한 솜씨는 아니었으며 세월이 느껴지는 사진이었다. 가게 안에는 엽서가 꽤 많이 갖추어져 있었다. 생일 카드는 친척 관계끼리 정리가 되어 다른 선반에 따로 들어 있었다. 남편에게, 아내에게, 그리고 갓난아이에게 보내는 것이 한두 장 있었다. 그밖에는 싸구려 지갑이 몇 개, 그리고 문방구며 꽃무늬가 들어 있는 봉투도 조금 놓여 있었다. '메모용'이라는 딱지가 붙은 꽃무늬 상자에는 크기가 작은 편지지가 있었다.

터펜스는 한동안 가게의 여기저기에서 어떤 가게에도 있을 법한 상품을 만져 보기도 하면서 주인이 어떤 손님이 가져온 사진에 대한 평가나 조언을 해 주는 일이 끝나기를 기다리고 있었다.

잿빛 머리와 흐릿한 눈을 가진 노부인이 손님의 요구에 응해 주고 있었다. 수염을 기르고 머리가 황갈색인 청년이 주임인 모양이었다. 그는 뭘 찾느냐는 듯한 눈길을 터펜스에게 보내면서 카운터 쪽으로 걸어왔다.

"어떤 걸 찾으시죠?"

"예, 앨범에 대해 여쭙고 싶어서요. 사진 앨범 말이에요."

"아, 사진을 붙일 만한 것을 찾으시는군요. 네, 한두 권 있습니다. 요즘은 그리 흔치 않습니다. 사람들이 대부분 슬라이드를 좋아하거든요."

"네, 알고 있습니다. 하지만 저는 앨범 수집을 하거든요. 옛날 앨범 말이에요. 자, 보세요. 이런 거랍니다."

터펜스는 지난번 받은 앨범을 마치 마술사처럼 꺼냈다.

"아니, 이건 꽤 오래된 물건이군요? 음, 50년도 더 된 것 같군요. 그때는 물론 이런 것이 많이 쓰이고 있었지요. 어느 집이나 앨범이 있었으니까요."

"버스데이 북도 있었지요."

"버스데이 북? 예, 기억납니다. 할머니가 가지고 있었지요. 사람들의 이름이 잔뜩 씌어 있더군요. 저희 가게에는 지금도 생일 카드를 취급합니다만 요즘은 별로 사 가는 손님이 없어요. 그것보다는 발렌타인 카드와 크리스마스카드가 더 많이 팔리지요."

"저도 이 가게에 옛날식 앨범이 있을 줄은 몰랐어요. 지금은 어느 누구도 탐내지 않는 물건이니까요. 하지만 저처럼 수집을 하는 사람에게는 흥밋거리지요. 종류가 다른 것들을 모아 보고 싶거든요."

"네, 요즘은 어느 분이나 수집을 하더군요. 믿어지지 않는 것들까지도 수집하는 사람들이 있답니다. 어쨌든 이렇게 오래된 앨범은 우리 가게에 없을 것 같군요. 하지만 한번 찾아는 보겠습니다."

두런스는 카운터 뒤를 돌아서 벽에 붙은 서랍을 당겨 열었다.

"온갖 잡동사니가 다 들어 있답니다. 언제 정리를 해 볼까 생각했습니다만 팔리기나 할는지 알 수가 없어서요. 이 마을에도 결혼식은 많이 있었습니다. 하지만 갓 결혼했을 때뿐이지요. 신혼 때에는 여러 사람이 찾아옵니다만 옛날 결혼식일로 오시는 분은 없답니다."

"'우리 할머니는 이 마을에서 결혼했어요. 할머니의 결혼식 사진이 혹시 없나요?' 하고 찾아오는 사람은 없다는 이야기군요."

"그런 사람은 여태껏 한 명도 없었습니다. 하지만 모르죠. 때로는 묘한 것을 찾으러 오는 사람도 있으니까요. 갓난아기의 원판이 남아 있지 않으냐며 찾아오는 손님도 가끔 있거든요. 아시겠지만 모정이라는 게 그런 것 아니겠습니까? 아기가 갓 태어났을 때의 사진을 원하는 거지요. 아무튼 대개는 도저히 볼 만한 것이 못 되는 사진입니다. 때로는 경찰에서 올 때도 있죠. 신원 확인을 위해서 말입니다. 소년이었을 때 여기서 살았던 어떤 남자가 있었는데 경찰은 그가 어떻게 생겼는지, 아니 그것보다는 그때 당시에 어떤 모습이었는지를, 그리고 그 사람이 살인자나 사기꾼으로 현상 수배된 인물과 동일인인지 조사하고 싶어 한답니다. 그런 일은 때로 좋은 기분 전환이 되지요."

두런스는 만족스러운 미소를 지으며 말했다.

"범죄에 대해 꽤 흥미를 가지신 것 같군요."

"그야 사건 기사가 매일 눈에 띄니까요. 대개 '그 남자가 반년쯤 전에 아내를 살해했다고 추정되는 이유는 무엇인가?'라는 식이지요. 어때요, 흥미진진하죠? 그런데 그 부인이 아직 살아 있다는 설도 있거든요. 그런가 하면 남편이 어딘가에 묻어 버린 채 아직 시체를 찾아내지 못했다고도 하고요. 그런 식이랍니다. 그럴 때 그 남자의 사진이 있으면 도움이 될지도 모르지요."

"네, 저는 이만 돌아가야겠어요."

터펜스는 두런스와 친한 사이가 되긴 했지만 정작 도움이 될 만한 이야기는 알아낼 수 없을 것 같다는 생각이 들었다.

"혹시 댁에 사진이 남아 있을지 모르겠네요. 이름이 메리 조던이라든가? 그런 사람이었는데 아주 옛날 일이라서요. 한 60년은 되었을 거예요. 이 마을에서 죽었는데."

"그렇다면 제가 태어나기 훨씬 전 이야기군요. 아버지는 사진을 꽤 많이 모아 두셨습니다. 워낙 절약하시는 분이었기 때문에 무엇이든 버리는 것을 아까워했거든요. 아버지는 아는 사람의 일은 거의 기억하고 있었습니다. 특히 무슨 사정이나 까닭이 있는 사람에 대해서라면 더 말할 것도 없지요. 메리 조던? 기억에 남아 있는 듯도 하군요. 해군이나 잠수함과 관계 있는 일 아닙니까? 스파이였다는 소문이 나돌았지요? 반은 외국인이었을 겁니다. 어머니가 러시아인이었던가, 독일인이었던가, 아니, 일본인이었을지도 모르죠."

"네, 전 단지 메리의 사진이 혹시 있을까 해서 이렇게 찾아왔답니다."

"글쎄, 없을 겁니다. 언제 한가할 때 찾아보죠. 혹시 찾게 되면 연락드리겠습니다. 부인은 작가이신 모양이죠?"

두런스는 기대에 찬 목소리로 말했다.

"네, 그것이 본업인 셈이에요. 책을 하나 내 볼까 해서요. 100년 전부터 현재까지의 일을 시대별로 돌아보는 일이거든요. 옛날부터 범죄라든가 모험이라든가 호기심을 갖게 하는 온갖 사건들이 있었으니까요. 게다가 오래된 사진은 아주 흥미롭고 삽화로 이용하면 책이 훨씬 돋보이죠."

"네, 제가 할 수 있는 일이라면 무엇이든 돕도록 하죠. 재미있으시죠? 부인이 하고 계신 일 말입니다."

"전에 파킨슨이라는 일가가 있었는데 옛날 우리 집에서 살고 있었나봐요."

"아니, 언덕 위에 있는 그 집에 살고 계십니까? 월계수 저택이라든가 카트만두 저택이라든가, 전에 부르던 이름은 잊었습니다. 옛날에는 '제비 둥지' 저택이라고 부르던 때도 있었나 봐요. 이유는 모르지만."

"지붕에 제비집이 잔뜩 있었던 게 아닐까요? 지금도 있거든요."

"그럴지도 모르겠군요. 하지만 집 이름치고는 이상한 이름이죠."

터펜스는 거기서 무엇인가 얻게 될 거라는 기대는 별로 하지 않았지만 어쨌든 만족할 만한 친분을 맺게 되었다. 그녀는 엽서와 문방구 중에서 꽃무늬가 든 노트를 몇 권 사고 나서 두런스와 헤어졌다. 그녀는 월계수 저택 정문으로 들어가서 집 앞까지 이어진 차도를 걸어가다가 도중에 생각을 바꾸고는 건물 뒤쪽으로 이어진 좁은 길로 구부러져 다시금 KK를 조사하러 갔다. 문 가까이까지 가서 문득 발을 멈추었다가 다시 걷기 시작했다. 언뜻 보기에 옷이라도 뭉쳐 놓은 듯한 것이 문 옆에 뒹굴고 있었다. 전에 마틸드에서 꺼내 놓은 것인데 조사해 볼 생각도 안 한 것이었다.

그녀는 걸음을 재촉해서 가까이 다가갔다. 문 바로 옆에까지 가서 갑자기 멈춰 섰다. 헌옷 뭉치가 아니었다. 옷은 분명히 낡았고 그것을 입고 있는 몸뚱이도 역시 늙은 사람이었다. 터펜스는 엎드렸다가는 다시 일어나 손으로 문을 잡고 몸을 지탱했다.

"아이작! 아이작 영감님! 가엾어라. 그래, 틀림없이 죽었어!"

그녀가 뒷걸음치며 그렇게 소리쳤을 때 집 쪽에서 누가 좁은 길을 따라 걸어오고 있었다.

"오, 앨버트, 앨버트! 큰일났어. 아이작이, 아이작 영감님이 쓰러지셨어. 죽은 것 같아. 틀림없이, 틀림없이 살해당한 거야."

7장

검시 재판

의학적 증거가 제출되었다. 문 가까이에 있었던 두 사람이 증언을 했다. 아이작의 가족이 그의 건강 상태에 대해 증언하고 그에게 원한을 품을 만한 사람들은(전에 그에게 무단출입을 제지당한 일이 있는 젊은이 한둘이 있었다) 경찰의 출두 요청을 받고 결백을 주장했다. 맨 마지막으로 그를 고용한 프루던스 베레스퍼드 부인과 남편인 토마스 베레스퍼드를 비롯해서 그를 고용한 적이 있던 사람들이 진술을 했다. 진술과 법적 절차가 모두 끝나고 배심원의 판정이 내려졌다. 단독 혹은 집단 범행으로 아직 밝혀지지 않은 사람에 의한 의도적인 살해라는 것이다.

터펜스는 심리에서 풀려났다. 토미는 한쪽 팔로 그녀를 감싸며 법정 밖에서 기다리고 있는 몇몇 사람들을 지나쳤다.

"훌륭했어, 터펜스."

정원 문을 통해 건물로 가면서 토미가 말했다.

"정말이야. 다른 사람들보다 훨씬 훌륭했어. 입장도 아주 분명했고 목소리도 또렷했어. 검시관도 당신 진술에 무척 만족하는 것 같더군."

"누가 내 진술에 만족해하는 게 무슨 소용이에요. 난 견딜 수 없어요. 아이작 영감이 그렇게 머리를 얻어맞고 살해당하다니."

"아이작에게 원한을 품은 사람의 소행이겠지."

"하지만, 어째서?"

"그건 나도 몰라."

"나도 모르겠어요. 하지만 잠깐 생각해 봤는데 우리와 관계가 있는 건 아닐까요?"

"그게 무슨 말이야?"

"당신도 알잖아요. 바로 여기예요. 우리 집. 우리의 멋진 새집. 그리고 정원과 모든 것. 보기에도 우리가 살기에 꼭 알맞다고 생각되지 않아요? 나는 그렇게 생각했어요."

"나는 지금도 그렇게 생각하고 있는데."

"네, 당신은 나보다 밝은 쪽으로 보고 있군요. 나는 기분이 나빠요. 무언가 이 부근에 불길한 그림자가 비치고 있는 것이 아닌가 생각돼요. 과거에서부터 꼬리를 끌고 있는 그림자 말이에요."

"그런 말 다시는 하지 마."

"다시는 하지 말라니, 무슨 뜻이죠?"

"바로 그 두 마디 말이야."

터펜스는 목소리를 낮추었다. 그녀는 토미에게 다가가 거의 속삭이듯 말했다.

"메리 조던?"

"그래. 그 일 때문이었어."

"나도 그 일이 마음에 걸려요. 하지만 내가 하고 싶은 말은 그것이 대체 현재와 어떤 관계가 있는 걸까요? 이제 와서 새삼스럽게 과거가 어떻다는 건가요? 아무 관계도 없어야 마땅해요. 지금 와서……."

"과거는 현재와 아무 관련도 없는 것이 당연하다는 말이야? 하지만 관계가 있어. 틀림없이 있지. 생각지도 못할 묘한 곳이나, 설마 하고 생각할 그런 곳에서 말이야."

"과거에 원인을 두고 있는 일이 많이 일어나고 있다는 뜻인가요?"

"그래. 기다란 사슬 같은 것이지. 당신도 가지고 있잖아. 틈새가 있고 군데군데 구슬이 달려 있는 것."

"제인 핀 사건 같은 거로군요. 우리가 젊어서 모험이 하고 싶었을 때 원하던 대로 모험을 하게 된 그 제인 핀 사건 말이에요."

"그래서 우리는 수많은 모험을 했지. 가끔 옛날 모험을 되돌아보면 둘 다 용케 목숨을 부지해 왔다는 생각이 들어."

"그리고 또 있어요. 생각 안 나요? 둘이서 손을 맞잡고 사립 탐정 흉내를 내던 일 말이에요."

"응, 그건 재미있었지. 당신, 기억 나? 왜, 그때……?"

"아니, 생각하고 싶지도 않아요. 과거로 거슬러 올라가서 생각하는 건 사양하겠어요. 뭐 발판으로라면 또 모르지만. 정말이에요. 하지만 여하튼 좋은 연습은 되지 않았어요? 그리고 또 하나 있었죠."

"그래, 블렌킨솝 부인, 맞아?"

터펜스는 웃었다.

"네, 블렌킨솝 부인이에요. 그 방에 들어갔을 때 당신이 거기 앉아 있는 것을 봤던 일은 잊히지도 않아요."

"잘도 그런 뻔뻔스러운 행동을 했지, 터펜스. 장롱 뒤인가 하는 곳에 숨어들어 가서 나와 그 남자의 이야기를 엿듣다니! 그리고 나서……."

"그리고 나서 블렌킨솝 부인이라고요."

터펜스는 다시 웃었다.

"'N 또는 M', 그리고 '거위야, 거위야, 어디에 갔다 왔니'잖아요."

"하지만 설마……."

토미는 잠깐 주저했다.

"설마 그런 것들이 이번 사건의 발판이 되는 건 아니겠지?"

"맞아요. 어떤 뜻으로는 발판이 되는 거지요. 로빈슨 씨도 그런 옛날 일을 염두에 두지 않았다면 당신에게 그런 말을 했을 리가 없어요. 뿐만 아니라 나 역시 당신 동료 중 한 사람이니까."

"당신은 틀림없이 내 동료 중 한 사람이었지."

"하지만 지금은 완전히 사정이 바뀌고 말았어요. 아이작 말이에요. 그가 살해당했잖아요? 머리를 얻어맞고. 우리 집 정원에서요."

"설마, 그 일과 관계가 있다고……."

"의심하지 않을 수 없어요. 그 점을 나는 말하고 있는 거예요. 이제 지금부터는 단순한 범죄 사건을 조사한다고 생각해선 안 돼요. 과거에 대해 조사하고 과거에 누가 무슨 이유로 죽었는가 하는 점을 밝혀야 해요. 개인적인 문제가 되어 버린 거예요. 완전히 개인적인 문제라고 생각해요. 아이작 영감이 죽은 것 말예요."

"하지만 아이작도 나이가 그만큼 되었으니 나이 탓이었는지도 모르는 일이잖아."

"그렇게 생각되지는 않네요. 오늘 아침의 의학적 증거를 들은 바로는 말이에요. 아이작을 죽이려고 생각한 사람이 누구일까요? 대체 무엇 때문에……."

"만일 아이작의 죽음이 우리와 관계가 있다면 왜 우리를 죽이려고 하지 않았지?"

"언젠가는 우리도 죽일 생각을 하고 있지 않을까요? 모르긴 해도 아이작은 우리에게 할 이야기가 있었던 거예요. 아마 말하려고 했겠지요. 혹시 말하겠다고 누군가를 협박했을지도 몰라요. 예를 들면 그 아가씨나 파킨슨 집안의 어떤 사람에 대해서 알고 있는 사실을 말이에요. 그게 아니면 1914년 1차 대전 당시의 스파이 활동에 대한 일일 거예요. 팔아넘긴 기밀이라든가 하는 것을요. 그래서 아이작의 입을 막을 필요가 있었던 거예요. 우리가 이리로 이사하지 않았거나, 이것저것 물어보고 찾아내려고 하지만 않았더라면 아무 일 없이 넘어갔을 텐데."

"너무 흥분하지 마."

"흥분하게 되네요. 나는 지금 장난삼아 이러는 게 아니에요. 이건 장난거리가 아니란 말이에요. 이제부터 우리는 지금까지와는 다른 일을 하는 거예요. 토미, 살인자를 잡아내야 해요. 그런데 누굴까? 아직은 모르지만 어떻게 해서든 알아내고 말 거예요. 이건 과거의 일이 아니고 현재의 일이에요. 바로 며칠 전에 일어난 거라고요. 6일 되었나? 현재 사건이란 말이에요. 그것도 바로 여기서. 그리고 우리와 이 집이 관계되어 있어요. 어떻게 해서든 우리가 밝혀내야 할 일이며 밝혀낼 수 있어요. 방법이나 수단은 아직 모르지만 어쨌든 실마리를 찾아서 어디까지든 쫓아가는 거예요. 땅바닥에 엎드려 냄새를 뒤쫓고 있는 개가 된 듯한 기분이에요. 나는 여기서 냄새를 쫓아갈 테니까 당신도 사냥개가 되어야겠네요. 이리저리 뛰어다니는 건 당신에게 맡기겠어요. 지금까지 해 왔듯이 말이에요. 이제부터 그 일을 밝혀내는 거예요. 조사를 끝까지 해 보는 거라고요. 사정을 알고 있는 사람이 드러날 것이 분명해요. 직접은 모르더라도 누구에게 들은 사람이라도 말이에요. 어떤 사람에게 들은 이야기나 소문, 지나가며 하는 이야기라도."

"그렇지만 터펜스, 나는 아무래도 자신이 없어. 우리에게 승산이 있다고는……."

"아니, 있어요. 어떻게 해야 하며 어떤 방식으로 하면 좋을지는 모르지만요. 그래도 승산은 틀림없이 있다고 믿어요. 올바르고 확실한 아이디어만 가진다면요. 그리고 당신이 아는 그것은 사악한 악마인데 그 악마가 아이작 영감의 머리를 내리쳤다는 생각만 한다면……."

터펜스는 말을 멈추었다.

"집 이름을 다시 바꾸는 것도 좋겠군."

"무슨 말이에요? 월계수 저택을 버리고 제비 둥지 저택으로요?"

새떼가 머리 위를 날아갔다. 터펜스는 정원 문을 돌아다보았다.

"옛날에는 '제비 둥지' 저택이라는 이름이 붙어 있었지요. 그 인용구의 뒤쪽은 뭐라고 했던가요? 당신 조사원이 인용한 말 말이에요. '죽음의 문'이었던가요?"

"아니, '운명의 문'이야."

"운명, 마치 아이작에게 일어난 일을 설명하고 있는 것 같군요. '운명의 문'과 우리의 정원 문……."

"그렇게 마음 쓰지 마, 터펜스."

"왜 그런지 모르겠네요. 그런 생각이 좀 떠올랐는데."

토미는 어이없는 얼굴로 터펜스를 바라보며 고개를 저었다.

"'제비 둥지' 저택이라니, 좋은 이름이군요. 예, 좋은 이름이 될지도 몰라요. 아마 언젠가는 그렇게 될 거예요."

"당신 또 딴생각 중이지, 터펜스."

"'아직도 새처럼 외쳐 대는 사람의 소리가.' 그것으로 끝이었지요. 아마 이번 일도 그런 식으로 끝날 거예요."

집 바로 옆까지 오자 두 사람은 현관 층계에 어떤 여자가 서 있는 것이 눈에 띄었다.

"누굴까?"

"전에 본 적이 있어요. 누군지 금방 생각은 나지 않지만. 그래요, 아이작 영감의 가족이에요. 아이작 영감의 가족은 모두 한집에 살고 있지요. 아들이 셋인가 넷, 저 여자 말고 딸이 하나 있을 거예요. 내 착각일지 모르지만."

층계 위에 있던 여자가 몸을 돌려 두 사람 쪽으로 걸어왔다.

"베레스퍼드 부인이시죠?"

그녀는 터펜스를 보며 말했다.

"그래요."

"저에 대해서는 모르실 줄 압니다만. 돌아가신 아이작 씨의 며느리 되는 사람입니다. 그분의 아들 스티븐의 아내 됩니다. 스티븐은 사고로 먼저 죽었지요. 트럭에 치여서요. 아주 큰 차가 가끔 달리곤 하거든요. 거기에 치였습니다. 국도에서 사고를 당했지요. 국도 1호선이라고 생각되는데, 1호선 아니면 5호선입니다. 아니, 5호선이 있었던 것은 훨씬 옛날이에요. 그러니까 4호선이었는지도 모르겠네요. 어쨌든 그렇게 되었답니다. 그럭저럭 벌써 오륙 년이 돼 가네요. 실은 좀 드릴 말씀이 있어서요. 부인과 남편께……."

그녀는 토미를 바라보았다.

"아버님 장례식에 꽃을 보내 주셨지요? 저희 아버님이 이 댁 정원에서 일하셨죠?"

"그래요. 우리 집 일을 해 주셨어요. 그런 사건이 생기다니 정말 무서운 일이에요."

"전 감사하다는 말씀을 드리려고 왔어요. 꽃이 정말 예쁘더군요.

정말 커다란 꽃다발이었어요."

"하다못해 그렇게라도 하고 싶었지요. 영감님은 저희에게 큰 힘이 되어 주셨으니까요. 우리가 이사 올 때에도 많이 도와주셨답니다. 이 집에 대한 것을 잘 몰랐는데 여러 가지 가르쳐 주시기도 했지요. 어디에 무엇이 들어 있다든지 이런 일 저런 일들을요. 그리고 채소나 꽃에 대한 일도 많은 도움을 받고 배우기도 했지요."

"네, 아버님은 당신이 하시는 일에 대해서는 모르는 게 없었으니까요. 아주 부지런한 편은 아니었습니다만. 워낙 나이가 드셔서요. 거기에 허리를 구부리는 것을 싫어하셨으니까요. 요통이 심해서 마음은 있어도 몸이 말을 듣지 않은 거랍니다."

"마음씨가 곱고 정말 도움을 많이 주신 분이었어요. 게다가 이 마을의 일이며 마을 사람들에 대한 일들을 많이 알고 계셔서 저희에게 이야기를 많이 들려주셨지요."

터펜스가 확신하듯 말했다.

"네, 별의별 일을 다 알고 계셨답니다. 친척이며 집안사람들이 전부터 많이 이 근처에서 일을 해 왔으니까요. 모두 이 부근에 살고 있어서 옛날 일을 많이 알고 계셨지요. 직접 안다는 것은 아니지만……. 네, 이야기를 들어서 아셨던 거지요. 어머, 부인, 방해가 되어서 죄송합니다. 잠깐 인사나 드릴 생각으로 들렀는데……."

"정말 예의도 바르시지. 그러면 오히려 이쪽에서 미안하지요."

"정원 일을 할 사람을 다시 찾아보셔야겠네요."

"그래야겠죠. 우리는 너무 서툴러서요. 혹시……."

좋지 않은 때에 곤란한 화제를 꺼내는 것 같아 터펜스는 망설였다.

"혹시 우리 집에서 일해 줄 만한 사람을 알고 있을지 모르겠군요."

"글쎄요, 당장은 생각이 안 나지만 한번 생각해 볼게요. 혹 있을지도 모르죠. 헨리를 보내 드릴까요? 제 둘째 아들인데 우선 헨리를 보내도록 할게요. 그리고 좋은 사람이 나오면 연락 드리고요. 저는 그럼 이만 실례할게요."

"아이작의 성이 뭐였더라? 생각이 안 나는군."

토미가 집으로 들어가면서 말했다.

"아이작 바들리콧이에요."

"그러니까 지금 그 여자도 바들리콧이겠군!"

"그래요, 아들 여럿과 딸이 하나 있는데 모두 함께 살아요. 몰라요? 마시턴 로드로 가는 도중에 있는 그 집이에요. 그 여자는 아이작을 살해한 범인을 혹시 알고 있는 게 아닐까요?"

"설마, 그렇게 보이지는 않던데."

"당신도 다른 사람 눈에는 어떻게 보일지 알 수 없는 일이죠. 그런 것은 겉으로 보아서는 좀체 알 수 없는 거니까."

"그 사람은 그저 보내 준 꽃에 대한 인사를 하러 왔을 뿐이야. 그 태도로 보아서는 복수를 생각하고 있는 사람으로는 생각되지 않던데. 만일 그랬다면 그런 말을 했을 거야."

"그건 그럴 수도, 그렇지 않을 수도 있어요."

터펜스가 생각에 잠긴 얼굴로 집으로 들어서며 말했다.

8장
할아버지에 대한 추억

이튿날 아침 터펜스가 아직 시원치 못한 부분을 고치러 온 전기 기사에게 한참 설명을 하고 있는데 방해꾼이 끼어들었다.

"현관에 웬 남자아이가 와 있습니다. 마님께 하고 싶은 이야기가 있나 봅니다."

앨버트가 말했다.

"그래, 이름은?"

"물어보지 않았습니다. 밖에서 기다립니다."

터펜스는 정원 일을 할 때 쓰는 모자를 아무렇게나 눌러 쓰고는 계단을 내려갔다.

문 밖에 열두세 살 정도 되어 보이는 남자아이가 서 있었다. 다소 긴장을 했는지 소년은 발을 꼼지락거리고 있었다.

"엄마가 보내서 왔어요."

"가만 있자. 그러니까 네가 헨리 바들리콧이구나, 그렇지?"

"예. 그분은 저의 할아버지세요. 어제 검시 재판이 있었죠? 저는 검시 재판이라는 것은 처음이에요."

재미있었느냐고 묻고 싶은 것을 터펜스는 간신히 참았다. 헨리는 마음먹고 온 말을 곧 하려는 얼굴을 하고 있었다.

"어처구니없는 일을 당하셨단다. 정말 가엾게도."

"하지만 할아버지는 나이가 많잖아요. 별로 더 오래 사시지도 못했을 거예요. 가을만 되면 기침을 심하게 하셨어요. 그 때문에 모두들 잠을 잘 수가 없었죠. 저는 일거리가 없는가 해서 왔어요. 지금부터 슬슬 상추를 솎아 주어야 하는데 그 일을 시키실지도 모른다고 생각해서요. 어디에 있는지는 알고 있어요. 아이작 할아버지가 일하고 계실 때 몇 번 놀러온 적이 있거든요. 괜찮으시다면 지금부터 일을 시작할게요."

"오, 고맙구나. 그럼, 한번 해 봐. 구경 좀 하게."

두 사람은 정원을 지나 목적지로 갔다.

"보세요. 이래 가지고는 너무 빽빽해요. 조금 솎아 내어 알맞은 간격으로 해 두었다가 다시 옮겨 심어야 해요."

"나는 상추에 대해서는 아무것도 모른단다. 꽃에 대해서는 조금 알지만. 완두콩이나 양배추나 상추 같은 채소는 아무래도 잘 안 되더구나. 넌 정원 일을 원하는 것 같지는 않은데?"

"네, 아직 학교에 다니고 있으니까요. 신문 배달을 하고 여름에는 추가로 과일 따는 일을 해요."

"알겠다. 그럼, 좋은 사람이 있으면 알려 주려무나."

"네, 그럴게요. 그럼, 안녕히 계세요."

"애야, 상추를 어떻게 해야 되는지 좀 보여 주지 않겠니? 나도 알고 싶으니까."

터펜스는 헨리 바들리콧의 능숙한 손길을 곁에서 지켜보았다.

"자, 보세요. 이렇게 하면 돼요. 정말 멋지네요. 이 상추 말이에요. '웹스 원더풀'이죠? 이건 오랫동안 먹을 수 있어요."

"'톰 텀스'는 이미 끝났어."

"그렇죠. 좀 작긴 하지만 자라는 건 빠르죠. 굉장히 싱싱해 보이고 맛도 좋아요."

"잘 가렴. 정말 고맙구나."

터펜스는 집을 향해 걷기 시작했다. 스카프를 두고 온 생각이 나서 그녀는 다시 되돌아갔다. 돌아가던 헨리 바들리콧이 걸음을 멈추었다가 터펜스 쪽으로 걸어왔다.

"스카프를 깜빡 잊었어. 아, 저 덤불에 걸려 있구나."

헨리는 스카프를 건네주고는 그대로 서서 발로 땅을 이리저리 휘저으며 터펜스를 바라보고 있었다. 아이가 매우 걱정스럽고 불안한 모습으로 서 있어서 터펜스는 대체 무슨 일인지 궁금했다.

"왜 그러지?"

헨리는 발로 땅을 휘저으면서 터펜스를 바라보았다. 계속 발을 꼼지락거리고, 콧구멍을 후비고, 왼쪽 귀를 문지르더니, 이번에는 땅에다 문신을 그리듯 발을 움직였다.

"아무것도 아니에요. 저, 혹시 이런 걸 여쭤봐도 될지……."

"뭔데?"

터펜스는 멈춰서서 소년을 의아한 듯이 바라보았다.

헨리는 얼굴이 빨개진 채 여전히 발을 땅에 휘젓고 있었다.

"저, 여쭤볼 생각은 아니었는데…… 그냥 궁금해서…… 저, 모두들 말을 하던데요. 사람들이 말하는 것을 들었거든요."

"뭐라고?"

터펜스가 말했다. 헨리가 어째서 이렇게 혼란스러워하는 걸까? 월계수 저택의 새 주인 베레스퍼드 부부의 생활에 대해 대체 무슨 말을 들은 것일까?

"그래, 무슨 말을 들었지?"

"저, 마님이 지난번 전쟁 때 스파이를 잡은 사람일 거라는 거예요. 마님과 나리 두 분이서요. 어떤 사건을 조사하고서 정체를 숨기고 있던 독일 스파이를 밝혀냈다던데요. 그 사람을 알아내고, 여러 가지 모험도 하고, 마지막에는 사건을 완전히 해결했대요. 마님은 뭐라고 부르는지 잘 모르겠지만 비밀 첩보부에 있었다지요? 또 그런 일을 하시면서 굉장한 활동을 했고요. 물론 아주 오래전 일이지만 어떤 사건에서 활동하셨다는데, 동요와 관계있는 일로 말이에요."

"맞아, '거위야, 거위야'라는 거였지."

"'거위야, 거위야'! 저도 기억하고 있답니다. 아주 오래전에 들었어요. '어디에 갔다 왔니?'라는 거지요?"

"그래. '위층, 아래층, 우리 주인님 방으로. 거위는 기도를 하지 않는 할아버지를 발견하고 할아버지의 왼쪽 다리를 물어서는 계단 아래로 던져 버려요.' 그런 식으로 되어 있었다고 생각되는데 뒷부분은 다른 동요일지도 몰라."

"정말입니까? 그런 분이 보통 사람과 같이 이 마을에 살고 있다니 거짓말 같네요. 그런데 어째서 동요와 사건이 관계가 있었나요?"

"그 속에 암호가 숨겨져 있었어."

"누가 읽도록 하기 위해서인가요?"

"글쎄, 그렇다고 할 수 있지. 어쨌든 모든 것이 밝혀졌어."

"정말 멋지네요, 친구들한테 말해 줘도 괜찮을까요? 아주 친한 친구인데요, 이름이 클래런스예요. 이름이 좀 우습죠? 그래서 모두들 놀린답니다. 하지만 좋은 녀석이에요. 마님 같은 분이 정말로 이 마을에 산다는 것을 알면 클래런스 녀석이 얼마나 놀랄까요?"

그는 헌신적인 스파니엘 개를 생각나게 하는 존경심 어린 눈길로 터펜스를 바라보았다. "정말 멋져!" 하고 그는 다시 한번 말했다.

"아니, 이젠 꽤 옛날이야기가 되어 버렸는걸. 1940년대니까."

"재미있었나요, 아니면 무서웠나요?"

"양쪽 다 조금씩. 그래도 무서운 편이 더 많았지."

"그랬겠지요. 아무리 부인 같은 분이라도요. 그러고 보니 이상하군요. 이 마을에서 비슷한 일이 일어나다니요. 그 남자는 해군이었다죠? 영국의 해군 중령인 척하고 있었지만 사실은 그렇지 않았대요. 독일인이었던 거예요. 클래런스가 그렇게 말하더군요."

"대강 그렇게 된 거지."

"그래서 부인은 이 마을에 오신 거죠? 아시겠지만 옛날 이 마을에서 이상한 일이 있었거든요. 벌써 오래되었지만요. 그 남자도 군인인데 잠수함을 탔거든요. 그런데 잠수함 설계도를 팔아먹었대요. 저는 사람들이 하는 이야기를 들었을 뿐이에요."

"그래, 맞아. 하지만 우리가 이리로 이사한 것은 그것 때문이 아니야. 살기에 좋은 집 같아 보여 온 것뿐인걸. 그런 사건의 소문은 나도 들은 적이 있지만 사실은 어떻게 된 것인지 정확히 모른단다."

"그럼, 제가 그것을 조사해서 나중에 말씀드릴게요. 물론 누구나 정말 그대로인지 아닌지 장담할 수도 없고 또 어떤 일이나 다 안다고 할 수도 없지만 말이에요."

"클래런스라는 친구는 어째서 그 사건에 대한 것을 그렇게 잘 알고 있지?"

"그야 미크 아저씨한테서 들어서 그렇죠. 미크라는 사람은 대장간이 없어지기 전에 한동안 이 마을에 와서 살았어요. 벌써 죽은 지 오래되었지만 여러 사람한테서 들은 이야기를 아주 많이 알고 있었거든요. 아이작 할아버지도 꽤 많이 아시고 계셨고요. 가끔 우리한테도 이야기해 주셨어요."

"그럼, 아이작 할아버지도 그 사건을 꽤 많이 알고 있었겠네?"

"그래요. 그래서 지난번 할아버지가 살해당했을 때에도 그 때문이 아닐까 하고 생각했어요. 할아버지는 너무 많이 알고 계셨는데 그것을 모두 마님에게 말해 버렸기 때문에 누가 살해한 것이 아닐까 하고요. 요새는 모두 그렇게 하는걸요. 경찰이 알면 안 되는 일을 너무 많이 알고 있는 사람은 죽여 버리는 거예요."

"넌 아이작 할아버지가 사건에 대해 여러 가지 아는 게 많았다고 생각하니?"

"글쎄요, 사람들한테서 들은 이야기라면요. 할아버지는 여기저기에서 온갖 이야기를 다 듣고 다녔으니까요. 자주는 아니지만 우리에게도 이야기를 해 주곤 하셨지요. 저녁에 담배를 1대 피우고 난 다음이라든지, 저와 클래런스, 그리고 톰 길링엄이 이야기를 옆에서 듣고 있을 때 말이에요. 그 톰이란 녀석도 그런 이야기를 알고 싶어 해요. 그래서 아이작 할아버지는 그 사건 이야기며, 또 다른 이야기도 많이 해 주셨어요. 그야 할아버지가 지어낸 이야기인지, 아니면 진짜로 있었던 이야기인지 그건 모르죠. 하지만 저는 할아버지가 무엇인가를 찾아냈거나 또 찾아낸 곳을 알고 있었다고 생각해요. 할아버지는 어떤 사람이 그곳을 알게 되면 일이 재미있게 될 거라고 했거든요."

"정말? 어머, 그건 우리에게도 아주 재미있는 일이 되겠구나. 할아버지가 말해 준 이야기며, 가끔 무심코 하던 이야기들을 기억해 봐. 그래, 어쩌면 할아버지를 살해한 범인을 찾아내는 실마리를 찾을 수 있을지도 모르겠구나. 할아버지는 분명히 살해된 거야. 사고가 아니었어."

"처음에는 집에서도 모두들 사고가 틀림없다고 생각했죠. 그래요, 할아버지는 심장인가 어디가 나빠서 가끔 넘어지기도 하시고 어지러워하기도 했으니까요. 하지만 저도 심리에 갔었는데 지금 생각해 보니 살해된 게 아닌가 생각돼요."

"맞아, 계획적으로 살해한 거야."

"그런데 마님은 그 이유를 모르세요?"

터펜스는 헨리를 바라보았다. 그녀의 눈에는 자기와 헨리가 같은 냄새를 뒤쫓고 있는 2마리의 경찰견처럼 보였다.

"그건 계획적인 범행이었어. 그리고 네겐 할아버지가 되니까 말할 것도 없지만 나도 그런 잔인하고 악한 짓을 저지른 범인이 누군지 알고 싶단다. 그래서 묻는데 혹시 뭔가 알고 있지는 않니? 마음에 짚이는 것이라도 말이야."

"마음에 짚이는 건 없어요. 이야기를 들은 적은 있지만요. 어느 누가 무슨 이유가 있어서 할아버지를 죽였다는 건 알고 있어요. 그것은 그 사람들의 일이나, 그 사람들이 알고 있는 일, 사건 등에 대해 할아버지가 너무 많이 알고 있었기 때문이에요. 하지만 할아버지의 이야기에 나오는 사람들은 언제나 오래전에 죽은 사람들뿐이니까 사실 생각해 낼 수도 없고 알 수도 없잖아요?"

"넌 우리에게 틀림없이 도움이 될 수 있을 거야, 헨리."

"저도 붙여 준다는 말씀이세요? 조사를 하실 때 언제라도 좋으니 좀 시켜 주세요."

"그래, 네가 알고 있는 일을 아무한테도 말하지 않는다면 말이다. 내게만 이야기하고 친구들에게도 이야기해선 안 돼. 만일 그렇게 되면 이야기가 퍼져 나가니까."

"알겠어요. 그렇게 되면 범인이 그 이야기를 듣고 마님과 나리를 해칠지도 모르죠, 그렇죠?"

"그럴지도 모르지."

"왜 보통 그렇잖아요. 그럼, 만일 뭐라도 알게 되거나 소식을 듣게 되면 잠깐 일을 거들어 드리는 척하고 이리로 올게요. 그러면 제가 알아낸 일을 마님께 말씀드릴 수 있고 다른 사람이 엿듣지도 못하겠죠. 아는 것이라고 해도 지금 당장은 별로 없어요. 하지만 친구들이 있으니까요."

헨리는 갑자기 긴장된 얼굴이 되더니 TV 등장인물에게서 보고 배운 듯한 몸짓을 했다.

"저는 사정을 알고 있어요. 누구보다도 많이. 그들은 제가 알고 있다고는 생각지 않아요. 또 제가 기억하고 있는 줄도 모르죠. 하지만 저도 아는 게 있다고요. 이런 식으로 말한 다음, 나 말고 더 잘 아는 사람이 어디 있느냐고 큰소리친 다음 마님은 그냥 가만히 계시면 여러 가지 이야기를 들을 수 있게 되죠. 그런데, 마님, 그 일은 아주 중요한 거죠?"

"그래, 중요한 일이야. 하지만 각별히 조심해야 돼, 헨리. 알았지?"

"알고 있어요. 물론 조심할게요. 될 수 있는 대로요. 아이작 할아버지는 여기 일을 여러 가지 알고 계셨어요."

"이 집이나 정원에 대해서?"

"예, 할아버지는 소문을 많이 들었거든요. 누가 어디로 가다가 들켰다든가, 무엇을 어떻게 하는 것 같다든가, 어디서 누구와 만났다든가, 어디에 무엇이 숨겨져 있었다든가 그런 것들을 가끔 이야기해 주셨어요. 물론 어머니는 별로 들으려고 하지 않았죠. 그저 터무니없는 소리로밖에 생각지 않았으니까요. 제 형 자니도 쓸데없는 소리라고 생각하고 들으려고 하지 않았어요. 하지만 전 귀담아들었죠. 클래런스도 그런 일에 흥미를 가지고 있었어요. 그 애는 그런 종류의 영화를 좋아하거든요. 그때도, '야, 꼭 영화 같구나.' 하고 말했으니까요. 그래서 우리는 둘이서 거기에 대해 얘기를 했지요."

"너 메리 조던이라는 사람의 이야기 혹시 들은 적 있니?"

"있고말고요. 독일 여자 스파이였지요. 해군에게서 기밀을 빼냈다지요?"

"그렇다나 봐."

터펜스는 마음속으로는 메리 조던의 영혼 앞에 용서를 빌면서도 그 이야기는 그대로 두는 편이 안전하다는 생각이 들었다.

"무척 예쁘고 매력적인 여자였을 것 같은데요?"

"글쎄, 그건 나도 모르지. 메리가 죽었을 때는 내가 3살쯤 되었을 때니까."

"아, 그렇겠네요. 하지만 지금도 가끔 그 여자의 이야기를 들을 때가 있어요."

"굉장히 흥분해 있는 것 같은데 그러다가 숨 넘어가겠는걸."

토미는 작업복 차림으로 헐떡이며 뒷문으로 들어오는 아내를 보고서 그렇게 말했다.

"그래요. 좀 그렇게 보이죠?"

"정원 일을 너무 심하게 한 건 아니고?"

"그렇지 않아요. 실은 아무 일도 하지 않았어요. 상추 옆에서 얘기를 나누고 있었을 뿐이에요. 아니, 이야기 상대가 되어 주었을 뿐이라고 해야겠네요."

"누구와 이야기했는데?"

"남자아이예요."

"정원 일을 도와주었어?"

"그런 게 아니에요. 물론 도와주어서 고맙기도 했지요. 그러나 그것만이 아니에요. 실은 굉장한 칭찬을 해 주었어요."

"우리 집 정원을?"

"아니, 나를요."

"당신을?"

"그렇게 뜻밖이라는 표정 지을 것 없어요. 그런 얼굴로 말하지 않아도 알아들어요. 하지만 정말 맛좋은 진수성찬은 가끔 생각지도 않은 때에 만나게 되더군요."

"그런가? 뭐가 그렇게 맛이 좋았는데? 당신의 미모에 대한 칭찬, 아니면 당신 정원 손질 솜씨가 늘었다는 것?"

"내 과거요."

"당신의 과거?"

"그래요. 그 앤 내가 지난번 대전에서 독일 스파이의 정체를 파헤친 사람이라는 걸 알고 아주 감격하더군요. 은퇴한 해군 중령 말이에요."

"또 그 'N 또는 M'이군. 도저히 그걸 잊어버릴 수는 없나 보구만."

"나는 그렇게 잊고 싶은 마음이 없어요. 왜 잊어야 해요? 만일 우리가 옛날에 유명한 배우였다면 그 당시를 생각나게 해 주는 걸 틀림없이 대환영할 거예요."

"당신이 무슨 말을 하고 싶은지 알 만하군."

"게다가 그 일이 이번에도 크게 도움이 될지도 몰라요."

"남자아이는 몇 살이라고 했지?"

"글쎄, 10살 전후로 보여요. 10살로 보이지만 12살은 되었을 거예요. 그 아이에게는 클래런스라는 친구가 있대요."

"그것이 이번 일과 무슨 관계가 있단 말이야?"

"아니, 지금 당장은 아무 관계도 없지만 그 아이와 클래런스는 서로 힘을 합해서 우리 일을 도와준다는 거예요. 모르는 일을 조사하고 가르쳐 준다고 했어요."

"10살에서 12살짜리 아이가 대체 무엇을 가르쳐 줄 수 있다는 거야? 우리가 알고 싶은 것을 알고 있기라도 하단 말이야? 그 아이가 무슨 이야기를 해 주었는데?"

"이야기가 대체로 짤막짤막하고 내용도 '왜, 아시죠?'라든지 '네, 그러니까 있지요.' 하는 게 대부분이었어요. 어쨌든 처음부터 끝까지 '아시죠?'가 제일 많았어요."

"그래서 지금까지 들어 본 적이 없는 이야기들뿐이었어?"

"사람들한테서 주워들은 이야기를 해 주었는데 아무래도 똑똑히 알아들을 수가 없었어요."

"누구한테 들은 이야기?"

"그것이 직접 들은 이야기도 아니고 여러 사람의 입을 거치고 거쳐서 들은 이야기라서요. 그 가운데는 클래런스가 들은 이야기와 클래런스의 친구 앨거넌이 들은 이야기도 있어요. 앨거넌이 하는 얘기를 지미가 들었고……."

"그만해. 그것으로 충분해. 그런데 그 아이들이 들었다는 이야기는 대체 뭐였는데?"

"그것은 더욱 알아듣기 어려웠지만 대강 짐작은 가요. 그 아이들은 세상의 소문거리가 된 것이라든가 어떤 이야기를 사람들한테서 듣고서 그 재미있는 일을 한몫 거들고 싶어서 들썩거리는 거예요. 우리가 이 집으로 이사한 것도 틀림없이 그 때문이라고 생각하더군요."

"그 때문이라니?"

"중요한 것을 찾아내기 위해서요. 이 집에 숨겨져 있다고 소문이 나 있는 바로 그것을 찾기 위해서래요."

"한마디로 숨겨져 있다고는 하지만 도대체 어디에, 언제, 어떻게 숨겨졌다는 거야?"

"그 세 가지에 대해서는 각각 이야기가 달라요. 자칫 흥분해 버릴 게 뻔하다고요, 토미."

그럴지도 모르겠다고 토미도 침통한 얼굴로 말했다.

"아이작 영감에 대한 일도 관련이 있는 것 같아요. 아이작은 우리가 알고 싶어 한 것을 꽤 많이 알고 있었던 게 분명해요."

"그래서 당신이 생각하는 것은 그 클래런스와…… 그 친구 이름이 뭐라고 했어?"

"곧 생각이 날 거예요. 그 아이에게 이야기해 준 아이와 뒤범벅이 되어 버렸어요. 앨거넌 같은 어마어마한 이름을 가진 아이며 지미, 자니, 마이크 등 흔해빠진 이름을 가진 아이도 있어요. 아, 그래요, '척'이에요."

갑자기 터펜스가 말했다.

"척이라니, 무슨 척?"

"아니, 그런 뜻이 아니고 그것이 그 애의 이름이에요."

"이상하기 짝이 없는 이름이군."

"본래 이름은 헨리인데 친구들은 척이라고 부르는가 봐요."

"'척 고스 더 위즐'(족제비가 폴짝 뛰어나온다)이라는 춤이 있었지?"

"'팝 고스 더 위즐'(족제비가 깡충 뛰어나온다)이죠."

"응, 그쪽이 옳은 줄은 알고 있어. 하지만 '족제비가 폴짝 뛰어나온다'라고 해도 크게 다를 건 없잖아."

"아, 토미! 내가 정말로 하고 싶은 말은 기왕 이렇게 되었으니 뒤로 물러설 수는 없다는 거예요. 당신도 그렇게 생각하죠?"

"응."

"네, 그럴 줄 알았어요. 아무 말 않았지만 다 안다고요. 우리들은 이제 뒤로 물러설 수 없어요. 그 이유를 이야기할까요? 가장 큰 이유는 아이작 영감 때문이에요. 누가 아이작 영감을 살해했다는 것은 그가 무엇인가를 알고 있었기 때문이에요. 범인을 위험에 빠뜨리게 할 것을 알고 있었던 거지요. 그러니 이번에는 누구를 노릴 것인지 알아내야 해요."

"아이작 말인데 그것이 단순한 사건 중 하나라고 생각되지 않아? 왜, 불량배들의 짓이거나 그런 것 말이지. 여기저기 돌아다니면서 사람을 죽이는 녀석들이 있잖아. 상대를 가리지 않고 범행을 저지르는데 그래도 되도록 나이 많고 저항을 못하는 사람을 노리거든."

"네, 나도 그 생각을 안 해 본 것은 아니에요. 하지만 그렇다고는 생각지 않아요. 틀림없이 뭔가가 있는 거예요. 숨겨져 있다고 해야 할지 어떨지는 몰라도 무엇인가가 이 집에 있어요. 과거에 숨겨진 일이 새삼스럽게 밝혀질 만한 것 말이에요. 누군가가 이 집에 뭘 남겼거나 놓아두었거나, 혹은 누구에게 부탁해서 이 집에 감추어 두었다고 생각돼요. 그 부탁받은 사람은 그 뒤 죽었거나 아니면 부탁받은 것을 어딘가에 숨겨 두었을 테지요. 그런데 그것이 다른 사람한테 발견되면 곤란한 것이었는데 아이작 영감은 그것을 알고 있었던 거예요. 그러니까 그들은 아이작 영감이 우리에게 그 이야기를 하지 않을까 걱정을 했겠죠. 지금은 이미 우리의 소문이 퍼져 있으니까요. 우리가 유명한 대첩보 활동의 전문가라는 소문이 말이에요. 그런 쪽으로 우리는 유명해진 거예요. 게다가 아이작 영감 일은 어떤 의미로는 메리 조던과 관련이 있으니까요."

"'메리 조던의 죽음은 자연사가 아니었다'는 말 말이야?"

"네, 그리고 아이작 영감도 살해되었지요. 누가, 왜, 그 사람을 죽였는가를 밝혀내지 않으면 안 돼요. 그렇게 하지 않으면……."

"조심해야 돼, 터펜스. 만일 누군가가 아이작이 과거의 일에 대해 알고 있는 것을 입 밖에 낼까 봐 겁나서 그를 죽였다면 그 녀석은 어느 날 밤 당신을 어둠 속에서 기다리고 있다가 같은 범행을 예사로 되풀이할 거요. 큰일 났다고 생각지도 않을 거야. 세간에서는, '응, 또 그런 사건이군.' 하고 말 테지."

"그래요. 늙은 여자가 머리를 얻어맞고 죽었다고 해 봤자 뻔하니까요. 정말 그렇겠지요. 백발에다 관절염 탓에 절룩거리고 다니니까 그런 불행한 꼴을 당한 거라고 하면서. 나 같은 사람은 누가 노리기에 꼭 알맞은 상대이지요. 정말 조심해야겠어요. 소형 권총이라도 하나 가지고 다니는 게 좋을까요?"

"안 돼, 그건 절대로."

"어째서요? 실수라도 저지를까 봐 그래요?"

"나무뿌리에 걸려 넘어지지 않는다고 누가 장담하겠어? 당신은 곧잘 넘어지곤 하잖아. 그러니 권총으로 자신을 지키기는커녕 자신을 쏘아 버리게 될지 누가 알아?"

"어머, 정말 그런 바보 같은 행동을 하리라고 생각하는 거예요?"

"생각하고말고. 당신에게는 그럴 가능성이 충분히 있다고."

"잭나이프를 가지고 다녀도 좋을 것 같은데."

"나라면 아무것도 가지고 다니지 않겠어. 순진한 표정으로 정원일에 대해 얘기하는 거야. 그리고 지금 이 집은 아무래도 마음에 안 드니 다시 이사를 가야겠다고 한다든지 말이야. 어때, 내 생각이?"

"누구에게 그 이야기를 해야 되죠?"

"아무라도 좋겠지. 그러면 입에서 입으로 전해질걸."

"어제오늘 시작된 일은 아니지만 말은 금방 옮겨 가지요. 이 마을도 말이 퍼져 나가기엔 안성맞춤인 곳이에요. 당신도 그런 말을 퍼뜨리고 다닐 생각이에요?"

"글쎄, 그럴 생각이야. 예를 들어 지금 살고 있는 집이 생각했던 것보다 마음에 안 든다고 하면서."

"당신, 여기서 중단할 생각은 아니겠죠?"

"응, 이미 여기까지 와 버렸으니까."

"어디서부터 손을 댈 건지 생각하는 거예요?"

"지금 하고 있는 일을 계속해 볼 생각이야. 당신은 어쩔 셈인데, 터펜스? 무슨 계획이라도 있어?"

"아니, 아직은요. 몇 가지 생각하는 것은 있지만. 좀 더 알아본 다음에 결정하겠어요. 아까 그 아이의 이름을 제가 뭐라고 했죠?"

"처음에는 헨리. 그다음에는 클래런스라고 했지."

9장

소년단

 런던으로 가는 토미를 배웅하고 돌아온 터펜스는 공연히 집 안을 왔다 갔다 하면서 어떻게든 좋은 결과를 가져다 줄 방법을 궁리해 보았다. 하지만 오늘 아침 그녀의 머릿속은 멋진 생각으로 가득차 있었던 여느 때와는 달랐다.

 출발점으로 되돌아갈 때의 막연한 기분에 쫓기어 그녀는 서고로 가서 여러 가지 책의 표지를 보면서 공연히 돌아다녔다. 수많은 아동용 도서가 있었지만 사실 더 이상의 진전은 없었다. 이미 갈 수 있는 데까지는 가 버린 것이다. 이제 이 방에 있는 책은 남김없이 다 살펴보았다고 해도 틀림이 없었다. 알렉산더 파킨슨은 결국 더 이상의 비밀은 가르쳐 주지 않았다.

 손가락으로 머리를 쓸어 올리며 겉장이 다 떨어져 나간 종교 서적이 가지런히 꽂혀 있는 가장 아래의 선반을 짜증스러운 얼굴로 걷어차고 있는데 앨버트가 올라왔다.

"밑에서 누가 뵙겠다고 합니다."

"누구? 내가 아는 사람인가?"

"모르겠습니다. 모르시리라고 생각됩니다만 남자아이들입니다. 남자아이 여럿과 여자아이가 둘인데 무슨 기부금이라도 얻으러 왔겠죠."

"이름을 말하거나 무슨 말을 하지는 않았어?"

"참 그러고 보니 한 아이가 있더군요. 클래런스라고 이름을 대고는 마님이 아실 거라고 하더군요."

"어머, 클래런스."

터펜스는 잠시 생각했다.

어제 만나 본 성과일까? 어찌 되었거나 한 번 더 만나서 이야기를 들어보는 것도 나쁠 건 없다.

"다른 남자아이도 와 있나? 어제 나하고 정원에서 이야기하던 아이 말이야."

"모르겠습니다. 어느 아이나 겉으로 보기에는 비슷비슷해서요. 더러운 꼴하며……."

"그래, 금방 내려갈게."

아래층으로 내려간 터펜스는 의아한 얼굴로 앨버트를 돌아다보았다.

"아, 네, 집 안으로 들이지는 않았죠. 만일을 생각해서요. 요즘은 뭐가 없어질지 모르니까요. 애들은 정원에 있습니다. 금광 옆에서 기다리고 있겠다고 했거든요."

"뭐 옆에?"

"금광이라고 했습니다."

"흠!"

"어디를 가리키는 걸까요?"

터펜스는 손가락으로 가리켰다.

"장미밭을 지나 달리아를 심어 놓은 길을 오른쪽으로 꺾어 돌아간 곳이야. 물이 고여 있는데 시냇물이거나 인공 호수, 아니면 본래는 연못인데 금붕어라도 기르던 곳인지 모르겠어. 어쨌든 고무장화를 꺼내 줘. 그리고 누가 나를 밀쳐 버리면 안 되니까 방수 코트를 가지고 가는 게 좋겠군."

"저라면 아예 입고 가겠습니다. 당장에라도 비가 올 것 같은데요."

"세상에, 비, 비, 늘 비만 오는군."

터펜스는 밖으로 나가서 자기를 기다리고 있는 많은 아이들의 대표로 생각되는 쪽으로 재빨리 걸어갔다. 어린아이부터 나이가 좀 든 아이까지 모두 합쳐 열에서 열둘쯤 있었다. 대부분 남자아이들이고 양쪽에 머리를 길게 늘어뜨린 여자아이가 둘 있었는데 모두들 흥분해 있는 듯했다. 터펜스가 다가가자 한 아이가 날카로운 목소리로 말했다.

"오신다! 오셔. 자, 누가 이야기할 거야? 네가 해라, 조지. 네가 말을 잘하잖아? 항상 말이 제일 많으니까."

"이번에는 넌 가만 있어. 내가 말할게."

클래런스가 말했다.

"그만둬, 클래런스. 네 목소리는 너무 작아. 게다가 말만 하면 기침이 나오잖아?"

"얘들아, 이건 내가 생각해 낸 거야. 바로 내가······."

"안녕! 내게 볼일이 있어서 왔겠지? 자, 무슨 일이니?"

터펜스가 먼저 말을 걸었다.

"마님께 전해 드릴 것이 있습니다. 정보입니다. 정보를 수집하고 있으시죠?"

클래런스가 말했다.

"때에 따라서. 어떤 정보인데?"

"저, 요즘 정보가 아니에요. 아주 옛날 일이에요."

"네, 역사적인 정보예요. 과거의 일을 조사해 보니 아주 재미가 있었거든요."

머리가 좋아서 이 그룹의 리더로 보이는 여자아이가 말했다.

"알고 있다."

터펜스는 전혀 모르는 것을 숨기면서 말했다.

"이곳을 뭐라고 부르지?"

"금광입니다."

"어머, 금이라도 있는 거니?"

터펜스는 주위를 둘러보았다.

"사실은 금붕어 연못이에요. 옛날에 금붕어가 들어 있었대요. 일본인가 어디서 온 꼬리가 여럿 달린 특별한 것이었대요. 정말 굉장했대요. 포레스터 할머니가 계셨을 때였죠. 그러니까 10년 전이에요."

남자아이 하나가 대답했다.

"24년 전이야."

여자아이가 말했다.

"60년 전이야. 60년 전이 틀림없어. 금붕어가 많이 있었대. 아주 많이. 굉장히 비싼 금붕어였는데 더러는 죽은 것도 있었대. 서로 잡아먹고 배를 하늘로 해서 떠오르곤 했다더라."

누군가가 아주 작은 소리로 말했다.

"그런데 금붕어는 어떻게 되었니? 지금은 하나도 안 보이잖아?"

"아니, 금붕어 이야기가 아니에요. 정보예요."

머리가 좋아 보이는 소녀가 말했다.

일제히 말문이 열렸다. 터펜스는 손을 내저었다.

"모두 한꺼번에 말을 하면 안 되지. 한 번에 한두 사람씩만 얘기해. 그래, 무슨 일이지?"

"마님도 알아 두시는 게 좋을 것 같아요. 옛날 물건이 숨겨져 있는 장소 말이에요. 옛날에 숨겨 둔 물건인데 굉장히 중요한 거라고 하더군요."

"그런데 그런 것을 어떻게 알게 되었지?"

이 질문에 대답이 한꺼번에 쏟아져 나왔다. 한 번에 한 사람씩 대답을 듣기란 쉬운 일이 아니었다.

"제니한테서 들었어요."

"제니의 삼촌 벤 아저씨야."

다른 아이가 말했다.

"아니야, 해리가 맞아. 해리. 해리의 사촌 톰이야. 해리보다 훨씬 나이 어린 톰이 할머니한테서 들었는데 할머니는 조쉬한테서 들었고. 조쉬가 누군지 모르지만 그 할머니의 남편 아니었니? 아냐! 남편이 아니고 삼촌이었어."

"이런!"

터펜스는 손짓발짓으로 옥신각신하고 있는 아이들을 둘러보고 나서 그중 하나를 지목했다.

"클래런스, 네가 클래런스지? 네 얘기는 친구한테서 들었다. 넌 뭘 알고 있니? 지금 무얼 어떻게 하자는 거지?"

"저, 알아내야 할 것이 있으면 PPC로 가시면 됩니다."

"어디로 간다고?"

"PPC요."

"PPC가 뭐지?"

"모르세요? 이야기 들은 적도 없으세요? PPC란 '연금 생활자의 팰리스 클럽'을 말하는 건데."

"어머, 어쩐지 으리으리한 곳일 것 같은데?"

"조금도 으리으리하지 않아요. 조금도 멋질 리가 없죠. 늙어서 연금으로 살아가는 사람들이 모여 이야기나 하고 있을 뿐인걸요. 모두 거짓말뿐이에요. 자기가 아는 이야기를 한다는 사람도 있지만요. 왜, 지난번 전쟁 때 일이라든가 그 뒤의 일 말이에요. 그분들은 별의

별 이야기를 다 해요."

9살쯤 되어 보이는 남자아이가 말했다.

"그 PPC는 어디 있지?"

"마을 끝에 있어요. 모턴 크로스로 가는 도중에요. 마님이 연금으로 살아가신다면 입장권을 받아 클럽에 가서 빙고나 그런 놀이를 할 수 있어요. 참 재미있어요. 그중에는 나이가 상당히 많은 사람도 있어요. 귀도 잘 안 들리고 눈도 나빠서 성한 곳이라고는 하나도 없는 사람도 있고요. 그래도 모두 거기에 함께 모이는 게 좋은가 봐요."

"거기라면 꼭 가 보고 싶구나. 그래, 꼭 가야겠어. 거기에 들어가려면 일정한 시간이 정해져 있는 거니?"

"언제라도 들어갈 수 있을 거예요. 하지만 오후가 좋을 것 같은데요. 그래요, 그때쯤에 손님이 오는 걸 좋아하거든요. 오후에 친구가 찾아오면 차 마시는 시간에 특별한 것이 나오거든요. 설탕을 곁들인 비스킷이나 포테이토 칩 같은 게 나올 때도 있고요. 뭐라 그랬어, 프레드?"

프레드가 한 발자국 앞으로 나서더니 터펜스를 보고 좀 거창하게 인사를 했다.

"모시고 가게 해 주시면 영광이겠습니다. 오늘 오후 3시 30분쯤이면 어떠실지요?"

"야, 무리하지 마! 그렇게 점잔 뺄 거 없어."

클래런스가 말했다.

"기꺼이 가지."

터펜스가 말했다. 그녀는 물을 바라보았다.

"이제 금붕어가 없다니 애석한 일인데."

"꼬리가 5개나 있는 녀석을 마님께 보여 드렸으면 좋았을 텐데. 굉장했거든요. 오래전에 여기에 개가 빠진 적이 있어요. 패거트 마님의 개였답니다."

반론이 나왔다.

"아니야. 다른 사람 거야. 패거트 마님이 아니고 폴리오 마님이야."

"폴리아트가 맞아. 스펠링이 소문자 'f'로 시작되는 이름이야. 대문자가 아니고."

"무슨 소리야! 그건 다른 사람이야. 프렌치 아가씨라고. 소문자 'f'를 둘 쓰는 사람이야."

"그 개는 물에 빠져 죽었니?"

터펜스가 물었다.

"아뇨, 빠져 죽진 않았어요. 강아지였는데 어미 개가 미친 듯이 달려가서 프렌치 아가씨의 옷을 끌어당겼어요. 이사벨 양은 과수원에서 사과를 따고 있었는데 어미 개가 이사벨 양의 옷을 물고 끌어당긴 거예요. 이사벨 양이 어미 개를 따라가서 강아지가 물에서 허우적거리는 것을 보고는 물속에 뛰어들어 살려 냈죠. 흠뻑 젖어 버렸어요. 옷도 아주 못쓰게 되어 버렸고요."

"어머나. 정말 여기서는 별의별 일이 다 일어나는 모양이구나. 좋아. 오늘 오후 준비를 하고 기다릴게. 두세 사람이 와서 '연금 생활자의 팰리스 클럽'으로 안내해 주렴."

"세 사람이야. 누가 갈 거야?"

금방 벌집을 쑤셔 놓은 듯한 소동이 벌어졌다.

"내가 갈게…… 아니, 난 안 갈래……응, 베티가? 안 돼, 베티는 가면 안 돼. 베티는 지난번에 갔잖아. 그래, 지난번 영화할 때 갔었지. 이번에는 안 돼."

"그건 여러분이 의논해서 결정하도록 해요. 그럼, 3시 30분에 이리로 와 줘."

"마님께서 재미있으시면 좋겠는데."

클래런스가 말했다.

"역사적인 흥미가 있을 거야."

머리가 좋아 보이는 소녀가 분명한 어조로 말했다.

"그만해, 재닛!"

클래런스가 말했다. 그는 터펜스를 보면서 말했.

"언제나 이 모양이에요, 재닛 말이에요. 중등학교에 다녀요. 그래서 그래요. 그것을 자랑하거든요. 종합중등중학은 너무 평범하다고 아버지와 어머니가 법석을 떨어서 지금은 중등학교에 다녀요. 그러니 늘 저런 식이에요."

점심 식사를 마치고 터펜스는 오늘 아침에 있었던 일에 어떤 성과를 기대할 수 있을까 하는 생각을 했다. 정말 오후에 PPC에 데려다 줄 것인가? 대관절 PPC라는 것이 정말 있기나 한 것일까? 아이들이 생각해 낸 통칭 같은 것에 지나지 않는 것은 아닐까? 어쨌든 재미있을 것 같았다. 터펜스는 언제 누가 찾아와도 떠날 수 있도록 준비를 갖추고 기다렸다.

그러나 대표단의 시간관념은 아주 철저했다. 정각 3시 30분에 벨이 울렸다. 터펜스는 난로 옆 의자에서 일어나 재빨리 모자를 썼다. 십중팔구 비가 올 것 같아 방수 모자를 쓰고 가기로 했다. 앨버트가 현관까지 따라나왔다.

"혼자서 가시면 안 됩니다."

앨버트가 속삭였다.

"이봐, 앨버트. 이 마을에 PPC라는 곳이 정말 있기나 한 거야?"

터펜스가 조그만 소리로 말했다.

"저는 그게 명함 같은 것이라고 생각했는데요."

회사에 관한 완벽한 지식을 평소에도 기회만 있으면 떠벌리고 싶어 하는 앨버트가 말했다.

"그래요, 잘은 모르지만 헤어질 때인가 만났을 때 상대방에게 건네주는 것 말입니다."

"연금 생활자와 관련이 있는 것 같던데?"

"아, 그렇습니다. 그런 곳이 있지요. 네, 이삼 년 전에 생겼다더군요. 목사님 사택 앞을 지나 오른쪽으로 구부러진 곳입니다. 건물은 볼품없지만 노인들에게는 좋은 곳인데 그 모임에 가 보고 싶은 사람은 누구라도 가도 좋다더군요. 오락 기구도 여러 가지 있고 여자들이 꽤 자주 위문을 가지요. 연주회를 열기도 하는 그런 곳입니다. 하지만 그곳은 늙은 사람들 전용이라서요. 모두들 연세가 많고 대부분 귀가 어두운 사람들뿐입니다."

"그래? 응, 그런 곳인 것 같았어."

현관문이 열렸다. 재닛이 지적 탁월성이 높이 평가되어 맨 앞에 서 있었다. 그 뒤에 클래런스, 또 그 뒤엔 키가 큰 사팔뜨기 남자아이가 있었다. 그 아이는 이름이 버트라고 하는 모양이었다.

"안녕하세요, 베레스퍼드 마님? 마님이 가신다고 했더니 모두들 기뻐하셨어요. 우산을 가지고 가시는 게 좋을 거예요. 일기 예보를 보니 오늘 날씨는 별로 좋지 않은 모양이니까요."

재닛이 말했다.

"저도 그 근처에 볼일이 있습니다. 가는 데까지 함께 가겠습니다."

앨버트가 말했다.

앨버트가 따라가 주면 언제 무슨 일이 있어도 마음이 든든했다. 그건 분명 좋았지만 재닛이나 버트, 혹은 클래런스가 자기에게 위험한 존재라고는 생각되지 않았다. PPC까지는 20분쯤 걸렸다. 붉은색 건물에 닿자 일행은 문을 지나 현관으로 들어갔다. 70세쯤 되어 보이는 뚱뚱한 할머니가 그들을 맞아 주었다.

"어머, 손님을 모시게 되다니. 잘 오셨어요. 정말 잘 오셨어요."

그녀는 터펜스의 어깨를 가볍게 두드렸다.

"재닛, 정말 고맙구나. 자, 이리로 올라오시지요. 너희는 이제 돌아가도 좋아."

"어머, 이야기를 하나도 듣지 못하고 돌아가면 남자아이들이 실망할 거예요."

재닛이 말했다.

"그런데 너무 많이들 모여 있잖니? 그냥 돌아가는 것이 베레스퍼드 부인께 좋지 않을까? 너무 많이 모이지 않는 게 마음을 덜 쓰시게 될 것 같아. 재닛, 부엌에 가서 몰리에게 이제 차를 내와도 좋다고 말해 주겠니?"

터펜스는 차나 마시자고 온 것이 아니었지만 그렇다고 그렇게 말하기도 어려웠다. 곧 차가 나왔다. 차는 굉장히 엷었으며 비스킷은 너무 비릿해서 질겁할 것 같은 생선묵을 사이에 넣은 샌드위치와 함께 나왔다. 모두들 자리에 앉았지만 좀 어색한 얼굴들이었다.

100살쯤 되어 보이는 턱수염을 기른 노인이 서슴지 않고 터펜스의 옆자리로 다가와 앉았다. 노인이 말했다.

"먼저 나부터 이야기를 해야겠다고 생각되어서요. 보시다시피 이 중에서는 내가 나이도 가장 많고 옛날이야기를 누구보다도 많이 들었답니다. 이 마을에는 사연이 있는 이야기가 여러 가지가 있지요. 지금까지 많은 일이 있었지만 아무래도 모두 한꺼번에 이야기할 수는 없겠지요. 우리는 모두 옛날 일이라면 조금씩은 다 알고 있지요."

터펜스는 조금도 관심이 없는 화제를 노인이 들고 나올까 봐 서둘러서 말했다.

"제 생각에는 옛날에 이 마을에서 재미있는 일들이 꽤 일어났을 것 같아요. 지난번 전쟁 때가 아니고 그 이전의 전쟁이나 더 이전 말이에요. 그렇게 오래된 옛날 일까지는 여러분들도 기억에 없을 줄 압니다만. 하지만 어쩌면 집안의 어른들께 들은 이야기라도 있지 않을까 싶군요."

"아, 그 말이 맞아요. 그렇지요. 나도 렌 숙부님한테서 많은 이야기를 들었답니다. 정말 대단한 분이었지요. 숙부님은 정말 온갖 것을 다 알고 있었지요. 무슨 일이 일어나고 있는지 다 알고 있었어요. 예를 들면 지난번 전쟁이 시작되기 전에 부둣가에 있는 그 집에서 무슨 일이 일어나고 있었다는 것까지도 말입니다. 정말 그건 터무니없는 불행이었지요. 그래요, 그 파키스트인가 하는 것이……."

"파시스트예요."

낡은 레이스 숄을 목에 감고 있는, 까다로워 보이는 백발의 노부인이 말했다.

"그야 그렇게 말하고 싶으면 파시스트라고 해도 상관없지. 그런 거야 아무러면 대순가? 그래, 그 녀석이 한패였답니다. 그 이탈리아인과 같은 종류였죠. 무솔리니인가 하는 사람 말이죠. 어쨌든 그런 비린내나는 이름을 가진 녀석이었어요. 머슬스(홍합)였나, 아니, 코클스(조가비)였나? 바로 그 녀석이 이 마을에 꽤 많은 해를 끼쳤답니다. 집회 같은 것을 열어서 말이에요. 모슬리라는 사람이 그런 일에 불을 지폈지요."

"1차 대전 무렵, 메리 조던이라는 아가씨가 있었지요?"

터펜스는 이런 말을 해서 좋을지 생각해 가며 말했다.

"아, 예. 맞아요. 상당히 미인이었다지요? 해군과 육군 병사들에게서 비밀을 알아냈다더군요."

꽤 나이 먹은 노파가 가냘픈 소리로 노래를 불렀다.

그 사람, 해군도 육군도 아니네.
그러나 내게는 한 남자였지.
해군도 육군도 아니지만,
그는 영국군 포병대.

노파가 여기까지 노래하자 그 노인이 훼방을 놓았다.

티페레리로 가는 길은 멀구나.
멀고 아득한 저 길.
티페레리로 가는 길은 멀구나.
그런데 마음은 모르겠구나.

"이제 그만 됐어요, 베니. 정말 이제 그만해요."
노인의 아내 같기도 하고 딸 같기도 한 여자가 말했다.
또 다른 노파가 떨리는 목소리로 노래했다.

예쁜 아가씨들은 모두 선원을 사랑한다네.
예쁜 아가씨들은 모두 뱃사람을 사랑한다네.
예쁜 아가씨들은 모두 선원을 사랑한다네.
고생의 씨앗인 줄 알면서도.

"아, 그만, 모디. 그건 이제 진저리가 나. 자, 레이디에게 이야기를 해 드려야지. 이야기를 해 드려야 된다니까 그러네. 이분은 얘기를 들으려고 오신 거라고. 옛날에 큰 소동을 일으킨 그것이 숨겨진 곳에 대해 이야기를 들으러 오신 거죠? 거기다 그 소동에 대한 것들을요."

벤 노인이 말했다.

"아주 재미있을 것 같아요. 정말 뭐가 숨겨지기는 했나요?"

터펜스가 바짝 긴장하며 말했다.

"그렇고말고요. 나도 잘 모르는 훨씬 이전의 일이지만 이야기는 다 들었지요. 그래요, 1914년보다 더 이전이지요. 입에서 입으로 이야기가 전해졌어요. 그렇게 큰 소동을 일으키게 된 이유나 당시의 사정에 대해서는 어느 누구도 분명하게는 모르지만."

"보트 경기와 관계있는 일이었어요. 그 옥스퍼드와 케임브리지 시합 말이에요. 나도 한번 구경에 따라간 적이 있었죠. 런던의 다리 밑에선가 보트 경기가 열렸길래 구경을 갔었지요. 네, 정말 멋진 날이었어요. 옥스퍼드가 간발의 차로 이겼어요."

어떤 노부인이 말했다.

"죄다 모두 엉터리예요. 당신들은 아무것도 몰라요. 그래요, 그 소동이 있었던 것은 내가 태어나기 훨씬 전이었지만 내가 여러분보다는 더 잘 알고 있어요. 나는 마틸다 대고모에게서 들었으니까요. 대고모는 또 그분의 아주머니뻘 되는 루에게서 들은 거지요. 그러나 그 일은 마틸다나 루가 살아 계실 때보다 40년 전에 일어난 일이에요. 굉장한 소문이 나서 모두들 그 물건을 찾아본 모양입니다. 금광이라고 하는 사람도 있었죠. 네, 호주에서 가지고 돌아온 금괴라는군요. 아니, 분명치는 않으나 그런 나라에서 가져왔을 거예요."

반백의 머리에다 엄격해 보이는 여인이 말했다.

"쓸데없는 소리!"

어떤 노인이 말했다. 그 노인은 동료 노인들을 어느 누구 하나 할 것 없이 모두 혐오에 찬 눈으로 바라보면서 파이프에서 연기를 뿜어내고 있었다.

"금붕어와 뒤죽박죽이 되어 버린 거야. 틀림없어! 그만큼 아무것도 몰랐던 거라고."

"무엇이었든 상당한 값이 나가는 것이었겠지요. 그렇지 않았다면 감출 리가 없잖아요?"

또 다른 사람이 말했다.

"그래요, 정부에서 사람이 많이 나왔었지요. 경찰도 왔다 갔다고요. 그 사람들이 온통 다 찾아보았지만 아무것도 찾아내지 못했어요."

"어머, 그건 확실한 단서가 없었기 때문이에요. 단서는 틀림없이 있어요. 네, 단서가 있는 장소만 알면 말이에요."

또 다른 노부인이 의기양양한 얼굴로 고개를 끄덕였다.

"언제라도 단서는 있게 마련이지요."

"정말 재미있군요. 어딜까요? 그 단서가 어디에 있을까요? 이 마을 안, 아니면 마을 밖? 그도 아니면……."

터펜스가 말했다.

그것은 좀 공교로운 말이었다. 동시에 여섯 사람의 목소리가 각각 다른 대답을 해 댔다.

"황무지, 타워 웨스트 너머예요."

한 사람이 말했다.

"무슨 소리! 리틀 케니 교외가 맞아. 리틀 케니 바로 옆입니다."

"아니, 동굴 속이라니까. 해안 길가에 있는 동굴 말이야. '발디스 헤드'만큼이나 멀리 있잖아. 붉은 바위가 있는데 바로 거기야. 거기에 옛날 밀수꾼들의 지하 통로가 있었단 말이야. 틀림없어. 지금도 거기 그대로 있다는 이야기야."

"그전에 옛날 스페인 이야기를 읽은 적이 있어요. 아주 옛날 무적함대가 있을 무렵이랍니다. 어떤 스페인의 배가 거기에서 침몰했다는 거예요. 금화를 가득 실은 채 말이에요."

10장
기습을 당한 터펜스

"세상에……. 무척 지친 얼굴인데 무엇을 한 거야? 녹초가 되었군."
그날 저녁 집에 돌아온 토미가 물었다.
"네, 녹초가 되었어요. 다시 회복이 될지 모르겠군요, 정말."
"대체 뭘 한 거야? 설마 또 위에 올라가서 책을 뒤지진 않았겠지?"
"아뇨, 책 같은 건 이젠 두 번 다시 보기도 싫어요. 책과는 아주 인연을 끊어 버리겠어요."
"그럼, 뭔데? 뭘 했어?"
"PPC라고 알아요?"
"아니, 몰라. 가만, 그게 뭐였더라?"
"앨버트는 안다고 했지만 좀 엉뚱하게 알고 있더군요. 좀 있다가 말해 줄게요. 우선 뭣 좀 마시는 것이 좋겠어요. 칵테일이나 위스키라도 말이에요. 나도 뭐라도 좀 마시고 싶네요."

그녀는 토미에게 오후에 있었던 일을 요점만 간추려 이야기했다. 토미는 '세상에 맙소사'라는 말을 되풀이했다.

"대단한 일을 시작했군, 터펜스. 그래, 재미있는 이야기라도 있었어?"

"글쎄, 뭐라고 할까? 여섯이나 되는 사람들이 한꺼번에 말을 하니까, 게다가 대개 말도 요령 있게 하지 못하면서 제각기 다른 이야기를 하니까 듣는 쪽에서는 무슨 이야기인지 도무지 종잡을 수 없었어요. 그래도 어떤 식으로 풀어 나가야 할지 조금은 감이 잡혀요."

"어떤 감이?"

"옛날에 여기에다 숨겨 놓았다고 하는 것이며 1914년의 1차 대전 당시에 관련되었거나 더 이전과 관련이 있는 비밀인데 전해 내려온 전설이 꽤 남아 있는 거예요."

"하지만 그건 이미 알고 있는 일 아니야? 그런 일이라면 벌써 대강은 알고 있잖아."

"네, 어쨌든 옛날부터 전해진 이야기가 지금도 이 마을에 좀 남아 있어요. 그런 이야기를 마을 사람들은 마리아 숙모라든가 벤 숙부에게서 듣고는 각각 자기 나름대로 해석하고 있는 거예요. 마리아 숙모 역시 본래는 스티븐 숙부라든가 루스 숙모나 뭐라는 할머니에게서 들었다는 거고요. 아주 옛날부터 입에서 입으로 전해진 거지요. 그중에는 이쪽에서 알고 싶은 이야기도 들어 있을 거예요."

"그것이 다른 이야기들 속에 섞여 있다는 거야?"

"네, 건초 더미 속의 바늘 같죠?"

"그런데 건초 더미 속의 바늘을 어떻게 찾아내려는 건데?"

"그럴듯한 것을 몇 개 골라 보는 거예요. 정말로 자기 귀로 들은 것을 말해 줄 것 같은 사람을 말이에요. 그 사람들을 한동안 사람들과 격리시키고 그 사람들이 애거서 숙모나 베티 숙모, 혹은 제임스 숙부에게서 들은 이야기라는 것을 그대로 정확하게 말하게 하는 거예요. 그런 다음에 다시 다른 사람들과 부딪쳐 보면 한 사람 정도는 결정적인 힌트를 안겨 줄 사람이 있을 것도 같아요. 틀림없이 뭔가가 있어요. 어딘가에 말이에요."

"그래, 뭔가가 있긴 해. 그런데 우리는 그걸 모른단 말이지."

"그러니까 그걸 조사하는 거잖아요?"

"옳은 말이야. 하지만 나는 그것이 무엇인지 찾기 전에 먼저 사실은 어떤 것인가 하는 것 정도는 짐작해 두어야 한다고 생각해."

"스페인 무적함대의 금괴는 아닌 것 같고 밀수꾼들이 동굴 속에 숨겨 두었다는 것도 아닌 것 같아요."

"어쩌면 가장 좋은 프랑스제 브랜디일지도 모르겠군."

토미가 기대에 찬 목소리로 말했다.

"그럴지도 모르죠. 하지만 우리가 찾고 있는 것이 설마 그런 것이야 아니겠죠, 안 그래요?"

"모르겠어. 이러다가 그런 걸 찾아내려는 마음마저 사라질지도 모르지. 하여간 그런 거라면 찾는 것도 즐거운 일일 텐데. 어쩌면 편지 같은 것일지도 몰라. 협박의 미끼가 될 만한 60년 전쯤의 연애 편지라든지 말이야. 하지만 지금에 와서는 웃음거리나 되는 것이

고작이겠지."

"그렇겠죠. 하지만 우리로서는 머지않아 윤곽이라도 알아내야 하는데 말이에요. 우리가 잘해 나갈 수 있을까요?"

"모르겠어. 오늘 도움이 될 만한 것을 좀 알아냈지만."

"어머, 어떤 건데요?"

"인구 조사에 대한 거야."

"뭐라고요?"

"인구 조사 말이야. 옛날 어느 해에 인구 조사가 있었던 모양이야. 몇 년도인지 알아냈지. 거기에 의하면 이 집에는 파킨슨 일가 말고도 꽤 많은 사람이 있었어."

"그런 걸 대체 어떻게 알아냈어요?"

"콜러든 양이 다양한 방식으로 조사해 온 거야."

"콜러든 양에게 질투가 느껴지네요."

"그럴 필요 없어. 무척 사납고 딱딱거리는 데다 매력적인 미인이라고는 할 수 없으니까."

"어느 쪽이라도 마찬가지예요. 그런데 인구 조사가 이번 일과 무슨 관계가 있죠?"

"'범인은 우리 가운데 있다'라고 한 알렉산더의 말은 당시 이 집에 있었던 사람들을 가리킨다고 생각할 수 있지. 다시 말해 그 사람의 이름도 당시 인구 조사 신고서에 기재되었을 거야. 조사 당일 같은 집 안에 있었던 사람들은 빠짐없이 이름을 써 넣었을 테니까 기록부에 남아 있을 것 아니겠어? 그러니 짐작이 가는 사람만 알게 된다면 아는 사람을 거쳐서 손을 쓰면 어떻게 알아낼 수 있을 거야. 그렇게 되면 몇 사람으로 좁혀질 수 있지."

"네, 멋진 생각이군요. 그런데 부탁이에요. 배 속에 뭣 좀 채워 넣기로 해요. 그러면 나도 기운이 날 것 같아요. 열여섯이나 되는 사람들의 이야기를 한꺼번에 들었더니 너무 지쳐서 쓰러질 지경이에요."

앨버트가 훌륭한 식사를 만들어 주었다. 그의 요리 솜씨는 기복이 심했다. 지금은 마침 그 절정기에 있었는데 오늘 밤 그는 치즈 푸딩, 터펜스와 토미는 치즈 수플레라고 부르는 요리에 유감없이 자신의 실력을 드러냈다. 두 사람이 그 음식에 대한 이름을 잘못 사용하는 것을 앨버트는 가볍게 비난했다.

"치즈 수플레는 다른 것입니다. 달걀 흰자를 세게 휘저은 것을 좀 더 많이 넣은 것이지요."

"알았어. 치즈 푸딩이든 치즈 수플레든 아주 훌륭해."

터펜스가 말했다.

토미와 터펜스는 둘 다 먹는 일에 정신이 팔려 조사한 메모를 비교해 보는 것도 잊어버렸다. 그래도 각자 짙은 커피를 2잔씩 마신 다음 터펜스가 의자 등받이에 느긋하게 기대어 크게 한숨을 쉬며 말했다.

"겨우 살 것 같네요. 당신, 식사하기 전에 손을 씻지 않았죠?"

"먹는 일이 급해서 손 씻을 틈이 없었어. 게다가 당신이 무슨 소리 할지도 몰랐다고. 서고에 가서 먼지투성이 사다리에 올라앉아 선반을 살펴보라고 할지 누가 알겠어?"

"그런 잔인한 말은 안 해요. 자, 그럼 우리가 어디까지 진전했는지 확인해 보기로 해요."

"우리 둘을 말하는 거야, 아니면 당신만을 두고 하는 말이야?"

"그렇군요. 사실 내 얘기를 하는 거였어요. 이러쿵저러쿵해도 나는 그 이상은 모르니까요. 당신은 자신이 어디까지 갔는지 알고 있고 나 역시 내 자신이 어디까지 가 있는지 알고 있으니까요."

"어느 정도 혹시나 하는 생각이 들긴 하지만."

"거기 핸드백을 좀 집어 줄래요? 내가 식당에 두고 나왔나?"

"당신은 언제나 그 모양이군. 이번에는 좀 다르지만. 당신 의자 밑에 있잖아. 아니, 반대쪽."

터펜스는 핸드백을 집어들었다.

"정말 멋진 선물이에요. 진짜 악어 가죽이에요. 가끔 물건을 넣기가 힘이 들지만 말이에요."

"물건을 꺼내는 데도 힘이 들 것 같은데."

터펜스는 한창 애쓰는 중이었다.

"값비싼 핸드백은 속에 든 물건을 꺼내기가 무척 힘이 들어요. 그물로 짠 것이 제일 편해요. 그건 무한정 늘어나니까 얼마든지 넣을 수 있고 푸딩을 만들 때처럼 휘저을 수도 있거든요. 아, 겨우 꺼냈네."

그녀는 헉헉거리며 말했다.

"그게 뭐야? 세탁물 꼬리표처럼 생겼군."

"어머, 수첩이에요. 본래는 세탁물에 대한 것을 써 두었지요. 왜,

세탁소에서 주의하라고 일러 주는 일이 있잖아요? 베개 커버가 찢어져 있다든지 말이에요. 아직 서너 페이지밖에 사용하지 않았으니까 그럭저럭 수첩으로 쓸 수 있겠다고 생각한 거예요. 우리가 들은 것들을 여기에 적어 두었어요. 대개는 무슨 소린지 알 수 없는 이야기들뿐이지만. 자, 이렇게 적혀 있어요. 그리고 보니 인구 조사에 대한 것도 당신이 처음 말했을 때 적어 둔 것이 있군요. 그때는 무슨 말인지 알아들을 수 없었지만. 그래도 어쨌든 적어 두었어요."

"잘했어."

"그리고 헨더슨 부인과 도도라는 사람에 대한 것도 적혀 있어요."

"헨더슨 부인이 누구였더라?"

"기억 안 나요? 새삼스레 이야기할 필요도 없지만 그, 뭐라고 했더라? 그 할머니, 왜 그리핀 부인의 이야기 속에 두 사람 이름이 나왔잖아요. 이것은 전하는 말이었거나 메모겠고. 옥스퍼드와 케임브리지에 대한 것도요. 낡은 책 속에서 또 하나를 우연히 발견했답니다."

"뭘? 옥스퍼드와 케임브리지라는 건 뭐야. 학생들에 대한 거야?"

"학생이 있었는지 어떤지는 잘 모르지만 보트 경기에서 내기한 것이 아닌가 싶어요."

"그런 거라면 있을 수도 있겠지. 우리한텐 별 도움이 안 될 것 같지만."

"글쎄, 그건 알 수 없죠. 헨더슨 부인에 대한 것과 '사과나무 동산'이라는 곳에서 살았던 사람들에 대한 것, 그리고 이건 더러운 종이 조각에 쓰여 있었어요. 서고의 책갈피에 끼워져 있더군요.『카트리오나』였든가, 아니면『왕권의 그늘』이었든가 그래요."

"그건 프랑스 혁명에 대한 이야기야. 어릴 때 읽은 적이 있어."

"얼마나 도움이 될는지 모르지만 일단 적어 두긴 했어요."

"그게 뭔데?"

"연필로 써 있었는데 세 마디인 것 같아요. Grin(그린), g, r, i, n, 다음은 hen(헨), h, e, n, 나머지는 Lo(로), 대문자 L, o예요."

"좋아. 내가 생각해 보지. 히죽히죽 웃는 고양이. 그것은 그린(웃다)이 틀림없어. 헨은 헤니 페니야. 그건 동화가 아니었나? 그리고 로는……."

"'로'도 해결해야 돼요?"

"'로 앤드 비홀드.'(이게 어찌된 영문인가!) 하지만 이래서는 뜻이 통하지 않는군."

터펜스가 갑자기 말했다.

"헨리 부인, '사과나무 동산'. 그 사람은 아직 만나지 않았어요. 메도사이드에 살지요."

그녀는 재빨리 되새겨 보았다.

"그런데 난 어디까지 진전한 거지? 그리핀 부인, 옥스퍼드와 케임브리지, 보트 경기 내기, 인구 조사, 히죽히죽 웃는 고양이, 헤니 페니, 이것은 헨(암탉)이 도브레펠에 가는 이야기예요. 한스 안데르센의 작품 같은 것들 말예요. 그리고 로. 로는 거기에 닿았을 때 문득 로(보세요!)라고 한 것이 아닐까요? 도브레펠에 닿았을 때 말이에요. 대강 그런 것이라고 생각해요."

터펜스는 계속했다.

"옥스퍼드와 케임브리지의 보트 경기인지 내기에 대해서도 써 있긴 하지만."

"우리는 좀 얼간이 같은 구석이 있으니까 그만큼 불리해. 그러나 얼간이 나름대로 끈덕지게 버티고 있으면 언젠가는 잡동사니 속에 숨겨져 있는 귀중한 보석이 뜻밖에 나타나지 말라는 법도 없지는 않지. 서고의 책장에서 그 귀중한 책을 찾아낸 것처럼 말이야."

"옥스퍼드와 케임브리지. 뭔가 생각이, 아니 기억이 날 것도 같은데, 대체 뭐였을까?"

터펜스는 생각에 잠겨 말했다.

"마틸드 아니야?"

"아니, 마틸드가 아니고……."

"트루러브로군."

토미가 말했다. 그리고 얼굴 가득 미소를 지었다.

"트루러브(진정한 연인)라! 어디에 가면 진정한 연인을 만나게 될까?"

"그렇게 싱글벙글하지 말아요. 정말 보기 싫어. 당신은 자나깨나 그 생각만 하고 있는 거죠? 그린, 헨, 로(Grin-hen-lo). 뜻이 통하지 않아요. 하지만 뭔가 느낌을 알 수 있는데…… 아!"

"그 '아!'는 무슨 뜻인데?"

"아, 여보! 짐작이 가요, 물론."

"뭐가 물론이란 말이야?"

"'로' 말이에요. 바로 그 '로'. '그린'에서 생각났어요. 당신이 고양이처럼 웃었기 때문이에요. '그린', '헨', 그리고 '로'. 그게 틀림없어요."

"대체 무슨 말을 하는 거야?"

"옥스퍼드와 케임브리지의 보트 경주."

"그린 헨 로에서 어째서 옥스퍼드와 케임브리지의 보트 경주가 생각났지?"

"맞춰봐요. 3번까지 질문을 허락하겠어요."

"아니, 난 일찌감치 손들게. 도대체 뜻이 통할 리가 없으니까."

"틀림없이 통한다니까요."

"보트 경주가 말이야?"

"아니, 보트 경주와는 상관없어요. 그 색깔이에요. 내가 말하는 건 색깔이라고요."

"대체 무슨 말을 하는 거야?"

"그린 헨 로. 우리는 지금까지 거꾸로 읽었던 거예요. 사실은 반대로 읽어야 하는데."

"어쩌라는 거야? 올…… 네흐……(Ol, neh) 역시 뜻이 통하지 않는데. nirg는 어찌해 볼 수가 없군. 니르그라고 읽어야 하나?"

"그렇지 않아요. 3개의 단어를 한데 모으면 되는 거예요. 알렉산더가 책 속에서 한 것과 좀 비슷해요. 우리가 조사했던 첫 번째 책 말이에요. 그 세 개의 단어를 거꾸로 읽어 봐요. 로엔그린이라고요."

토미는 눈살을 찌푸렸다.

"아직도 모르겠어요? 로엔그린(Lohengrin)이라고요. 백조 말이에요. 바그너의……."(「로엔그린」은 바그너의 오페라로 백조를 탄 기사가 등장한다 — 옮긴이)

"하지만 백조와 관계있는 것은 없잖아?"

"아니, 있어요. 지난번에 발견한 2개의 자기 정원용 의자 말이에요. 기억나죠? 하나는 짙은 청색, 또 하나는 엷은 청색인 것들요. 분명 아이작 영감이 그것들을 보고 이렇게 말했어요. '이것이 옥스퍼드, 그건 케임브리지입니다.'라고요."

"하지만 옥스퍼드는 깨 버리지 않았어?"

"그렇지만 케임브리지는 아직 거기 있어요. 엷은 청색 말이에요. 이젠 알겠어요? 로엔그린이에요. 무엇인가가 그 2마리 백조 속에 숨겨져 있는 거예요. 토미, 우리가 다음으로 할 일은 케임브리지를 조사하는 일이에요. 엷은 청색, 아직 KK에 들어 있어요. 지금 가 볼까요?"

"뭐라고? 밤 11시에 말이야? 난 사양할게."

"내일이라도 좋아요. 내일은 런던에 가지 않아도 되죠?"

"그래."

"그럼, 내일 살펴보기로 해요."

"이 정원을 어떻게 한 걸까요? 저도 옛날엔 한동안 정원 일을 한 적이 있습니다만 채소에 대해서는 별로 아는 게 없어요. 그런데, 어떤 남자아이가 마님을 뵙고 싶다고 하네요."

앨버트가 말했다.

"그래? 남자아이란 말이지? 머리칼이 붉던가?"

"아뇨, 다른 아이입니다. 등까지 노랑 머리를 늘어뜨린 지저분한 아이에요. 어쩐지 이상한 이름이었습니다. 호텔 이름 같은…… 그래요, '로열 클래런스'였습니다. 이름이 그렇더군요. 클래런스."

"클래런스는 맞지만 로열 클래런스는 아니야."

"그런 것 같습니다. 현관에서 기다리고 있습니다. 마님을 도와드릴 수 있다고 하더군요."

"알았어. 가끔 아이작 영감을 거들어 주었겠지."

클래런스는 베란다에 놓인 낡은 팔걸이의자에 앉아 있었다. 포테이토칩으로 늦은 아침 식사를 하는 모양이었는데 왼손에는 초콜릿을 쥐고 있었다.

"안녕하세요, 마님? 도와드릴 일이 있을까 해서 왔어요."

"물론 정원 일이라면 도움이 필요하지. 전에 아이작 할아버지의 일을 거들어 주곤 했다지?"

"네, 가끔요. 많이 아는 건 아니지만. 아이작 할아버지가 그랬다는 말이 아니에요. 할아버지와 많은 얘기를 나눴어요. 옛날에는 아이작 할아버지도 굉장했던 때가 있었던 모양이에요. 아이작 할아버지를 고용한 사람도 그 무렵은 굉장했나 보지요. 옛날에 볼링고 씨 정원의 관리 책임자였다고 아이작 할아버지는 말했었죠. 아시죠? 강을 따라서 한참 내려간 곳에 살았는데 굉장히 큰 집이었어요. 지금은 학교가 되어 버렸어요. 그곳 정원 관리 책임자였다고 했어요. 하지만 저의 할머니는 그게 새빨간 거짓말이라고 하더군요."

"그런 거야 아무려면 어때? 실은 말이야, 저 작은 온실 속에서 몇 가지를 더 밖으로 내오고 싶었어."

"저 유리로 된 창고 말이에요? KK 말이죠?"

"그래, 이상하군. 클래런스가 그 이름을 알고 있다니."

"옛날부터 KK라고들 해 왔거든요. 모두들 다 그렇게 부르니까요. 일본 말이라나 봐요. 정말인지는 모르겠지만."

"자, 가 볼까?"

토미와 터펜스는 한니발과 한 줄이 되어 걸어갔다. 앨버트도 아침 식사 설거지라는 재미도 없는 일은 내던져 버리고 뒤따라갔다. 한니발은 굉장히 만족해하며 단서가 될 만한 냄새를 맡고 있었다. 개는 KK 앞에서 다시 일행과 합류하자 지극히 흥미 있다는 듯 냄새를 맡았다.

"한니발! 너도 거들어 주겠니? 뭐든지 이상한 점이 있으면 알려 줘, 알았지?"

터펜스가 말했다.

"이 개는 무슨 종인가요? 옛날에 쥐를 잡는 데 쓴 개라고 누가 그러던데 정말이에요?"

클래런스가 물었다.

"그렇지. 맨체스터 테리어 종인데 옛날부터 검은색과 갈색이야."

토미가 말했다.

한니발은 사람들이 자기 얘기를 하는 것을 눈치채고는 돌아보더니 몸을 떨면서 연신 꼬리를 흔들어 댔다. 그런 다음 자리에 앉았는데 기분이 좋아 보였다.

"물어뜯나요? 모두들 그러던데요."

클래런스가 물었다.

"아주 좋은 개란다. 무슨 사고라도 날까 봐 늘 나를 지켜주지."

터펜스가 말했다.

"그 말이 맞아. 내가 없을 때에는 내 대신 한니발이 당신을 지켜 주니까. 나흘 전에는 우편배달부가 하마터면 물릴 뻔했다고 하더군."

토미가 말했다.

"개는 우체부 아저씨에게 그런 행동을 하고 싶어 하는 거란다. 넌 KK의 열쇠가 어디 있는지 아니?"

"예, 알아요. 창고 안에 걸려 있지요. 화분 넣는 창고 말이에요."

클래런스는 열쇠를 가지러 갔다가 곧 돌아왔다. 한때 녹이 잔뜩 슬어 있던 열쇠에는 이제 기름이 조금 묻어 있었다.

"기름이 칠해져 있네요. 아이작 할아버지가 칠한 게 분명해요."

클래런스가 말했다.

"그래, 칠하기 전에는 잘 열리지 않았어."

문이 열렸다. 주위에 백조를 곁들인 자기 의자 케임브리지는 보기만 해도 고왔다. 알맞은 계절이 되면 베란다에 내놓을 생각으로 아이작이 더러운 것을 닦아 내고 손질해 둔 게 틀림없었다.

"짙은 청색 의자도 있을 텐데요. 옥스퍼드와 케임브리지라고 아이작 할아버지가 그러던데요."

클래런스가 말했다.

"정말?"

"네, 짙은 청색이 옥스퍼드이고 엷은 청색이 케임브리지라고요. 참, 옥스퍼드는 깨졌다고요?"

"그래, 어쩐지 보트 경주 같은 생각이 안 들어?"

"그러고 보니 저 흔들목마도 무슨 일이 있었나 봐요. KK 안에 지저분한 것이 잔뜩 흩어져 있는 걸로 봐서요."

"그래."

"마틸다라든가? 좀 이상한 이름이었죠?"

"그래. 마틸드는 수술을 받았단다."

그 말이 우스웠는지 클래런스는 큰소리로 웃었다.

"저의 에디스 대고모님도 수술을 받았어요. 배 속에 든 것을 꺼냈는데도 다시 건강해지셨어요."

클래런스는 좀 실망한 듯한 투로 말했다.

"이런 것은 속을 조사할 길이 없겠지."

터펜스가 말했다.

"짙은 청색 의자처럼 깨 버리면 되죠. 그럴 수밖에 없겠네요. 꼭대기의 S자 같은 틈새, 이리로 밀어 넣을 수 있겠네. 우편함같이 말이에요."

"그래, 이리로 들어가겠다. 재미있는 생각이야. 아주 멋진 생각인걸, 클래런스."

토미가 상냥하게 말했다.

클래런스는 만족한 얼굴이었다.

"밑 뚜껑을 열면 돼요."

"밑 뚜껑을 열다니, 열리게 되어 있니? 누가 가르쳐 주었지?"

터펜스가 말했다.

"아이작 할아버지가요. 할아버지가 여는 것을 몇 번 본 적 있어요. 거꾸로 해서 먼저 밑 뚜껑을 돌려 보는 거예요. 좀처럼 움직이지 않을 때도 있어요. 그럴 때는 뚜껑 사이에 기름을 조금 치고 그게 스며든 다음에 뚜껑을 돌리면 돼요."

"그럴듯하군."

"거꾸로 세우는 게 제일 편해요."

"여기 있는 것은 하나같이 거꾸로 하지 않으면 안 되는가 봐. 마틸드도 수술하기 전에 먼저 뒤집어야 했으니까."

터펜스가 말했다.

한동안 케임브리지는 지렛대를 가져와도 꼼짝도 안 할 것 같았는데 갑자기 밑 뚜껑이 돌아가기 시작하더니 그 뒤로는 쉽게 뚜껑이 열렸다.

"쓰레기 같은 것이 잔뜩 들어 있을 거예요."

클래런스가 말했다.

한니발이 거들려고 다가왔다. 자기 눈앞에서 일어나고 있는 일을 거들지 않고는 못 배기는 개였다. 자기 손이, 아니 발이 닿지 않으면 아무 일도 안 되는 줄 아는 모양이었다. 하긴 그의 경우에는 오로지

코를 써서 조사에 협력하는 것이었지만. 지금도 그는 코를 갖다 댈 듯이 낮게 으르렁거리더니 조금 뒤로 물러나 앉았다.

"이게 별로 마음에 안 드는 모양이군."

터펜스는 그렇게 중얼거리더니 조금은 기분이 나쁜 내부를 들여다보았다.

"아!"

클래런스가 말했다.

"왜 그래?"

"긁혔어요. 옆에 달린 못에 무엇이 걸려 있는데요. 못인지 뭔지는 모르겠지만. 뭘까, 이게? 아니!"

한니발까지 가세하여 짖어 댔다.

"바로 안쪽 못에 걸려 있어요. 예, 떨어졌어요. 이게 왜 이리 미끄럽지? 자, 보세요."

클래런스는 검은 방수천에 싸인 것을 꺼냈다.

한니발이 다가와 터펜스의 발 앞에 앉더니 으르렁거렸다.

"무슨 일이라도 있니, 한니발?"

한니발은 다시 으르렁거렸다. 터펜스는 쪼그리고 앉아 머리와 귀를 쓰다듬어 주었다.

"왜 그래, 한니발? 너는 옥스퍼드가 이겼으면 좋겠다고 생각하고 있었겠지? 하지만, 보라고. 케임브리지가 이겼어. 여보, 기억나요? 옛날 한니발에게 TV로 보트 경주를 보여 줬잖아요."

터펜스는 토미에게 말했다.

"그야 기억하지. 골인이 되기 직전에 한니발이 굉장히 화를 내면서 짖어 대는 바람에 말소리를 전혀 알아들을 수 없었지."

"그래도 화면은 볼 수 있었으니까 그 정도로 참아야지요. 하지만 기억하나 몰라. 한니발은 케임브리지가 이기기를 바라지 않았단 말예요."

"이 녀석은 틀림없이 옥스퍼드 명명이 대학에서 공부했을 거야."

한니발은 터펜스의 곁을 떠나 토미 쪽으로 가더니 만족스러운 듯 꼬리를 흔들었다.

"당신 말을 듣고 좋아서 어쩔 줄 모르는 거예요. 틀림없이 그래요. 나는 한니발이 고작 멍멍이 개방 대학에서 공부한 게 아닐까 했는데!"

"무엇을 전공했을까?"

토미가 웃으면서 물었다.

"뼈의 처리법에 대해서겠죠."

"과연 한니발다운 과목이군."

"네, 그래요. 경솔한 행동이었지만 전에 앨버트가 양고기 다리를 뼈째 준 적이 있었어요. 처음에는 한니발이 그것을 응접실의 쿠션 밑으로 밀어 넣고 있는 것을 내가 보았거든요. 그래서 정원으로 쫓아내고 문을 닫아 버렸지요. 창밖을 내다보니까 글라디올러스를 심어 놓은 화단으로 들어가더니 거기에 뼈를 정성스레 파묻는 거예요. 뼈에 관한 한 그 처리를 아주 깔끔하게 잘해요. 절대 먹으려고는 하지 않아요. 만일의 경우를 대비해서 숨겨 두는 거예요."

"뒤에 가서 다시 파내기도 하나요?"

클래런스가 개 연구를 거들면서 말했다.

"그러겠지. 뼈가 너무 오래되어 차라리 그대로 묻어 두는 게 낫겠다 싶을 때도 있단다."

터펜스가 말했다.

"우리 집 개는 개 비스킷을 싫어해요."

클래런스가 말했다.

"먹다가도 그것만 남길걸. 고기는 제일 먼저 먹어 버리고 말이야."

터펜스가 말했다.

"하지만 스펀지 케이크는 좋아해요."

한니발은 케임브리지 속에서 방금 꺼낸 전리품의 냄새를 맡다가 갑자기 홱 뒤돌아보며 컹컹 짖기 시작했다.

"가서 누가 왔는지 보고 오세요. 정원사일지도 모르겠어요. 지난번에 얘기한 헤링 부인이 예전에 솜씨 좋은 정원사였고 지금도 삯일을 하는 노인을 알고 있다고 했어요."

토미가 문을 열고 밖으로 나갔다. 한니발도 따라갔다.

"아무도 없는데."

한니발이 또 짖었다. 먼저 으르렁거리기 시작하더니 짖는 소리가 점점 커졌다.

"잔뜩 우거진 저 팜파스 잔디 속에 사람 같은 게 있다고 생각하는 모양이야. 누가 이 녀석의 뼈다귀를 파내고 있을지도 모르지. 아니면 토끼가 있나? 토끼를 상대할 때의 한니발은 정말 어리석어. 구스르고 부추겨 주지 않으면 쫓아갈 생각도 않는단 말이야. 토끼는 곱게 봐주는 모양인가 봐. 비둘기나 커다란 새라면 두말없이 쫓아가는데 말이야. 다행히 잡은 적은 한 번도 없었지만."

한니발은 팜파스 잔디 부근에서 냄새를 맡으며 먼저 으르렁거리기 시작하더니 다음에는 큰 소리로 짖기 시작했다. 그리고 가끔 토미를 돌아보았다.

"고양이라도 있나 보군. 부근에 고양이가 있으면 저 녀석이 어떻게 행동하는지 당신도 알지? 한니발이 그걸 보고 저러는 모양이야. 가끔 커다란 고양이와 또 1마리 조그만 녀석이 들어오지. '꼬마 고양이'라고 하는 그 녀석 말이야."

"그 고양이는 언제나 집 안에까지 들어오곤 해요. 조금이라도 틈만 있으면 들어오는가 봐요. 이젠 그만 해, 한니발. 돌아와!"

한니발은 그 소리를 듣고 돌아다보았다. 개는 흥분해서 무시무시한 표정을 짓고 있었다. 터펜스를 힐끗 보고 몇 발자국 돌아오는가 싶더니 다시 팜파스 잔디의 덤불을 보고는 맹렬하게 짖어 댔다.

"마음에 걸리는 게 있나 보군. 이리 와, 한니발!"

토미가 말했다."

한니발은 온몸을 떨면서 목을 흔들며 토미를 보고는 다시 터펜스를 보는가 싶더니 큰 소리로 짖어 대며 갑자기 팜파스 잔디의 덤불을 향해 뛰어들었다.

그때 느닷없이 총소리가 2번 울렸다.

"어머, 토끼 사냥을 하나 봐."

터펜스가 소리쳤다.

"돌아와! KK 안으로 들어가, 터펜스."

토미가 말했다.

무엇인가가 토미의 귀밑을 스치고 지나갔다. 한니발은 이제 온몸의 신경을 곤두세우고 팜파스 잔디 주위를 빙빙 돌며 뛰고 있었다. 토미는 그 뒤를 쫓아서 뛰기 시작했다.

"누군가를 뒤쫓고 있는 거야. 누가 언덕을 달려 내려가고 있어. 한니발은 미친 듯이 달려가는군."

토미가 말했다.

"누구예요? 무슨 일이에요?"

터펜스가 말했다.

"괜찮아, 당신?"

"아뇨, 좋지 않아요. 무엇인가가 여기에 날아와서 박혔어요. 어깨 바로 밑이요. 뭐죠?"

"누가 우리를 보고 쏜 거야. 그 팜파스 잔디 덤불 속에 숨어 있던 녀석이."

"우리 행동을 지켜보고 있었군요, 그렇죠?"

"아일랜드 사람들이 아닐까요? IRA가 분명해요. 이곳을 폭탄으로 날려 버릴 작정이었을 거예요."

클래런스가 말했다.

"정치적인 의미가 있는 일이라고는 생각되지 않는데."

터펜스가 말했다.

"집으로 들어갑시다. 자아, 빨리! 클래런스, 너도 따라오는 게 좋겠다."

토미가 말했다.

"그 개, 물어뜯지 않나요?"

클래런스가 불안한 듯 말했다.

"괜찮아. 지금은 한니발도 바쁜 모양이다."

일행이 모퉁이를 돌아 정원 문으로 들어가자 한니발이 갑자기 나타났다. 숨을 헐떡이면서 언덕을 달려갔다 온 것이다. 그 녀석은 말을 하는 것처럼 토미에게 걸어왔다. 토미 옆에 다가오더니 온몸을 흔들며 토미의 무릎에 앞발을 걸어서 바짓가랑이를 물고는 방금 자기가 온 쪽으로 토미를 끌고 가려고 했다.

"지금 그 사람을 함께 뒤쫓자는 건가 봐."

"그만둬요. 어떤 총인지 모르지만 총을 가진 사람에게 일부러 총알받이가 될 건 없잖아요? 더구나 당신 나이에 말이에요. 당신한테 무슨 일이 생기면 누가 나를 돌봐 주나요? 자, 집으로 들어가요."

세 사람은 서둘러 집 안으로 들어갔다.

토미는 홀에 가서 전화를 걸었다.

"뭘 하는 거예요?"

터펜스가 물었다.

"경찰에 알리려는 거야. 이런 일을 그냥 지나칠 수는 없어. 늦기 전에 연락해 두면 범인을 찾아낼지도 몰라."

"제 어깨를 어떻게든 해야겠어요. 제일 좋은 점퍼가 피로 엉망이 되어 버리겠어요."

"지금 점퍼가 대수야?"

마침 그때 앨버트가 응급 치료에 필요한 약품을 가지고 다가왔다.

"대체 어찌된 일이죠? 그 괘씸한 녀석이 설마 마님의 목숨을 노린 건 아니겠죠? 이 나라에서 다음번에는 또 무슨 일이 일어날지."

"병원에 가 보는 게 좋지 않겠어?"

"아니에요, 정말 괜찮아요. 커다란 반창고라도 붙여 놓지요. 그보다 우선 안식향 팅크라도 발라야겠어요."

"옥도정기도 있어요."

"옥도정기는 그만 둬! 너무 쓰라려. 더구나 요즘 병원에서는 옥도정기가 오히려 해롭다고 하던데."

"안식향 팅크라는 건 흡입기를 대고 빨아들이는 거라고 알고 있습니다만."

앨버트가 말했다.

"그렇게도 쓰지. 조금 긁혔거나, 살갗이 벗겨졌다든지, 아이들이 손을 베었다든지 할 때 바르면 아주 잘 듣는다네. 참, 여보, 그건 잘 챙겨 두었어요?"

"뭘?"

"아까 케임브리지 로엔그린에서 꺼낸 것 말이에요. 못에 걸려 있었지요. 그건 중요한 물건일 거예요. 아까 그 녀석들이 우리를 지켜보고 있었던 거예요. 게다가 만일 그 녀석들이 우리를 죽이고 그것을 빼앗을 생각이었다면 중요한 물건이 틀림없어요!"

11장
행동을 개시한 한니발

토미는 경감의 사무실에서 경감과 마주 앉아 있었다. 노리스 경감은 부드럽게 고개를 끄덕였다.

"나는 운 좋게 이 문제가 매듭이 지어지길 원합니다, 베레스퍼드 씨. 크로스필드 의사가 부인의 치료를 맡고 있다고요?"

"그렇습니다. 하지만 상처는 심각하지 않습니다. 총알이 스치고 지나가서 피를 많이 흘렸지만 괜찮아질 것 같습니다. 그다지 위험하지는 않은 상태라고 크로스필드 의사가 말했습니다."

"그렇지만 부인은 젊은 때와 다르니까요."

"70살이 넘었지요. 아내나 나나 점점 늙어가고 있지요."

"네, 그렇지요. 두 분이 이 마을로 이사 오신 뒤로는 부인의 소문을 마을 사람들한테서 많이 듣고 있습니다. 부인께서는 마을에서도 인기가 대단하더군요. 여러 가지 활약을 마을 사람들도 들은 모양이지요. 거기에는 선생님 이야기도 있습니다."

"원, 별말씀을!"

"과거 경력은 늘 따라다닙니다. 좋은 것이든 나쁜 것이든 말입니다."

노리스 경감은 부드러운 목소리로 말했다.

"선생님이 전과자라면 그 경력이 평생 따라다닐 것이고 지난날 영웅이었다 해도 역시 평생 동안 그 경력이 따라다니게 마련이죠. 이 점만은 분명히 말씀드리겠습니다. 이번 사건은 우리 경찰로서도 전력을 다해 해결에 노력할 생각입니다. 범인의 인상을 말해 주시겠습니까?"

"모르겠군요. 내가 보았을 때 우리 집 개에게 쫓겨 달아나고 있었거든요. 별로 나이 먹은 사람 같지는 않았습니다. 그렇게 가볍게 달아날 수 있는 것을 보면 말입니다."

"짐작하기 어려운 나이군요. 15세 전후는요?"

"그보다는 더 들어 보였습니다."

"전화나 편지로 돈 따위를 요구해 온 적은 없었습니까? 지금 사시는 집에서 나가라고 한다든지 말입니다."

"아니, 그런 일은 없었습니다."

"이리로 이사 온 지는 얼마나 되었습니까?"

토미는 대답해 주었다.

"흠, 아직 얼마 안 됐군요. 선생님은 평일에는 거의 런던에 가시죠?"

"그렇습니다. 자세한 것을 알고 싶으시면……."

"아니, 자세한 것까지는 필요 없습니다. 한 가지 말씀드리고 싶은 것은 너무 자주 외출하시지 말라는 겁니다. 되도록 댁에 계시면서 부인을 보호해 주셨으면 해서……."

"전부터 생각하고 있었습니다. 이젠 좋은 구실이 생겼으니 런던에서 열리는 여러 모임에 항상 얼굴을 내밀지 않아도 될 겁니다."

"저희도 경계에 만전을 기할 생각입니다. 만일 그 범인을 잡게 되면……."

"저, 이런 말을 묻는 것이 아닌 줄은 압니다만 범인에 대해 짐작 가는 거라도 있습니까? 그의 이름이나 범행 동기 같은 것을 아시냐는 얘기입니다."

"아, 예. 이 부근의 일부 녀석들에 대해 꽤 많은 것을 알고 있습니다. 종종 경찰은 녀석들이 생각하는 것 이상으로 알고 있죠. 때로는 알고 있는 것을 감출 때도 있습니다. 마지막에 가서 범인을 가려내는 데는 그게 가장 좋은 방법이니까요. 그렇게 하면 녀석들과 손을 잡고 있는 사람이나 돈으로 그들을 움직이는 사람, 그리고 그 범행이 과연 녀석들만의 머리에서 나온 것인가 하는 것까지 알게 됩니다. 그런데 어째선지 제 생각에는 이번 범인이 우리 지역의 녀석들이 아닌 것 같습니다."

"어째서 그렇게 생각하시죠?"

"들리는 소리가 그렇습니다. 여러 경찰서에서 정보가 들어오니까요."

토미와 경감은 5분 가량 서로의 얼굴만 빤히 바라보았다. 누구도 입을 열지 않았다.

"그렇군요. 알겠습니다. 알 것 같군요."

"한 가지 말씀드린다면 선생님 정원 있잖습니까. 손을 좀 보실 필요가 있더군요."

"아마 아실 것 같은데 정원사가 살해당했습니다."

"네, 모두 알고 있습니다. 아이작 바들리콧 노인이었죠? 재미있는 노인이었습니다. 젊었을 때의 활약에 대해 때때로 장황하게 늘어놓곤 했었죠. 잘 알려진 사람이었고 믿을 수 있는 사람이었습니다."

"왜 살해당했는지, 누구에게 당했는지 저는 짐작도 할 수 없군요. 아직 아무도 단서를 잡거나 알아낸 것이 없는 모양이죠?"

"경찰이 아직 단서를 잡지 못하고 있다는 말씀이군요. 이런 일은 시간이 좀 걸리게 마련이라서요. 검시가 이루어지고 검시관이 '알 수 없는 사람에 의한 살인'이라는 결론을 내린다고 해서 그것으로 금방 범인을 알아내게 되는 건 아닙니다. 대개 그것은 시작 단계에 불과하죠. 그런데 아까 말씀드리려 한 것 말입니다만 언제고 어떤 남자가 댁으로 찾아와 혹시 정원 일을 할 사람을 찾지 않느냐고 물을 겁니다. 1주일에 이삼 일이면 시간을 낼 수 있다고 하면서 말입니다. 아니, 시간을 더 낼 수 있다고 할지도 모르지요. 참고로 솔로몬 씨 댁에서 몇 년 동안 일한 적이 있다고 할 거고요. 그 이름은 기억하시겠지요?"

"솔로몬 씨라고요?"

노리스 경감의 눈이 반짝 빛나는 듯했다.

"그렇습니다. 이미 고인이 되었지요. 과거에 이 마을에 살았던 사람으로 날품팔이 정원사를 몇 사람 썼지요. 댁에 찾아가게 될 사람의 이름은 저도 확실히는 모릅니다. 기억이 잘 안 난다고 해 둘까요? 아마 여러 이름 가운데 하나일 겁니다. 크리스핀쯤 될 것 같군요. 나이는 30세에서 50세 사이. 솔로몬 씨 댁에서 일했던 남자죠. 누가 찾아와서 임시로 정원 일을 하겠다고 하면서 솔로몬 씨 이름을 대지 않으면 저라면 그 녀석을 고용하지 않겠습니다. 한마디 충고 정도로 들어 주십시오."

"알겠습니다. 적어도 요점은 알 수 있을 것 같습니다."

"과연 이해가 빠르시군요. 하긴 이런 일은 지금까지의 활동 중에서도 가끔 경험하신 일일 것입니다만. 그 밖에 저희가 말씀드릴 수 있는 것으로 알고 싶은 건 없습니까?"

"없는 것 같군요. 무엇을 물어야 할지도 모르겠습니다."

"우리도 수사에 들어갈 겁니다. 반드시 이 마을에서만은 아니고요. 런던이나 다른 곳으로 조사를 하러 갈지도 모릅니다. 우리로서는 힘닿는 데까지 조사에 협력하겠습니다. 이제 대강 아시겠죠?"

"저도 집사람이 너무 깊이 개입하지 못하도록 단속을 하겠습니다. 그런데 그것이 실은 쉽지 않습니다."

"여자들은 다루기가 까다롭지요."

그런 일이 있은 뒤 토미는 터펜스가 포도를 먹는 모습을 침대 옆에서 보면서 경감이 하던 말을 되뇌어 보았다.

"포도를 씨째로 먹는 거야?"

"늘 그러는걸요. 씨를 골라내는 일은 꽤 시간이 걸리잖아요? 먹어서 별로 해로울 것도 없어요."

"하긴 당신이 지금까지 무사하고 지금까지 쭉 그래 왔다면 분명히 해가 되는 건 아닌 것 같군."

"경찰에서는 뭐래요?"

"예상했던 대로야."

"범인의 윤곽 정도는 잡고 있나요?"

"이 지방 사람이 아닌 것 같다고 하더군."

"누굴 만났어요? 와트슨 경감?"

"아니, 노리스 경감이야."

"내가 모르는 사람이네. 다른 말은 안 하던가요?"

"여자들은 다루기가 아주 까다롭다고 하더군."

"정말요? 그 사람은 당신이 집에 돌아와 나한테 그런 말을 전할 거라는 사실을 알고 있나요?"

"아마 모르겠지."

토미는 자리에서 일어났다.

"런던에 한두 군데 전화를 걸어야겠어. 한 이틀 런던에 가는 것을 보류해야 하거든."

"가도 돼요. 나는 안전하니까요. 앨버트가 신경을 써 줄 것이고 이것저것 시중을 들어 줄 거예요. 크로스필드 의사도 정말 친절해서 마치 알을 품고 있는 암탉처럼 나를 지켜봐 주고 있어요."

"내가 앨버트 대신 시장에 다녀올게. 뭐 필요한 거라도 있어?"

"멜론 하나만 사다 줄래요? 과일이 먹고 싶어 죽겠어요. 먹고 싶은 거라곤 과일밖에 없어요."

"알았어."

토미는 런던의 전화번호를 돌렸다.

"파이커웨이 대령님이십니까?"

"그렇소만, 아, 자넨가? 토마스 베레스퍼드?"

"목소리만 듣고도 아시는군요. 말씀드릴 것이 있습니다."

"터펜스에 대한 일이로군. 다 듣고 있으니 이야기할 것까지는 없어. 한 이틀이나 일주일 정도는 집에 가만히 있는 거야. 런던으로 올라와선 안 되네. 무슨 일이 생기면 알려 주고 말이야."

"대령님, 가져갈 물건이 있습니다."

"지금은 잘 보관하고 있게. 때가 오기까지 숨겨 둘 곳을 생각해 보라고 터펜스에게 전해 주게나."

"그런 일은 터펜스의 특기입니다. 우리 집 개와 마찬가지지요. 우리 집 개는 뼈다귀를 정원에 잘 숨기거든요."

"그 개는 자네들을 노린 녀석을 쫓아가서 멀리 쫓아 버렸다더군."

"대령님은 모르는 것이 없이 다 알고 계신 모양이군요."

"우리는 언제나 무엇이나 알고 있다네."

"개가 범인을 물어뜯었지요. 그래서 범인의 바지 한 조각을 입에 물고 돌아왔습니다."

12장
옥스퍼드, 케임브리지 그리고 로엔그린

"어서 오게. 갑자기 불러 미안하게 되었네만 역시 만나서 얘기하는 편이 낫겠다는 생각이 들어서 말일세."

파이커웨이 대령이 담배 연기를 내뿜으며 말했다.

"아시고 계실 줄 압니다만. 요즘 와서 집사람과 제 신변에 좀 뜻밖의 일이 일어나고 있습니다."

"흠! 어째서 내가 알고 있다고 생각했나?"

"대령님은 언제나 무엇이든 알고 계시니까요."

파이커웨이 대령은 웃음을 터뜨렸다.

"허, 그리고 보니 내가 한 말이 그대로 되돌아오는군. 내가 그런 말을 했었지. 우리는 모든 걸 알고 있네. 그 때문에 우리가 그 방면의 일을 하고 있는 것이지. 위험했었나? 자네 부인 말이야."

"위험할 정도의 부상은 아니었지만 자칫 큰일 날 뻔했습니다. 자세한 부분까지 알고 계실 줄 압니다만 그래도 자초지종을 말씀드릴까요?"

"그럼, 한번 말해 보게. 내 귀에 들어오지 않은 것도 있을 테니까. 로엔그린 말일세. 그린 헨 로. 감각이 날카롭군, 자네 부인 말이야. 급소를 놓치지 않았거든. 언뜻 보기엔 하찮은 문제 같지만 결과가 나타나지 않았는가?"

"오늘은 결과물을 가지고 왔습니다. 대령님께 보여 드릴 때까지 밀가루 넣어 두는 통 안에 숨겨 두었죠. 우편으로 보내려다가 마음이 놓이질 않아서요."

"그건 안 되지. 당연히."

"깡통, 아니 깡통이 아니고 그런 통보다는 좋은 금속 용기였는데 로엔그린 안에 매달려 있었습니다. 엷은 청색 로엔그린입니다. 케임브리지라고 하는데 빅토리아 왕조풍으로 야외용 자기 의자이지요."

"옛날에 본 기억이 있네. 시골에 사는 숙모가 1쌍 가지고 있었지."

"통은 방수 처리가 된 천에 싸여 있어 조금도 상한 곳이 없었습니다. 안에 편지가 들어 있더군요. 편지는 삭아서 부스러지게 되었습니다. 전문가가 본다면……."

"응, 그런 것은 무슨 방법이 있을 걸세."

"그럼, 이 문제는 대령님께 일임하겠습니다. 그리고 터펜스와 내가 메모해 둔 것을 표로 정리해 왔습니다. 주위에서 들은 이야기들이죠."

"이름도 있나?"

"네, 서너 개 정도. 옥스퍼드와 케임브리지에 대한 단서라든지 당시 마을에 있던 옥스퍼드와 케임브리지 학생에 대한 이야기라든지 그런 것은 별 의미가 있을 것으로는 생각되지 않는군요. 사실, 자기 의자 로엔그린을 가리키고 있는 것이 뻔하니까요."

"흠! 한두 가지 아주 흥미로운 게 있군."

"피격당한 뒤에 저는 곧바로 경찰에 신고했습니다."

"좋아."

"이튿날 경찰서에서 연락이 와서 노리스 경감과 만났습니다. 본 적이 없는 사람이더군요. 새로 부임해 온 사람 같았습니다."

"특별히 파견되었겠지."

파이커웨이 대령은 그렇게 말하고 다시금 연기를 내뿜었다. 토미는 기침을 했다.

"대령님은 노리스 경감에 대해 잘 아시는 것 같군요."

"알고 있네. 우리는 모든 일과 관련이 있으니까. 그 남자라면 걱정할 것 없네. 이번 사건을 담당할 거야. 자네들 뒤를 밟고 자네들에 대해 이것저것 알아보고 다니는 녀석들을 찾아내는 데는 그 지방 경찰들이 오히려 더 나을지 모르니까. 한동안 부인과 함께 어디 다른 곳으로 가 있는 게 좋지 않겠나?"

"그렇게는 할 수 없습니다."

"부인이 가지 않을 것이란 뜻인가?"

"거듭 말씀드리지만 역시 대령님은 모르는 게 없으시군요. 터펜스는 꼼짝 않을 여잡니다. 집사람은 중태거나 병이 난 게 아니고, 더구나 지금은 녀석의 꼬리를 잡게 되었다고 생각하고 있습니다. 그 정체는 터펜스도 저도 모릅니다. 무엇을 찾아내야 하고 어떻게 해야 되는지도 모르고요."

"낌새를 맡으며 돌아다니는 걸세. 이 사건에는 그것밖엔 별달리 방법이 없네."

대령은 금속으로 된 통을 손톱으로 두드렸다.

"이 작은 통이 얘기해 주겠지. 우리가 예전부터 알고 싶어 하던 일을 말일세. 몇십 년 전 무대 뒤에서 수많은 부정을 저지른 장본인이 누구인지 말이야."

"그건 틀림없이……."

"자네가 무슨 말을 하려는지는 아네. 그가 누구든 그 녀석도 이미 고인이 되었을 것이라는 말이겠지. 맞는 말일세. 하지만 어떤 일이 진행되고 있었는지, 어째서 그런 일이 생기게 되었는지, 누가 뒤에서 지시했는지, 그것을 계승하여 그 뒤로 지금까지 계속 같은 범행을 저지르고 있는 사람이 누구인지, 그런 것들을 이 통이 가르쳐 줄 걸세. 그 사람들은 겉으로 보기에는 대단치 않아도 사실은 우리가 생각했던 것보다 더 거물일지도 모르지. 나아가서는 그 사람들의 그룹과 말하자면 손을 잡고 있는 녀석들의 일까지도 밝혀질 걸세. 그 그룹의 멤버는 지금도 이어지고 있을지도 모르거든. 역시 같은 생각을 가진 무리들이지. 옛날 멤버와 마찬가지로 폭력과 악을 좋아하고 외부의 그룹과 연락을 취하고 있을 걸세. 물론 문제가 없는 그룹도 있지만 일부는 그룹이기 때문에 더욱 처치곤란하단 말일세.

이것이 일종의 전술이란 것이네. 근래에 와서도 그렇지. 지난 100년 사이에 일어났던 일들은 우리도 명심하고 있어. 사람들이 단결하여 작은 숫자지만 결속력이 있는 폭도가 되면 자기 손으로 하거나 자기가 손을 대는 대신 다른 사람들을 선동해서 무슨 일이라도 해치울 수가 있는 실로 놀라운 힘을 만들어 내지."

"질문을 좀 해도 되겠습니까?"

"누구든 질문할 수 있지. 우리는 모든 일을 다 알고 있지만 항상 대답하지는 않네. 미리 일러 두는 것일세."

"솔로몬이라는 이름을 들어 보신 적이 있습니까?"

"흠, 솔로몬이라! 그 이름을 누구한테서 들었나?"

"노리스 경감이 말하더군요."

"그렇군. 웅, 노리스 경감이 말한 대로 하면 되네. 자네는 솔로몬과 만날 수 없다네. 그는 이미 죽었거든."

"예, 알고 있습니다."

"자네는 아직 완전히 알고 있지는 않을 거야. 우리는 가끔 그 남자의 이름을 쓴다네. 이름을 빌려 쓸 수 있다는 것은 꽤 편리한 것이지. 그것도 실제 생존한 인물로서 이미 고인이 되었는데도 그 부근에서 존경을 받고 있는 그런 인물의 이름이 좋단 말일세. 자네들이 월계수 저택으로 이사한 것은 정말 절호의 찬스라고 생각해서 우리는 그것이 행운을 가져다 줄 징조일지도 모른다고 여기고 있네. 그러나 그것이 자네나 부인에게 불행을 안겨 준다면 곤란하지. 누구나 어떤 일이나 일단 의심하게. 그게 최선의 방법일세."

"주위에서 내가 믿을 수 있는 건 둘뿐입니다. 하나는 앨버트인데 오랫동안 우리 집에서 일해 오고……."

"알아. 앨버트라면 기억하고 있네. 머리칼이 붉은 젊은이였지?"

"이제 더 이상 젊은이라고 할 수 없죠."

"또 한 사람은?"

"한니발이란 개입니다."

"흠, 그래. 생각보다 도움이 될지도 모르겠군. 와츠 박사였나? '개는 짖거나 물어뜯는 것이 즐거움이다. 그것이 그들의 천성이니까.'로 시작하는 찬미가를 만든 사람 말일세. 어떤 종인가, 셰퍼드?"

"아니요, 맨체스터 테리어 종입니다."

"아, 옛날 그대로 검정과 갈색을 한 녀석 말이군. 도베르만 핀셔만큼 크지는 않아도 자기가 할 일은 아는 개지."

13장
멀린스 양의 방문

터펜스가 정원 오솔길을 걷고 있을 때 집에서 빠른 걸음으로 앨버트가 다가왔다.

"어떤 여자가 마님을 뵙고 싶다며 기다리고 있습니다."

"여자? 누군데?"

"멀린스 양이라고 했습니다. 이리로 가 보라고 마을 여자들이 권하더라는군요."

"아, 그래. 정원 때문에 왔다고 하진 않았어?"

"네, 정원에 대해 말을 했습니다."

"그렇다면 이리로 안내해 줬으면 좋겠어."

"알겠습니다."

앨버트의 목소리에는 오랜 관록이 충분히 드러났다. 그는 집 쪽으로 되돌아갔다가 얼마 뒤 트위드 바지에 두꺼운 풀오버를 걸친,

키가 크고 마치 남자 같은 여자를 데리고 나왔다.

"오늘 아침에는 바람이 제법 차네요. 아이리스 멀린스라고 해요. 그리핀 부인이 마님을 만나 뵈라고 해서 왔어요. 정원 일을 해 줄 사람을 찾고 계신다고요?"

여자가 말했다. 그녀의 목소리는 굵고 조금 쉰 듯했다.

"안녕하세요?"

터펜스는 악수를 청하며 말했다.

"만나서 반가워요. 네, 정원 일을 도와줄 사람을 찾고 있었죠."

"이사 오신 지 얼마 안 되시죠?"

"그런데도 벌써 몇 년이 된 것 같은 느낌이에요. 얼마 전까지 일꾼들이 들락거렸지요."

멀린스는 굵고 쉰 목소리로 웃으면서 말했다.

"그러세요? 일꾼이 들락거리는 동안 얼마나 정신이 없는지 저도 알아요. 하지만 일꾼들에게 아주 맡겨 버리지 않은 건 정말 잘하신 거예요. 집주인이 이사하기 전에는 끝이 안 나는 걸요. 게다가 이사하신 뒤에도 일꾼을 불러다가 다시 고쳐야 되니까요. 정말 멋진 정원이네요. 좀 거칠어지긴 했지만."

"네, 전에 살던 사람이 정원에 별로 관심이 없었나 봐요."

"존스 씨인가 하는 집안이었죠? 제가 아는 분은 아니에요. 전 대부분의 시간을 이곳에서 보낸답니다. 제가 사는 곳은 이곳과는 반대편이지요. 마을 저 끝이랍니다. 부근에 있는 두 집만 정기적으로 찾아가고 있죠. 한 집에는 매주 두 번, 또 한 집은 한 번 간답니다.

사실 언제나 깨끗이 해 두려면 하루로는 모자라요. 댁에서는 아이작 영감님을 고용하셨죠? 좋은 영감님이셨어요. 정말 가슴 아픈 일이에요. 언제나 사람을 가리지 않고 덤벼드는 난폭한 게릴라 같은 녀석들에게 살해당하다니. 일주일쯤 전에 검시 재판이 있었다죠? 범인은 아직 모른다더군요. 그런 패거리들은 몇 명씩 그룹을 지어 돌아다녀요. 그리고 뒤에서 달려들어 목을 조르지요. 천성이 나쁜 거예요. 대개 젊을수록 더 성질이 고약하답니다. 어머, 마그놀리아가 참 예쁘네요. 소울랑기아나 목련이 틀림없죠? 뭐니뭐니해도 이게 제일이에요. 모두들 언제나 진귀한 품종을 탐내지만 저는 마그놀리아 역시 옛날부터 낯익은 것을 소중히 하는 게 좋다고 생각해요."

"그것보다 실은 채소에 대한 것을 생각하고 있었는데."

"네, 제대로 된 채소밭을 만들고 싶다는 말씀이시죠? 지금까지 사시던 분은 채소밭은 별로 가꾸지 않았던 것 같아요. 모두들 약은 탓일까요? 채소라면 사서 먹는 편이 싸니까 직접 재배하려고 안 하는 거예요."

"나는 오래전부터 감자와 완두콩을 가꾸어 보려고 생각해 왔어요. 그리고 강낭콩도. 그러면 새순일 때 싱싱하게 먹을 수 있으니까."

"옳은 말씀이에요. 강낭콩 중에는 껍질째 먹는 것도 있지요. 정원사는 대개 자기가 재배한 강낭콩을 자랑하고 싶어 하는 터라 45센티미터나 되는 긴 것을 만들어 보기도 한답니다. 지방의 품평회 같은 곳에서 상을 타기도 하고요. 정말 말씀하시는 대로 채소의 새순은 정말 싱싱하고 맛이 있지요."

앨버트가 갑자기 나타났다.

"레드클리프 부인이 전화하셨습니다. 내일 점심 식사를 함께하고 싶다고 하십니다."

"정말 죄송하다고 말씀드려. 내일은 런던에 가야 할지도 몰라. 잠깐, 앨버트. 전할 말을 써 줄 테니까."

그녀는 핸드백에서 조그만 수첩을 꺼내어 두세 마디 적어 앨버트에게 건넸다.

"나리께 전해 드려. 멀린스 양이 와서 정원에 있다고. 내가 나리 부탁을 깜빡 잊고 있었거든. 지금 편지를 쓰고 있을 테니까 이름과 주소를 알려 드려요. 여기에 써 놓았어."

"알겠습니다."

앨버트가 사라졌다.

터펜스는 채소 이야기를 다시 시작했다.

"꽤 바쁘겠네요? 일주일에 사흘은 일을 나간다니까."

"네, 아까도 말씀드렸듯이 마을 끝에서 끝이니까요. 저는 이곳과 반대편에 살고 있어요. 조그만 집을 하나 가지고 있지요."

그때 집에서 토미가 걸어왔다. 한니발이 커다란 원을 그리며 따라오다가 터펜스의 옆으로 달려왔다. 개는 잠깐 멈춰서서 앞발을 내미는가 싶더니 맹렬한 기세로 짖어 대며 멀린스에게 달려들었다. 그녀는 놀라 두세 걸음 물러났다.

"우리 집 말썽꾼이에요. 진짜 물지는 않는답니다. 그렇지 않을 때도 있긴 하지만. 이 개가 물고 싶어 하는 사람은 우편배달부뿐이죠."

터펜스가 말했다.

"개는 모두 우편배달부 아저씨를 물어뜯으려고 하나 봐요."

멀린스 양이 말했다.

"아주 착실하게 집을 지키는 개지요. 맨체스터 테리어예요. 집지키는 개로는 최고지요. 집을 아주 잘 지켜요. 집에 가까이 오거나 들어오려는 사람은 쫓아 주고 내게 특별히 신경을 써 준답니다. 날 지켜 주는 일이 일생에서 가장 중요한 임무라고 생각하나 봐요."

"네, 물론 요즘은 더 조심을 하셔야죠."

"네, 정말이에요. 도둑이 우글거리니까. 우리 친구들 중에도 도둑맞은 사람이 꽤 많아요. 그중에는 대낮에 터무니없는 방법으로 들어오는 녀석도 있더군요. 사다리를 타고 올라와서 창살을 떼어 내기도 하고 유리창 닦는 일꾼으로 변장하기도 하고 온갖 방법을 다 쓴다니까요. 그러니까 집에 무서운 개가 있다는 것을 되도록 선전해 둘 필요가 있어요."

"그 말씀이 맞을지도 모르겠네요."

"제 남편이에요. 이쪽은 멀린스 양이에요, 토미. 그리핀 부인은 정말 친절해요. 내가 정원 일을 해 줄 사람을 찾는다고 말해 주었다더군요."

"너무 힘들지 않을까요, 멀린스 양?"

"괜찮습니다. 땅을 일구는 일은 누구한테도 지지 않아요. 땅을 일구는 일에도 요령이 있답니다. 스위트피(장미목 콩과의 덩굴성 한해살이풀 — 옮긴이)뿐만이 아니고 어떤 것이라도 땅을 일구고 거름을 주어야만 하거든요. 우선 땅세가 좋아지기만 하면 모든 것이 달라지는걸요."

한니발은 여전히 짖어 대고 있었다.

"토미, 한니발을 데리고 가 주지 않겠어요? 오늘 아침에는 어쩐지 흥분해 있는 것 같아요."

"알았어."

"집으로 들어가서 마실 거라도 한 잔 들지 않겠어요? 오늘 아침은 좀 더운 것 같으니까 그편이 좋을 것 같아요. 그리고 일에 대한 의논도 해야 되고요."

터펜스가 멀린스를 보고 말했다.

한니발은 부엌에 갇혀 버리고 멀린스는 백포도주를 대접받았다. 두세 가지를 의논한 뒤에 멀린스는 손목시계를 보며 급히 돌아가 봐야겠다고 말했다.

"약속이 있는데 늦으면 안 돼요."

그녀는 인사도 제대로 못하고 서둘러 돌아갔다.

"저 여자라면 괜찮겠네요."

"글쎄, 하지만 아직 확실하게 믿을 수 있다고는 말할 수 없지."

"누구든 질문 정도는 해도 되겠지요?"

터펜스가 미심쩍게 말했다.

"당신은 정원을 돌아다녔는데도 지치지 않았어? 오후 조사는 그만두고 다음에 하기로 해. 당신은 안정을 취해야 한다고."

14장

정원에서의 대화

"알아들었나, 앨버트?"

토미가 말했다.

두 사람은 식기실에 있었다. 앨버트는 터펜스의 침실에서 가지고 내려온 차 쟁반을 씻고 있었다.

"네, 나리. 알고 있습니다."

"한니발이 위험을 알려 줄 거야."

"그 개는 꽤 똑똑하니까요. 아무나 따르지도 않고요."

"그래, 그건 그의 임무가 아니니까. 강도를 꼬리치며 맞아들이거나 엉뚱한 사람에게 꼬리를 흔드는 개와는 근본이 다르지. 한니발은 다 알고 있단 말일세. 그 점은 자네에게도 분명히 설명해 주었지?"

"네, 하지만 전 어떻게 해야 할지 모르겠습니다. 마님이 말씀하시는 대로 해야 합니까, 아니면 나리께서 말씀하신 걸 마님께 전해 드려야……."

"그런 건 임기응변으로 처리해야겠지. 터펜스에게 오늘은 침대에서 꼼짝 말라고 해 두었네. 마님은 자네한테 맡기겠네."

앨버트가 현관문을 열어 보니 트위드 옷을 입은 남자가 서 있었다.

앨버트가 의심스러운 얼굴로 토미를 쳐다보았다. 방문객은 현관에 들어오더니 미소를 머금고 한 발 앞으로 나섰다.

"베레스퍼드 씨죠? 정원 일을 거들어 줄 사람을 찾고 계신다고 들었습니다. 최근에 이사를 오셨죠? 차도를 걸어오다가 봤는데 정원이 꽤 황폐해져 있더군요. 2년 전에 이 마을에서 일한 적이 있습니다. 솔로몬 씨 댁에서요. 그분 이름은 들어 보셨죠?"

"솔로몬 씨라…… 그래요, 누가 얘기를 합디다."

"저는 크리스핀, 앵거스 크리스핀이라고 합니다. 정원 상태를 좀 볼 수 있을까요?"

"누가 정원 모양을 바꾸었군요."

토미의 안내로 화단과 채소밭을 둘러보면서 크리스핀이 말했다.

"이 채소밭 오솔길을 따라 시금치가 심어져 있었지요. 그 뒤가 온상(인공적으로 따뜻하게 하여 식물을 기르는 설비 — 옮긴이)이었고. 옛날에는 멜론도 심었다던데."

"선생님은 모든 걸 알고 계신 것 같군요."

크리스핀이 말했다.

"옛날 어디에 뭐가 있었다는 이야기가 귀에 많이 들어옵디다. 나이 많은 여자들이 화단에 대한 이야기를 해 주거든. 게다가 알렉산더 파킨슨이 디기탈리스 잎사귀에 대한 것을 여러 친구들에게 이야기했답니다."

"틀림없이 영리한 아이였을 겁니다."

"알렉산더는 짐작하고 있었던 거요. 그리고 범죄라는 것에 대단한 흥미를 가지고 있었을 테지. 그래서 스티븐슨의 책 속에 암호문을 남긴 거요.『검은 화살』이라는 책 속에 말이오."

"그 책은 정말 재미있더군요. 저도 5년 전쯤에 읽었습니다. 그때까지는 『유괴』밖에 읽지 않았거든요. 그 당시에 제가 일하고 있던 댁이……."

크리스핀은 거기서 잠깐 말문이 막혔다.

"솔로몬 씨?"

토미가 말했다.

"네, 맞아요. 저도 사정은 들어서 알고 있습니다. 아이작 영감님한테서요. 제가 들은 소문이 틀리지 않다면 아이작 영감님은 벌써 100살이 다 되셨을 겁니다. 선생님 댁으로 일하러 다녔다더군요."

"그렇소. 나이에 비해 정정했지요. 여러 가지 일을 많이 알고 있었는데 우리에게 이야기해 주었어요. 자신이 직접 겪지 않은 일까지."

"맞아요, 옛날 이야기하는 걸 좋아했습니다. 지금도 아이작 영감의 가족이 이 마을에 살고 있습니다. 그 사람들은 속지 않으려고 기를 쓰면서 영감님의 이야기를 듣곤 했었지요. 선생님도 이것저것 여러 이야기를 들으셨겠지요?"

"지금으로선 이름을 가지고 표를 만드는 일만으로도 힘겹습니다. 과거에서부터 주워 모은 이름인데 나한테는 당연히 아무 의미도 없지요. 의미가 있을 까닭이 없지."

"모두 소문에 대한 이야기입니까?"

"대부분 그렇죠. 대개 집사람이 듣고 와서 표로 만든 것이죠. 어느 정도나 의미가 있을지 모르겠지만 나도 표를 가지고 있습니다. 사실은 어제 손에 들어왔지만."

"흠, 어떤 것인데요?"

"인구 조사요. 그날 인구 조사가 있었던 모양입니다. 그것을 조사한 날짜는 써 두었으니까 나중에 보여 드리죠. 그날 밤 인구 조사서에 기재된 이 집에 있었던 사람들 이름과 함께. 그날은 성대한 파티가 있었답니다. 디너 파티였다나?"

"그러니까 그날 이 집에 누가 있었는지 알고 계시다는 말씀이죠?"

"그래요."

"그것은 귀중한 정보일 겁니다. 꽤 중요한 거라고 생각되는군요. 이리로 이사 오신 지 얼마 되지 않으시죠?"

"그래요. 하지만 다른 곳으로 이사하고 싶은 마음이 생길지도 모르겠군요."

"마음에 안 드십니까? 좋은 집인데요. 이 정원만 해도 멋지고 훌륭한 정원이 될 겁니다. 커다란 관목도 있고. 좀 더 솎아 내야겠네요. 불필요한 나무와 덤불이라든가 꽃나무라도 이젠 꽃이 필 것 같지 않은 나무들 말입니다. 다른 곳으로 이사하실 생각을 하셨다니 이해가 안 되는군요."

"과거와 연결되어 있다고나 할까요? 그렇기 때문에 이 집은 별로 기분 좋은 곳이 못 돼요."

"과거라니, 과거가 현재와 어떤 모습으로 연결이 된다는 겁니까?"

"대개 아무것도 아닌 이미 지나가 버린 일이라고 생각해야 되는데, 언제나 무엇인가가 남아 있는 겁니다. 아직도 이 부근에서 돌아다닌다는 의미가 아니고 '그녀' 또는 '그'라는 인물의 이야기만 나오면 과거에서 되살아나는 거지요. 정말 일해 볼 생각이 있는 겁니까?"

"정원 일 말입니까? 해 보겠습니다. 재미있을 것 같군요. 뭐라고 할까, 정원 일은 말하자면 제 취미인 셈이지요."

"어제는 멀린스라는 여자가 찾아왔습니다."

"멀린스? 정원사입니까?"

"그렇겠지요. 그리핀 부인이 멀린스 양을 집사람에게 소개하고서 집으로 보내 준 모양입니다."

"벌써 쓰기로 결정하셨습니까?"

"아직 정한 건 아닙니다. 실은 우리 집에 충실한 개가 있지요. 맨체스터 테리어 종입니다."

"네, 맨체스터 테리어 종은 충성심이 강하지요. 댁의 개도 자기 책임이라는 생각에서 부인 혼자서는 아무데도 못 가게 할 겁니다. 잠시도 옆을 떠나지 않을 테지요."

"맞아요. 집사람을 손가락 하나라도 건드렸다가는 그 녀석에게

갈갈이 찢겨질 겁니다."

"좋은 개지요. 아주 사랑스럽고 충실하고 침착한 데다 이빨도 무척 날카롭지요. 저도 조심해야겠는데요."

"지금은 괜찮아요. 집 안에 가두어 두었거든."

"멀린스라? 그럴듯하군. 그거 재미있는데요."

크리스핀은 생각에 잠겨 말했다.

"재미있다니, 무슨 뜻입니까?"

"물론 저는 멀린스라는 이름만으로는 누군지 모르지요. 그 여자는 오륙십 대쯤 되었습니까?"

"예. 시골 냄새가 나고 남자 같은 여자였어요."

"그렇군요. 그 여자는 이 지방에 연고가 있습니다. 아이작 영감이 살아 있다면 뭣 좀 알려 주었을 텐데. 그 여자가 이 마을에 다시 돌아왔다는 이야기는 들었습니다. 그렇게 오래전 일은 아니지요. 여러 가지가 연결되어 있답니다."

"당신은 이 집에 대해 내가 모르는 것을 알고 있는 것 같군요."

"그렇지는 않습니다. 아이작 영감이었다면 얼마든지 할 이야기가 있었겠지요. 그 사람은 별걸 다 알고 있었으니까요. 옛날 이야기이지만 아이작 영감은 기억력이 좋았지요. 사람들은 그 이야기하는 겁니다. 네, 노인 클럽 같은 곳에서는 아직도 모두 똑같은 이야기를 되풀이한답니다. 터무니없는 이야기들이죠. 밑도 끝도 없는 이야기가 있는가 하면 사실에 근거한 이야기도 있지요. 네, 정말 재미있답니다. 아마 아이작 영감은 너무 많이 알고 있었을 겁니다."

"이대로는 아이작 영감도 눈을 감지 못할 겁니다. 나는 아이작 영감의 원수를 갚아 주고 싶어요. 좋은 사람이었죠. 우리한테 친절하게 대해 주기도 했고 일을 부탁하면 조금도 몸을 사리지 않았어요. 자, 어쨌든 정원이나 둘러보기로 합시다."

15장
한니발, 크리스핀과 실전에 참가하다

앨버트는 침실 문을 가볍게 두드리고 들어오라는 터펜스의 응답에 얼굴만 디밀었다.

"지난번 아침에 오셨던 멀린스 양이 오셨습니다. 드릴 말씀이 있는 모양입니다. 정원에 대한 이야기라고 생각되는데 마님이 주무시고 계시니까 뵙게 될지 모르겠다고 말씀드려 두었습니다."

"무슨 이야기가 그렇게 번거롭지, 앨버트? 좋아, 내려갈게."

"지금 아침 커피를 가져올까 했는데요."

"가져와. 그리고 컵도 하나 더 준비해 줘. 커피는 두 사람이 마실 건 되지?"

"예, 마님."

"그럼, 됐어. 가져오면 그쪽 탁자 위에 놓고 멀린스 양을 들여보내 줘."

"한니발은 어떻게 할까요? 아래층으로 데려가서 부엌에다 가두어 둘까요?"

"부엌에 갇히는 것은 좋아하지 않아. 그래, 욕실에 밀어 넣고 문을 닫아 둬."

한니발은 이 모욕적인 처사에 화를 참을 수 없어 무작정 반항했지만 마침내 욕실에 밀려 들어가서 갇혔다. 한니발은 미친 듯이 몇 번 악을 쓰며 짖어 댔다.

"조용히 해! 조용히 못하겠니?"

터펜스가 꾸짖었다.

짖는 일에 대해서만은 한니발도 조용히 하기로 동의했다. 그는 앞발을 뻗어서 배를 깔고 문 밑 틈새에 코를 갖다 대고는 이해할 수 없다는 듯 길게 앓는 소리를 냈다.

"어머, 베레스퍼드 부인! 방해가 되지 않았나 모르겠지만 이런 원예 책을 보고 싶어 하실 것 같아서 가지고 왔어요. 이맘때 심어야 할 식물에 대해서도 나와 있더군요. 아주 진기하고 운치 있는 관목도 있어요. 그런 것은 이곳 흙에는 맞지 않는다는 사람도 있지만 실은 그렇지 않아요. 어머, 정말 친절도 하시지. 네, 커피라면 마시겠어요. 제가 따라 드리죠. 이런 일은 침대에서 하기에 불편하지요. 저, 잠깐……."

멀린스가 눈짓으로 하는 재촉에 따라 앨버트는 눈치 빠르게 의자를 끌어당겨 주었다.

"이 정도면 되겠습니까?"

"네, 됐어요. 어머, 밑에서 벨이 울리고 있네요?"

"우유배달부가 왔겠지요. 식료품 가게에서 왔나? 오늘은 식료품 가게에서 오는 날이니까. 잠깐 실례하겠습니다."

앨버트가 방에서 나가고 문이 닫혔다. 한니발이 다시 으르렁거렸다.

"우리 집 개예요. 자기를 끼워 주지 않는다고 화를 내는 거예요. 하지만 내어 놓으면 너무 귀찮게 해서요."

"설탕은 넣으세요, 마님?"

"하나만요."

멀린스는 커피를 따랐다. 터펜스가 말했다.

"때론 블랙으로 마시기도 하지요."

멀린스는 커피를 터펜스 옆에 놓아 두고 자기가 마실 커피를 따르려고 갔다.

그러다가 그녀는 갑자기 발이 걸려 옆에 있는 테이블을 붙잡고 당황해하며 소리치더니 바닥에 무릎을 꿇었다.

"다치지 않았어요?"

"아니, 괜찮아요. 그만 꽃병을 깨어 버렸네요. 발이 뭐에 걸린 모양이네. 저 같은 덜렁이는 처음 보셨죠? 이런 훌륭한 꽃병을 깨뜨리다니! 마님은 저를 괘씸하게 생각하시겠죠? 일부러 그런 건 아니에요."

"그건 나도 알아요. 어디 보자. 이런 정도라면 크게 걱정할 것 없어요. 두 조각으로 깨어졌으니까 붙일 수 있겠네. 붙인 자국도 거의 표가 안 날 거예요."

터펜스가 상냥하게 말했다.

"그렇게 말씀해 주셔도 역시 마음이 무겁네요. 틀림없이 기분이 많이 상하셨을 거예요. 오늘 찾아뵌 것부터가 잘못이었어요. 하지만 꼭 말씀드리고 싶어서……."

한니발이 다시 짖어 대기 시작했다.

"어머, 가엾어라! 꺼내 주시죠."

"내버려 두세요. 우리 집 개는 때로 무슨 행동을 할지 모른답니다."

"어머, 또 밑에서 벨이 울리고 있네요."

"아니에요. 전화 소리예요."

"어머, 받지 않으셔도 되나요?"

"앨버트가 받겠죠. 용건이 있으면 언제라도 알리러 올 거예요."

그러나 전화를 받은 것은 토미였다.

"아, 여보세요? 아, 알겠습니다. 누가요? 예 그렇군요. 흠, 적이라고요? 틀림없이 적이란 말씀이죠? 그런 걱정은 마십시오. 만반의 대응책이 강구되어 있습니다. 네, 감사합니다."

토미는 전화를 끊고 크리스핀을 보았다.

"경보입니까?"

크리스핀이 물었다.

"예."

토미는 다시 크리스핀을 바라보았다.

"좀처럼 알 수 없는 일이지요. 누가 적이며 누가 아군인지 말입니다."

크리스핀이 말했다.

"알았을 때에는 이미 손을 쓰기가 늦어 버린 경우도 있지요. '운명의 문', '재앙의 동굴'처럼."

크리스핀은 좀 놀란 얼굴로 토미를 바라보았다.

"실례했습니다. 이리로 이사 온 뒤로는 어찌 된 영문인지 우리 부부는 시를 읊는 버릇이 생겼어요."

"플레커의 시이지요. '바그다드의 문'. '다마스커스의 문'인가?"

"위로 올라가지 않을래요? 터펜스는 휴식을 취하고 있을 뿐이지 병이 난 게 아니니까. 코감기조차도 걸리지 않았어요."

"방금 커피를 올려다 드렸습니다."

갑자기 모습을 나타낸 앨버트가 말했다.

"그리고 멀린스 양에게도 컵을 가져다 드렸습니다. 원예에 대한 책을 마님께 보여 드리고 있습니다."

"그래? 만사가 순조롭게 진행되고 있군. 한니발은 어디 있지?"

"욕실에 가두어 두었습니다."

"문고리를 걸어 두었나? 녀석은 갇히는 것을 좋아하지 않거든."

"네, 분부대로 해 두었습니다."

토미는 위층으로 올라갔다. 바로 뒤에서 크리스핀이 따라갔다. 토미는 침실 문을 가볍게 두드린 다음 안으로 들어갔다. 욕실 안에서 다시 한니발이 사생결단으로 문을 보고 짖어 대며 덤벼들었다. 그 바람에 문고리가 벗겨지자 한니발은 침실로 뛰어들었다. 개는 크리스핀을 힐끗 보더니 그대로 지나쳐서 맹렬한 기세로 으르렁거리며 멀린스에게 달려들었다.

"어머! 아니, 이게 무슨 짓이니?"

터펜스가 말했다.

"그래, 그래, 한니발. 착하지. 어떻게 생각합니까?"

토미는 크리스핀을 돌아보며 말했다.

"자기의 적이 누군지 알고 있잖아요. 당신들의 적 말이죠."

"어떻게 된 일이죠? 한니발이 물었나요?"

터펜스가 말했다.

"심하게 물어뜯었어요."

멀린스는 한니발을 노려보며 자리에서 일어났다.

"이 개한테 물린 것이 이것으로 두 번째가 아닌가? 팜파스 잔디의 덤불 속에서도 물렸을 텐데?"

토미가 말했다.

"이 개는 모든 걸 알고 있는 겁니다. 당신, 도도지? 오랜만이군, 도도."

크리스핀이 말했다.

멀린스는 일어나서 터펜스와 토미, 그리고 크리스핀에게 재빠른 시선을 던졌다.

"멀린스라? 미안한 얘긴데 나는 다른 사람보다 시대에 뒤쳐져서 말이야. 결혼하고 나서 멀린스가 되었나, 아니면 지금은 멀린스 양이라고 알려져 있는 건가?"

크리스핀이 말했다.

"나는 아이리스 멀린스예요, 옛날부터."

"흠, 나는 당신을 도도로만 알고 있지. 내게 있어서 당신은 옛날부터 도도였으니까. 그런데 당신과 만나게 된 건 반가운 일이지만 당신과 나는 되도록 빨리 사라지는 게 좋을 것 같아. 커피는 마셔 버리시지. 그쪽 것은 아무 이상 없겠지? 베레스퍼드 부인, 뵙게 돼서 반갑습니다. 충고를 한마디 하겠습니다. 저 같으면 그 커피는 마시지 않겠습니다."

"세상에, 그렇다면 컵을 멀리 치우겠어요."

멀린스가 급히 앞으로 나섰다. 순간 크리스핀이 그녀와 터펜스 사이를 막아섰다.

"안돼, 도도. 그렇게는 안 되지. 내가 맡는 게 낫겠어. 이 컵은 이 댁에 속한 것이란 말이야. 이 컵의 내용물을 그대로 분석해 보면 아주 재미있겠지. 모르긴 해도, 아마 독약을 가져왔을걸? 환자나 환자로 생각되는 사람에게 컵을 건네주면서 독약을 넣는 것쯤은 문제도 안 되니까."

"절대 그런 일은 없었어요. 아, 이 개를 좀 쫓아 줘요."

한니발은 이 여자를 아래층까지 쫓아가고 싶어 안달이 난 것이 분명했다.

"한니발은 당신이 이 집에서 나가는 것을 보고 싶은 모양인데."

토미가 말했다.

"그런 것이 특기지. 사람이 막 현관을 나서려는 순간을 노려서 물어뜯는 것 말이오. 아니, 앨버트, 거기 있었나? 저쪽 문 밖에 있는 줄만 알았지. 자네, 혹시 처음부터 끝까지 다 보고 있었나?"

앨버트는 방 반대쪽 화장실 문에서 고개를 내밀더니 천천히 방 안을 둘러보았다.

"모두 보았습니다. 경첩 틈새로 이 여자를 지켜보았지요. 그렇습니다. 분명히 마님 컵 속에 무엇인가 넣었습니다. 재빠른 솜씨였어요. 마치 마술사처럼, 네, 틀림없이 넣었습니다."

"무슨 말인지 모르겠네요. 나는 그냥…… 어머, 이젠 실례해야겠어요. 중요한 약속이 있어서요. 아주 중요한 약속이라……."

그녀는 허겁지겁 방을 뛰쳐나가 계단을 뛰어 내려갔다. 한니발이 힐끗 쳐다보더니 그 뒤를 따라갔다. 크리스핀은 안색이 변하지 않은 채 역시 빠른 걸음으로 쫓아갔다.

"멀린스 양의 발이 빠르면 좋으련만. 아니면, 한니발이 금방 따라잡을 거예요. 훌륭한 개거든요."

터펜스가 말했다.

"터펜스, 방금 그 사람이 크리스핀 씨야. 솔로몬 씨가 보낸 사람이지. 때맞추어 와 주었어. 돌아가는 상황을 줄곧 지켜보고 있었던 것 같아. 옮겨 담을 병을 가지고 올 때까지 컵을 깨뜨리거나 커피를 엎지르지 않도록 조심해. 분석해 보면 무엇이 들어 있는지 알 수 있을 테니까. 제일 좋은 실내복으로 갈아 입어. 점심 식사 전에 가벼운 거라도 마시자고."

"이렇게 되면…… 뭐가 어떻게 된 것인지, 어떤 일이 일어나고 있는지 우리로서는 도무지 알 수 없을 것 같군요."

터펜스는 완전히 낙심한 듯 고개를 흔들었다. 그녀는 의자에서 일어나 난로 쪽으로 걸어갔다.

"장작을 지피려는 거야? 내가 하지. 당신은 많이 움직이지 말라고 했잖아."

"팔은 이제 끄떡없어요. 그렇게 엄살을 부리면 누가 뼈라도 부러뜨린 줄 알겠어요. 조금 허물이 까졌을 뿐인데."

"그렇게 자랑할 건 없어. 누가 뭐래도 총알인 것은 틀림없으니까. 당신은 전쟁에서 부상을 입은 거라고."

"정말 이건 전쟁이에요."

"어쨌든 힘내. 우리는 멀린스를 상대로 잘 싸웠어."

"한니발이 잘해 주었어요."

"응, 한니발이 가르쳐 준 거지. 분명하게 말이야. 그 팜파스 잔디의 덤불 속으로 달려들었었지. 하여튼 그 녀석의 코는 굉장하다니까."

"내 코는 내게 아무것도 가르쳐 주지 않았어요. 나는 오히려 그 여자를 만나게 된 것이 하늘의 도움이라고 생각해 버렸다니까. 게다가 옛날 솔로몬 씨 댁에서 일하던 사람 말고는 안 된다는 것을 아주 깨끗이 잊고 말았어요. 크리스핀 씨가 자세한 이야기를 해 주었나요? 크리스핀이란 이름이 본명은 아닌 것 같군요."

"아마 그럴 테지."

"그 사람이 여기에 온 것은 탐정 자격도 겸해서인가요? 탐정이라면 여기에도 이렇게 많이 있는데."

"아니, 그렇지는 않아. 보호를 위해 파견되어 온 거야. 당신을 지키기 위해서."

"나, 그리고 당신도 함께. 그 사람은 어디로 갔을까?"

"멀린스를 처리하고 있겠지."

"그렇겠군요. 그런데 이렇게 한바탕 소동이 벌어지고 나면 이상하게 배가 고파요. 왜 흔히들 배가 고파 죽을 것 같다고 하잖아요? 뭐니 뭐니 해도 카레를 약간 넣은 다음 크림소스를 곁들인 맛있고 따끈따끈한 게가 최고죠."

"이제 겨우 살 만한 모양이군. 먹는 것에 그렇게까지 마음이 끌린다니 나도 한시름 놓겠는걸."

"나는 병이 난 게 아니에요. 다쳤을 뿐이라구요. 그 둘은 근본적으로 다르다고요."

"그야 어찌 되었든, 그 점은 당신도 나와 마찬가지로 이미 알겠지만 한니발이 팜파스 잔디의 덤불 속에 적이 있다고 가르쳐 줬잖아. 당신은 남자 옷을 입고 당신을 쏜 사람이 바로 멀린스란 것을 알아차렸어야 했다고."

"우리는 그 사람이 다시 공격해 올 거라고 생각했어요. 나는 다쳐서 억지로 침대에 끌려와 눕게 되었고 우리는 의논을 했어요. 안 그래요?"

"맞아. 나는 그 여자가 당신이 총에 맞아 자리에 눕게 되었다는 결론을 내릴 것이라고 예상했지."

"그래서 그녀는 여자답게 속을 태우다 못해 찾아온 거예요."

"나는 의논했던 대로 잘 되어 갈 것이라고 생각했어. 앨버트는 한

시도 눈을 떼지 않고 그녀의 일거수일투족을 지켜보았지."

"앨버트가 커피를 쟁반에 받쳐 들고 가져다 주었지요. 손님이 쓸 컵도 함께 말이에요."

"당신은 크리스핀이 도도라고 부르는 그 멀린스가 커피 속에 뭘 넣는 걸 보지 못했어?"

"네, 보지 못했어요. 생각해 보세요. 그 여자는 발이 뭐에 걸렸는지 멋진 꽃병을 올려놓은 작은 탁자를 짚으며 앞으로 넘어졌고 연거푸 미안하다고 사과를 했거든요. 그동안 나는 그 정도면 다시 붙일 수 있을까 하고 깨진 꽃병만 보고 있었어요. 그러니 그 여자의 거동을 살필 틈이 없었죠."

"앨버트가 다 보고 있었어. 경첩 틈새를 미리 넓혀 두고서 들여다본 거야."

"한니발을 욕실에 가두어 두고 문고리를 반만 걸어 놓은 것은 아주 명안이었어요. 한니발은 문을 여는 재주가 비상하니까. 물론 고리가 완전히 걸려 있을 때는 문제가 다르지만 말이에요. 슬쩍 걸어 놓으면 힘차게 덤벼들어 마치…… 그래요, 마치 벵골 호랑이처럼 달려드는걸요."

"적절한 비유군."

"그런데 그 크리스핀 씨는 벌써 조사를 끝냈겠지요? 어떻게 그 사람은 멀린스가 메리 조던이나 이미 과거의 인물이 되어 버린 조너선 케인 같은 위험인물과 연관이 있다고 생각하게 되었는지……."

"조너선 케인이 과거의 인물이 되어 버렸다고는 생각지 않아. 그의 후계자가, 다시 말하자면 새로 태어난 조너선 케인이 지금도 있을지 모르거든. 거기에는 젊은 멤버들, 폭력을 좋아하는 녀석들, 무조건 폭력을 휘두르는 놈들, 항간에서는 뭐라고들 하는지 모르지만 껍적거리고 다니는 노상 강도 조직, 히틀러와 그 위세당당한 그룹의 화려했었던 시절을 그리워하는 광신적인 파시스트들 등이 무척 많을 거야."

"난 마침『한니발 백작』을 읽고 있어요. 스탠리 웨이먼이 지은 건데 웨이먼의 최고 걸작이에요. 서고에 있는 알렉산더의 책 속에 있었어요."

"그게 어찌 되었다는 거야?"

"그러니까 그런 일은 지금도 '한니발 백작' 무렵과 같다고 생각하고 있었어요. 아마 어느 시대에나 그랬겠지요. 기쁨, 만족, 허영심으로 가슴을 두근거리며 소년 십자군에 가담한 어린이들이 있었어요. 가엾게도! 모두들 자신은 예루살렘 해방의 사명을 신으로부터 받았다고 생각한 거지요. 자기들이 가면 바다도 두 쪽으로 갈라져 성서 속의 모세처럼 건너갈 수 있을 거라고 생각했던 거예요. 지금도 귀여운 아가씨들과 젊은 남자들이 가끔 법정에 끌려나오고 있죠. 연금으로 간신히 살아가는 늙은이나 얼마 안 되는 돈을 은행에서 찾아오는 노인들을 마구 두들겨 패서 말이에요. 옛날에 성 바솔로뮤 학살이라는 것이 있었지요. 그래요, 그런 일들이 되풀이해서 일어나는 거예요. 새로운 파시스트조차도 지난번 어느 명문 대학과 연결되어 있다고 쓰여 있더군요. 그야 어찌 되었든, 그런 형편이라면 우리의 존재는 전혀 알려지지 않고 말겠군요. 크리스핀 씨는 아직 아무도 알아내지 못한 숨길 만한 장소를 더 찾아내게 될까요? 물탱크. 그래요, 은행 강도들은 빼앗은 것들을 흔히 물탱크 속에 숨기지요. 나는 숨길 곳으로는 습기가 너무 많다고 생각하지만. 조사가 끝나고 나면 크리스핀 씨는 다시 우리 집에 와서 나를 지켜 줄까요? 당신의 신변도 함께 말이에요."

"나는 지켜 줄 필요가 없는걸."

"그렇게 큰소리치면 안 돼요."

"크리스핀도 작별 인사야 하러 오겠지."

"네, 아주 예의 바른 사람이니까요."

"당신이 완쾌되었는지도 궁금할 것이고."

"나는 조금 다쳤을 뿐이에요. 의사 선생님에게 진찰도 받았는걸요."

"크리스핀은 정말로 정원 일에 굉장히 흥미를 가지고 있어. 그걸 알겠더라고. 크리스핀은 전에 친구 집에서 정말로 정원 일을 했거든. 그 친구라는 사람이 바로 솔로몬 씨야. 그 사람은 몇 년 전에 죽었지만 지금도 필요할 때에는 살아 있는 사람이 되곤 한대. 솔로몬 씨 댁에서 일했다고 하면 다 뒷받침이 되니까. 그 사람은 믿어도 좋게끔 통하는 거지."

"네, 여러 가지로 연구하고 머리를 써야 되겠지요."

현관벨이 울렸다. 한니발은 자기가 지키고 있는 이 성역에 침입하려는 생각을 가진 녀석은 모조리 죽여 버리겠다는 듯 뱅골 호랑이 같은 모습으로 방을 뛰쳐나갔다. 토미가 편지를 손에 들고 돌아왔다.

"우리 두 사람 앞으로 온 거군. 뜯어 볼까?"

"그래요."

토미는 봉투를 뜯었다.

"흠, 이 정도면 아직 가능성은 있군."

"무슨 일이에요?"

"로빈슨 씨가 보낸 초청장이야. 당신과 나를 초대했군. 다음다음 주에는 당신도 완쾌될 테니 저녁 식사를 함께하자고 씌어 있어. 자신의 시골집에서. 서섹스 주에 있을걸."

"그때 모든 사정을 들려 줄까요?"

"그럴 거라고 생각해."

"일람표를 가지고 갈까요? 이제 외울 수도 있지만."

터펜스는 줄줄 외워나갔다.

"『검은 화살』, 알렉산더 파킨슨, 빅토리아 왕조풍 자기 의자 옥스퍼드와 케임브리지, 그린 헨 로, KK, 마틸드의 뱃속, 카인과 아벨, 트루러브……"

"그만해. 미친 소리 같다고."

"네, 좀 미쳤어요. 이번 사건 모두 말이에요. 로빈슨 씨 댁에 다른 손님도 오나요?"

"파이커웨이 대령이 올는지 몰라."

"그렇다면 기침 멎는 약을 준비해야겠네. 어쨌든 로빈슨 씨를 만나 보고 싶어요. 당신이 말했듯이 그렇게 크고 노랗다니 믿어지지 않거든요. 어머! 여보, 다음다음 주에는 데보라가 아이들을 데리고 와서 묵어 가겠다고 하지 않았어요?"

"아니, 그건 다음 주말이야."

"다행이네요."

16장

새들은 남쪽으로 날아간다

"방금 그 차가 아니었나?"

현관에서 나온 터펜스는 딸 데보라와 세 손자를 기다리느라고 차도 모퉁이를 뚫어지게 바라보고 있었다.

앨버트가 옆문에서 나왔다.

"아직 도착하지 않았을 겁니다. 지금 그 차는 식료품 가게에서 온 겁니다. 안 믿으시겠지만 계란 값이 또 올랐습니다. 저는 이제 두 번 다시 지금 정부에게는 표를 던지지 않겠습니다. 이제 자유당에게 투표를 하겠어요."

"오늘 밤의 대황과 양딸기 풀 재료를 내가 미리 다듬어 줄까?"

"벌써 모두 다듬어 두었습니다. 마님이 다듬는 것을 가끔 옆에서 지켜보았기 때문에 요령을 알고 있거든요."

"그러다가 나중에는 특급 요리사가 되겠네, 앨버트. 재닛은 풀(과

일을 약한 불에 쪄서 짓이겨 크림 따위를 섞은 요리 — 옮긴이)을 아주 좋아해."

"예, 그리고 당밀 타르트도 만들었습니다. 앤드류 도련님은 당밀 타르트를 제일 좋아하니까요."

"방 준비는 다 끝났나?"

"끝났습니다. 오늘 아침에 섀클베리 아주머니가 와 주셔서요. 데보라 아씨의 욕실에는 겔랑 샌들우드 비누를 준비해 두었습니다. 데보라 아씨는 그 비누를 좋아하거든요."

만반의 준비가 끝나고 이제 남은 건 가족의 도착만 기다리면 된다는 걸 알고 터펜스는 안도의 한숨을 쉬었다.

자동차 경적이 들리고 조금 있으니 토미가 운전하는 차가 차도를 달려왔다. 이윽고 현관의 돌층계에 손님들이 들이닥쳤다. 40살이라고는 하지만 아직도 곱기만 한 딸 데보라와 올해 15살인 앤드류, 11살의 재닛, 그리고 7살인 로잘리가 들어왔다.

"안녕하세요, 할머니?"

앤드류가 씩씩하게 말했다.

"한니발은 어디 있어요?"

재닛이 말했다.

"차를 마시고 싶어요."

로잘리가 당장이라도 울음이 터뜨릴 듯한 얼굴로 말했다.

인사가 오갔다. 앨버트는 잉꼬, 어항에 들어 있는 금붕어, 우리에 들어있는 햄스터를 비롯하여 집 안의 모든 보물을 끌어내는 일을 맡았다.

"여기가 새 집이군요."

데보라가 어머니를 껴안으며 말했다.

"좋네요. 정말 좋아요."

"정원을 둘러봐도 돼요?"

재닛이 물었다.

"차부터 마시고."

토미가 말했다.

"차를 마시고 싶어요."

로잘리가 중요한 일부터 먼저 하자는 듯한 표정으로 말했다.

식당에 들어가니 차가 준비되어 있어 모두 만족한 얼굴이 되었다.

"어머니에 대한 이야기를 들었는데 대체 무슨 일이에요?"

데보라가 물었다. 차를 마시고 다 함께 밖으로 나왔을 때였다. 아이들은 토미와 한니발과 함께 정원이 가져다주는 만족감을 한껏 즐기며 뛰어다니고 있었다.

데보라는 어머니를 철저히 보호해야 할 필요성을 느껴 왔기 때문에 어머니에 대해서만은 평소에도 단호한 태도를 취했다.

"대체 무슨 일을 하신 거예요?"

"아니다, 지금은 이미 일단락되어 아무 걱정이 없단다."

데보라는 믿어지지 않는다는 얼굴이었다.

"또 그전처럼 그런 일에 손을 댄 거죠, 그렇죠 아버지?"

토미가 로잘리를 등에 업고 돌아오고 있었다. 재닛은 새로운 땅을 자세히 관찰하고 있었고 앤드류는 제법 어른스럽게 여기저기 둘러보는 중이었다.

데보라가 다시 공격을 시작했다.

"예전처럼 또 그런 일을 하셨군요? 또 블렌킨솝 부인이 된 듯한 터무니없는 흉내를 내신 거죠? 정말 큰일이에요. 어머니는 고삐 없는 말 같으시니. 'N 또는 M' 같은 일을 하고 계신 거죠? 데릭 오빠가 이야기를 듣고 편지로 알려 주었어요."

오빠 이름을 꺼내면서 데보라는 고개를 끄덕였다.

"데릭이? 그 애가 대체 뭘 안다는 거니?"

터펜스가 말했다.

"옛날부터 데릭 녀석은 어느 틈엔지 죄다 알아 버렸지."

"아버지도 마찬가지예요."

데보라는 이번에는 자기 아버지한테 덤벼들었다.

"아버지도 관계가 있는 거죠? 이리로 이사하신 것은 두 분이 은퇴하시고서 여생을 조용히 보내시려는 걸로 알고 있었어요."

"처음에는 그럴 생각이었는데 말이야. 운명이란 것이 다른 생각을 하고 있었단 말이다."

"'운명의 문' '재앙의 동굴', '공포의 성채.'……."

터펜스가 말했다.

"플레커로군요."

앤드류가 이때다 싶었는지 유식한 티를 내었다. 요즘 그는 시에 푹 빠져 있었다. 언젠가는 시인이 될 것을 꿈꾸고 있었다. 그는 터펜스의 뒤를 이어받아 끝까지 읊조렸다.

> 다마스커스 도시에 네 개의 거대한 문이 있도다.
> 운명의 문, 멸망의 문……
> 그 밑을 지나가지 마라. 오, 카라반이여! 노래하며 지나지도 마라.
> 들리는가?
> 새들은 죽고 정적 속에서 새소리처럼 들려오는 피리 소리가.

이상한 우연인지 갑자기 새 떼가 지붕에서 날아갔다.
"저건 무슨 새예요, 할머니?"
재닛이 물었다.
"제비가 남쪽으로 돌아가는 거야."
"다시 돌아오지 않나요?"
"아니, 돌아온단다. 다시 여름이 오면 말이야."
"운명의 문을 지나서!"
앤드류가 만족스러운 듯이 말했다.
"이 집은 옛날에 '제비 둥지' 저택이라고 불렸단다."
터펜스가 말했다.
"어머니는 이대로 여기서 사실 생각은 아니겠죠? 다른 집을 찾아보고 있다고 아버지가 편지에 쓰셨던데."
데보라가 말했다.
"왜요? 난 이 집이 좋은데."

호기심 많기로 유명한 재닛이 물었다.
"몇 가지 이유를 가르쳐 주지."
토미는 주머니에서 종이 1장을 꺼내더니 큰 소리로 읽기 시작했다.

검은 화살
알렉산더 파킨슨
옥스퍼드와 케임브리지
빅토리아 왕조풍 자기 의자
그린 헨 로
KK
마틸드의 배 속
카인과 아벨
용감한 트루러브

"그만둬요, 여보. 그건 내 일람표잖아요. 당신과는 전혀 상관없는 일이라고요."
터펜스가 말했다.
"그런데 그게 무슨 말이에요?"
재닛이 여전히 질문을 던졌다.
"추리 소설 속의 단서를 늘어놓은 것 같은데."
시적 정서에 젖어 있지 않을 때에는 추리 소설에 열중하는 앤드류가 말했다.

"그래, 단서들의 목록이란다. 그리고 바로 이게 우리가 다른 집을 찾고 있는 이유란다."

토미가 말했다.

"하지만 난 이 집이 좋아요. 정말 멋진 집이에요."

재닛이 말했다.

"예쁜 집이야."

로잘리가 말했다.

"초콜릿 비스킷도."

로잘리는 방금 전에 마신 차를 잊지 못해 덧붙였다.

"나도 좋아."

앤드류가 러시아의 전제적인 황제를 생각나게 하는 어조로 말했다.

"할머니는 안 좋아요?"

재닛이 물었다.

"좋아해. 이 집에서 오래오래 살고 싶단다."

터펜스는 갑자기 뜻밖일 만큼 자신 있게 말했다.

"운명의 문. 그 이름 매력 있는데."

앤드류가 말했다.

"이 집은 옛날 '제비 둥지' 저택이라는 이름이 있었단다. 다시 그 이름으로 바꾸어도 좋겠는데……."

터펜스가 말했다.

"그만한 단서가 있다면…… 한 편의 이야깃거리가 될 것 같네요.

어쩌면 책을 하나 꾸밀 수 있을지도 모르고요."

앤드류가 말했다.

"이름도 너무 많고 무척이나 까다로운데 그런 책을 누가 읽겠니?"

데보라가 말했다.

"그렇게 말할 것만도 아니다. 사람들이 어떤 책을 읽는지 얼마나 재미있어하는지 네게는 상상도 안 될 거야!"

토미가 말했다.

토미와 터펜스는 서로의 얼굴을 마주보았다.

"내일 페인트 사 와도 돼요? 앨버트 아저씨 보고 사 오라고 해서 도와 달라고 해도 좋죠? 문에다 새 이름을 쓸 거예요."

앤드류가 말했다.

"그렇게 하면 제비들도 내년 여름에 다시 여기로 돌아와도 된다는 것을 알 거야."

재닛이 말했다. 그녀는 어머니의 눈치를 살폈다.

"좋은 생각이구나."

데보라가 말했다.

"여왕 폐하의 허락을 얻어서……."

토미는 말하고 나서 평소부터 집안의 중재자 역할을 맡고 있는 딸을 향해 고개를 숙이며 고마움을 표했다.

17장

마지막 말: 로빈슨 씨와의 저녁 식사

"멋있는 식사였어요."

터펜스가 말했다. 그녀는 함께 참석한 사람들을 둘러보았다.

만찬을 끝낸 뒤에 모두들 서재로 자리를 옮겨 커피 테이블에 둘러앉았다.

크고 아름다운 조지 2세풍 커피 포트 저쪽에 노랗고, 터펜스가 마음속으로 그려 보던 것 이상으로 몸집이 큰 로빈슨 씨가 미소를 짓고 있었다. 그 옆에 크리스핀이 있었는데 호샴이라는 것이 그의 본명인 모양이었다. 파이커웨이 대령의 옆자리에 앉은 토미가 좀 망설이면서 대령에게 담배를 권했다.

파이커웨이 대령은 뜻밖이라는 얼굴로 말했다.

"나는 저녁 식사 뒤에는 절대 담배를 피우지 않네."

터펜스한테는 좀 마음에 걸리는 콜러든 양이 말했다.

"정말이세요, 파이커웨이 대령님? 별난 습관이네요."

그녀는 고개를 돌려 터펜스를 보며 말했다.

"이 개는 정말 길을 잘 들였군요, 부인!"

테이블 밑에서 터펜스의 발에 턱을 올려놓고 엎드려 있던 한니발은 누구나 깜빡 속아 버리는 그 천진스러운 표정을 하고서 꼬리를 부드럽게 흔들었다.

"무척 사나운 개라고 들었습니다."

로빈슨이 장난기 어린 눈으로 터펜스를 힐끗 보았다.

"용감히 싸우는 것을 보셔야 하는데."

호샵이라고도 하는 크리스핀이 말했다.

"만찬에 초대받으면 그 자리에서 지켜야 할 예의는 아니까요. 이 개는 초대받는 것을 좋아해요. 상류 사회에 출입할 수 있는 게 명예로운 거라고 스스로 느끼나 봐요."

터펜스는 그렇게 말하고 나서 로빈슨을 보며 말했다.

"정말 베풀어 주신 친절에 감사드려요. 한니발을 초대해 주시고 간 요리까지 많이 준비해 주시다니요. 이 개는 간을 무척 좋아해요."

"개들은 예외 없이 간을 좋아하지요. 아무래도……."

로빈슨은 말을 하다가 크리스핀을 돌아다보았다.

"내 쪽에서 베레스퍼드 부인을 찾아가면 갈기갈기 찢기게 될지도 모르겠군."

"한니발은 자신의 임무를 중요하게 생각하고 있습니다. 혈통이 좋은 개의 이름에 부끄러움이 없도록 조심하고 있는 겁니다."

크리스핀이 말했다.

"자네야 물론 한니발의 기분을 알 수 있겠지. 경호 담당이니까."

로빈슨이 말했다. 그의 눈이 반짝 빛났다.

"부인과 남편께서는 참으로 훌륭한 일을 해내셨습니다. 덕분에 우리에게 도움이 되었지요. 파이커웨이 대령님의 이야기로는 처음 시작은 부인이 하셨다고요?"

터펜스는 머뭇거리며 말했다.

"우연히 그렇게 되었을 뿐이에요. 제가 호기심에 이끌려서 그만…… 무슨 일인지 알아내고 싶어서……."

"그랬군요. 그렇게 짐작하고 있었습니다. 그리고 지금도 이번 사건에 대해서 당연한 일인 줄 압니다만 역시 호기심을 가지고 계시겠지요?"

터펜스는 당황하여 이야기에 두서가 없어졌다.

"아, 네. 물론이에요. 저는…… 이번 일이 비밀이라는 것은 알고 있습니다. 극비라는 것을. 그러니까 여쭤봐서는 안 되는 거겠지요. 말씀해 주실 수가 없을 테니까요. 그 점을 잘 알고 있어요."

"아니, 그렇지 않습니다. 묻고 싶은 것은 오히려 우리 쪽입니다. 부인이 정보를 제공해 주신다면 대단히 고맙겠습니다."

터펜스는 눈을 동그랗게 뜨고 로빈슨을 쳐다보았다.

"설마, 제가……."

"부인은 표를 가지고 계시지요? 남편께 들었습니다. 어떤 일람표인지는 가르쳐 주지 않았습니다만. 당연하지요, 그건 당신의 비밀

소유물이니까요. 저도 잘 알고 있습니다. 호기심을 누른다는 것이 얼마나 어려운 일인가를 말입니다."

또다시 로빈슨의 눈이 반짝 빛났다.

갑자기 터펜스는 자신이 로빈슨에게 대단한 호의를 가지고 있다는 것을 깨달았다. 그녀는 잠시 입을 다물고 있다가 기침을 하며 핸드백 안을 뒤적거렸다.

"아주 바보 같은 건데, 아니 바보 정도가 아니라 미친 것 같다고 생각할 정도예요."

"'광기, 광기, 이 세상은 광기로 가득 차 있다.' 한스 자크스(독일의 공장가인(工匠歌人)으로 이야기·노래·시·희곡 따위를 썼다 ― 옮긴이)는 제가 좋아하는 바그너의 '뉘른베르크의 명가수'라는 오페라에서 이렇게 말했습니다. 확실히 명언입니다!"

그는 터펜스가 내민 일람표를 받아들었다.

"괜찮다면 소리 내어 읽으세요. 저는 상관없으니까요."

터펜스가 말했다.

로빈슨은 일람표를 잠깐 보고는 크리스핀에게 건네주었다.

"앵거스, 자네 목소리가 더 맑고 또렷하지."

크리스핀은 쪽지를 받아들고 고음으로 또렷하게 읽기 시작했다.

검은 화살

알렉산더 파킨슨

'메리 조던의 죽음은 자연사가 아니었다.'

옥스퍼드와 케임브리지, 빅토리아 왕조풍 자기 의자

그린 헨 로

KK

마틸드의 배 속

카인과 아벨

트루러브

그는 읽다가 말고 로빈슨을 쳐다보았다. 로빈슨은 터펜스에게 고개를 돌렸다.

"부인, 축하의 말씀을 드리겠습니다. 부인은 뛰어난 두뇌를 가지고 계십니다. 그 정도의 단서로 마지막 발견에까지 이르다니 정말 놀라운 일입니다."

"토미도 열심히 애써 주었어요."

"당신이 성가시게 들볶았기 때문이야."

토미가 말했다.

"자네가 한 조사도 훌륭했다네."

파이커웨이 대령이 인정했다.

"그 인구 조사 날짜가 큰 힌트가 되었습니다."

"재능을 타고난 부부로군."

로빈슨이 말했다. 그리고 다시 한번 터펜스를 보고 미소를 지었다.

"부인은 조심성 없이 호기심을 밖으로 드러내지는 않으시겠지만, 어떻습니까? 저는 지금도 부인이 이번 일을 알고 싶어 하실 거라고 생각합니다만."

"어머! 정말 말씀해 주시겠어요? 고마워라."

"사건 발단의 일부는 추측하신 대로 파킨슨 일가에 있었습니다. 먼 옛날 일이죠. 우리 증조할머니가 파킨슨 일가 사람입니다. 저도 일부는 그 증조할머니한테서 들었지요. 메리 조던으로 알려져 있는 그 아가씨는 우리 조직의 일원이었습니다. 그녀는 해군에 몸담고 있었던 사람과 연고가 있어서요. 어머니가 오스트리아 사람이라서 그녀는 독일어를 잘했습니다. 부인이 아실지 모르겠지만, 남편께서는 이미 확실히 아실 줄 압니다만 곧 일반 사람들에게 공개하려는 문서가 있지요. 현대 정치에서는 한때 필요에 따라 극비에 붙여졌던 것이라도 언제까지나 극비로 취급할 필요가 없다는 생각이 지배적입니다. 여러 기록 중에는 우리 나라 역사의 일부로 분명히 밝히지 않으면 안 될 것들도 있지요. 앞으로 이삼 년 동안 증거 서류가 첨부된 책을 서너 권 출판하기로 했습니다. 당시에 '제비 둥지' 저택 주변에서 일어난 사건도 물론 수록될 겁니다. 지금까지도 기밀 누설이라는 것은 있었습니다. 전쟁 중이나 전쟁 직전에는 기밀 누설이 으레 있기 마련이죠. 사건의 핵심 인물은 신뢰감도 있고 무척 존경받던 정치가들입니다. 거기에는 또 거물 저널리스트도 한둘 있었는데 모두 엄청난 영향력을 악용한 거지요. 조국을 배반하는 음모를 꾸민 그런 사람들은 1차 대전 전에도 있었습니다. 1차 대전 뒤에는 대학을 나온 젊은이들이 등장하게 되었지요. 그들은 열렬한 공산당 지지자였는데 더러는 실제 비밀 당원이기도 했습니다. 그리고 더욱 위험했던 것은 파시즘이 최종적으로는 히틀러와 이어지는 대단히 진보적인 프로그램을 내세워 전쟁을 조기 종결로 이끄는 평화주의자로 위장하고 민심을 사로잡기 시작했다는 사실입니다. 예를 들자면 한이 없지요. 무대 뒤에서의 끊임없는 움직임, 과거 역사에도 그런 예는 있었습니다. 틀림없이 앞으로도 이어지겠지요. 행동적이며 위험한 제5열(국내에서 이적 행위를 하는 사람들 — 옮긴이), 그 사상에 물든 녀석들이 제5열로서 일하는 것입니다. 그리고 돈이 목적인 녀석들이나 언젠가는 권력을 손에 쥐려는 녀석들도 있습니다. 틀림없이 재미있는 읽을거리가 될 겁니다. 다음과 같은 말들이 얼마나 많이 간절한 심정으로 사용되어 왔을까요. '가짜라고? 배반자라고? 세상에! 그 사람만은 그럴 리가 없어! 절대로 믿을 수 있는 사람이야!' 완벽한 속임수입니다. 옛날부터 흔히 있는 이야기지요. 줄거리도 늘 마찬가지이고요.

경제계, 군대 내부, 정계, 어디나 같습니다. 항상 정직하고 성실한 사람으로 으레 정해져 있지요. 누구나 호의를 가지고 있으며 신뢰할 만한 사람이니 의혹은 눈곱만큼도 받지 않는 겁니다. '그 사람은 절대 그럴 리가 없어.' 어쩌고저쩌고 하면서 말입니다. 타고난 사기꾼이라고 할까요? 리즈 호텔 밖에서는 금으로 도금한 벽돌을 팔아치울 녀석들입니다. 부인이 살고 있는 마을은 1차 세계 대전 직전에 어떤 그룹의 본부였습니다. 시대의 흐름에서 따로 떨어져 나온 듯한 참으로 안성맞춤인 마을이었지요. 옛날부터 그 마을에는 대단한 사람들이 살고 있었습니다. 누구나 애국자였고, 전쟁과 관련 있는 여러 가지 일에 손을 대고 있었습니다. 해군의 좋은 항구도 있었고요. 잘생기고 젊은 해군 중령이 있었는데 명문 가문 출신에다 해군 제독의 아들이었습니다. 또 훌륭한 의사가 있었는데 많은 환자들의 존경을 받았지요. 모두들 그 의사에게 자신의 고민을 털어놓을 정도였습니다. 어느 누구도 그가 독가스 등 화학전에 관한 특수 훈련을 받았다는 사실을 모르고 있었습니다.

그리고 나중에, 그러니까 제2차 세계대전 전에 케인이라는 인물이 부둣가의 아담한 방갈로에서 살게 되었죠. 그는 어떤 정치적인 신념을 가지고 있었더랬습니다. 아, 파시스트는 아닙니다. 단지 평화만이 세계를 구한다는 것이지요. 유럽은 물론 다른 많은 나라에서 그 사상은 눈 깜짝할 사이에 추종자들을 끌어 모았습니다.

부인께서 정말 알고 싶은 것은 그런 것이 아닐 겁니다. 하지만 먼저 배경을 이해하셔야 합니다. 그것도 공들여 준비된 배경을 말입니다. 메리 조던은 그곳으로 파견된 겁니다. 사정을 알아내기 위해서 말이지요.

메리가 태어난 때는 내가 아직 철도 들기 전이었습니다. 그 이야기를 들었을 때 나는 그녀의 업적에 감탄을 금할 수가 없었습니다. '그녀에 대한 것을 알 수 있었으면' 하는 생각을 했었죠. 성실하고 매력이 넘치던 여자가 틀림없습니다. 메리는 본명입니다. 여느 때는 몰리로 통했지만. 그녀는 훌륭한 일을 해냈지요. 그렇게 젊은 나이에 세상을 떠났다는 게 비극이죠."

터펜스는 벽에 걸려 있는, 어쩐지 친근감이 가는 그림을 아까부터 보고 있었다. 남자아이의 얼굴을 간단히 스케치한 것이었다.

"저 그림은 틀림없이……."

로빈슨이 말했다.

"맞습니다. 알렉산더 파킨슨입니다. 당시 겨우 11살이었지요. 제 작은할머니의 손자였습니다. 그래서 몰리는 보모 겸 가정 교사로 파킨슨 댁에 들어가 살게 된 것입니다. 그것은 더할 수 없이 안전한 감시 역할이라고 생각되었습니다. 아무도 짐작하지 못했겠지요. 그것이 어떤 결과를 가져오게 될지 말입니다."

"범인은 파킨슨 저택 사람이 아니었나요?"

터펜스가 물었다.

"네, 파킨슨 집안 사람들은 전혀 관련되지 않았어요. 하지만 그날 밤 파킨슨 저택에는 손님이나 친구 등 다른 사람들이 있었습니다. 그날이 인구 조사의 신고일이었다는 것을 부인의 남편께서 알아냈습니다. 파킨슨 집에서 그날 밤을 보낸 사람들은 그 집에 사는 사람들과 마찬가지로 이름을 기입해야 했지요. 그 이름 중 한 사람이 사건과 중요한 관련이 있었던 겁니다. 아까 말씀드린 그 지방 의사의 딸이 여느 때처럼 아버지를 찾아갔다가 친구 둘을 데리고 왔으니 하룻밤만 재워 주지 않겠느냐고 파킨슨 저택에 부탁했습니다. 그 친구라는 사람들은 문제가 없었습니다. 하지만 그녀의 아버지는 당시 그 마을에서 진행되고 있던 일에 깊이 관여하고 있었던 것으로 드러났습니다. 그녀가 사건 발생 몇 주 전에 파킨슨 저택에서 정원 일을 도와준 적이 있었으니 디기탈리스와 시금치를 함께 섞어

놓은 것은 그녀의 행위인 듯합니다. 그 여자가 그 운명의 날 디기탈리스와 시금치를 한데 섞어서 부엌으로 가져간 거죠. 함께 식사를 한 사람들이 모두 탈이 나자 그 사건은 있을 수 있는 불운한 과실로 일단 결말이 났습니다. 앞서 말씀드린 의사가 그런 일은 전에도 있었다고 설명했지요. 사인 규명 때 그의 증언에 따라 우발 사고로 그 일은 처리되고 말았습니다. 그날 밤 칵테일 잔이 어쩌다가 테이블에서 떨어져 깨어진 일에 대해서는 아무도 주의를 기울이지 않았고요. 역사는 되풀이된다는 것을 아신다면 부인도 흥미 있게 생각하실 겁니다. 부인은 팜파스 잔디 덤불 속에서 날아온 총알을 맞았죠. 나중에 멀린스 양이라며 찾아온 여자가 부인의 커피에 독을 넣었고요. 그 여자는 사실 그 용서할 수 없는 의사의 손녀, 아니면 그 의사의 형이나 동생의 손녀일 텐데 2차 대전 전부터 조너선 케인의 신봉자였지요. 그런 연유로 크리스핀은 그녀에 대한 것을 알고 있었죠. 댁의 개도 그녀에게 확실한 불신감을 품게 되어 즉시 행동으로 옮긴 거고요. 그 여자가 아이작 영감님을 살해한 범인이라는 것을 이제야 알게 되었습니다.

자, 이제 더 사악한 인간에 대해 생각해 봐야겠습니다. 온화하고 친절했던 그 의사는 마을의 모든 사람들로부터 절대적 신뢰를 받고 있었습니다. 그러나 여러 증거로 미루어볼 때 그 의사가 메리 조던을 살해한 것이 거의 확실합니다. 그는 과학에 관심을 기울인 덕분에 독약에 대한 전문 지식을 가지고 있었고 세균학 분야에서는 선구자적인 업적을 남겼습니다. 60년이 지난 지금에 와서야 비로소 밝혀진 것입니다만. 다만 당시에 아직 학생이던 알렉산더 파킨슨만이 어렴풋이 느끼고 있었지요."

"메리 조던의 죽음은 자연사가 아니었다. 범인은 우리 가운데 있다. 그럼, 그 의사가 메리의 활동을 눈치챈 건가요?"

터펜스가 조용히 말했다.

"아닙니다. 그는 몰랐지요. 그러나 다른 사람이 알았지요. 그때까지 메리는 감쪽같이 해 왔거든요. 그 해군 중령은 계획대로 그녀와 함께 일했지요. 메리가 그에게 흘려보내는 정보는 진짜였지만 그 정보의 태반이 쓰레기와 다를 바 없다는 것을 그는 몰랐던 겁니다. 그로서는 이른바 해군의 계획이나 기밀을 메리에게 흘려보냈고 메리는 쉬는 날마다 그것을 보고하려고 런던으로 갔습니다. 지정된 시간과 장소로 말입니다. 리젠트 공원의 퀸 메리 가든이나 켄싱턴 가든의 피터 팬 동상 옆도 만나는 장소였죠. 모 대사관의 말단 직원이 한몫 끼어 있다는 사실을 비롯하여, 그렇게 만날 때마다 이쪽에서는 꽤 많은 정보를 알게 되었습니다. 하지만 이 모든 것이 지난 일입니다. 먼 옛날 일이지요."

파이커웨이 대령이 기침을 하고 느닷없이 이야기에 끼어들었다.

"역사는 되풀이되는 거랍니다, 부인. 그것은 누구나 곧 깨닫게 되는 일입니다. 최근에 와서 할로케이의 조직이 또다시 결성되었지요. 옛날 사건을 알고 있던 패들이 다시 슬슬 일을 벌이게 된 겁니다. 그러니까 멀린스라는 여자도 돌아온 거지요. 비밀 장소가 다시 쓰이게 되었습니다. 비밀 모임도 열렸습니다. 다시금 돈이 중요한 문제가 되었지요. 돈이 어디에서 와서 어디로 가는가 하는 것 말입니다. 그래서 우리는 로빈슨 씨의 힘을 빌리게 된 것이죠. 그러던 중에 우리의 옛날 동료인 베레스퍼드 씨가 찾아와서 무척 흥미로운 정보를 알려 주었지요. 그 정보는 우리가 어렴풋이 짐작하고 있던 것과 완전히 일치했습니다. 오래전부터 배경이 준비되어 왔지요. 우리 나라 어느 한 정치가의 뜻대로 움직여지도록 미래가 착착 준비되었습니다. 명성도 있고 나날이 추종자가 늘어가는 인물, 그 사기꾼이 다시 되살아난 것입니다. 청렴결백한 사람, 평화주의자. 그렇다고 파시즘은 아니고 얼핏 보기엔 파시즘과 비슷한 거죠. 그리고 협력자에게는 돈을 썼지요."

"그런 일이 지금도 계속되고 있다는 건가요?"

터펜스가 눈을 크게 떴다.

"하긴 우리가 알고 싶은 일, 알아야 할 일은 이미 대개는 알고 있습니다. 그 일의 일부분을 두 분이 해 주신 겁니다. 흔들목마의 수술은 특히 많은 정보를 가져다 주었지요."

"마틸드! 정말 믿어지지 않아요. 마틸드의 배에 든 것이 그렇게 큰 몫을 하리라곤!"

"말이란 짐승은 정말 대단하죠. 얼마나 큰 도움이 되는지 모릅니다. 트로이의 목마가 있던 옛날부터 말입니다."

파이커웨이 대령이 말했다.

"트루러브도 도움이 되었답니다. 하지만 지금도 그런 일이 계속되고 있다면 아이들이 걱정······."

터펜스가 말했다.

"그렇지는 않습니다. 걱정하실 필요 없습니다. 그 마을은 깨끗해졌습니다. 벌집이 완전히 제거되었거든요. 조용한 생활을 즐길 수 있는 마을로 되돌아간 겁니다. 녀석들은 베리 세인트 에드먼드 부근으로 본부를 옮겼다고 보아도 좋습니다. 게다가 우리가 끊임없이 경계하고 있으니까 전혀 걱정 안 하셔도 됩니다."

크리스핀이 말했다.

터펜스가 안도의 한숨을 쉬었다.

"고마워요. 제 딸 데보라가 세 아이를 데리고 와서 이따금 묵어가곤 하니까……."

"걱정하실 것 없습니다."

로빈슨이 말했다.

"그러고 보니 'N 또는 M' 사건이 있은 뒤로 두 분은 그 사건과 관련된 아이를 양녀로 삼으셨죠? 그 『거위야, 거위야, 어디에 갔다 왔니?』인가 하는 동화책을 가지고 있던 아이 말입니다."

"베티 말이에요? 네, 대학에서 성적이 좋아 지금은 아프리카에서 원주민들의 생활상을 조사하고 있어요. 그런 일에 열중하는 젊은이가 꽤 많은가 봐요. 베티는 정말 귀여워요. 아주 행복해 보이기도 하고요."

로빈슨은 목청을 가다듬고 자리에서 일어났다.

"자, 건배하시죠. 베레스퍼드 부부의 조국에 대한 공로에 감사하는 뜻에서."

일동은 한마음이 되어서 잔을 비웠다.

"한 번 더 건배하죠. 이번에는 한니발을 위해서."

로빈슨이 말했다.

"자, 한니발!"

터펜스가 개의 머리를 쓰다듬으며 말했다.

"이분들이 너를 위해 건배를 해 주시는 거란다. 이건 기사의 작위나 훈장을 받는 것만큼이나 멋진 일이야. 전 얼마 전에 스탠리 웨이먼의 『한니발 백작』을 읽었답니다."

"저도 어릴 적에 그 책을 읽었습니다."

로빈슨이 말했다.

"'내 형에게 상처를 주는 자는 타반에게 상처 주는 자다.'라고 했던가요? 파이커웨이, 어떻게 생각하십니까? 한니발에게 작위 수여식을 하고 싶은데."

앞으로 한 발짝 나선 한니발을 로빈슨이 관례에 따라 어깨를 가볍게 두드려 주자 개는 꼬리를 부드럽게 흔들었다.

"지금부터 그대를 우리 왕국의 백작에 봉하노라."

"한니발 백작, 멋지니 않니? 얼마나 마음이 뿌듯하니?"

터펜스가 말했다.

〈끝〉

옮긴이 | 천수영

뉴질랜드 오클랜드 대학을 졸업하고 10년간 영어교육기관에서 교사로 일했다. 한국독자들이 이해하기 쉬운 문장과 표현으로 번역하되, 원문의 의도를 곡해하지 않는 번역을 신조로 삼고 있다.

애거서 크리스티 전집
운명의 문

3판 1쇄 찍음 2025년 6월 27일
3판 1쇄 펴냄 2025년 7월 4일

지은이 | 애거서 크리스티
옮긴이 | 천수영
발행인 | 박근섭
편집인 | 김준혁
책임편집 | 정미리
펴낸곳 | 황금가지

출판등록 | 2009. 10. 8 (제2009-000273호)
주소 | 135-887 서울 강남구 신사동 506 강남출판문화센터 5층
전화 | **영업부** 515-2000 **편집부** 3446-8774 **팩시밀리** 515-2007
홈페이지 | www.goldenbough.co.kr

ⓒ ㈜민음인, 2025. Printed in Seoul, Korea
ISBN 978-89-8273-775-6 04840
ISBN 978-89-8273-700-8 04840 (set)

㈜민음인은 민음사 출판 그룹의 자회사입니다.
황금가지는 ㈜민음인의 픽션 전문 출간 브랜드입니다.